Amor & Sorte

Jenna Evans Welch

Tradução de Flora Pinheiro

Copyright © 2018 by Jenna Evans Welch
Publicado originalmente nos Estados Unidos por Simon Pulse, um selo de
Simon & Schuster Children's Publishing Division, Nova York, NY

TÍTULO ORIGINAL
Love & Luck

PREPARAÇÃO
Anna Beatriz Seilhe
Carolina Vaz

REVISÃO
Marcela Ramos

DIAGRAMAÇÃO
Ilustrarte Design e Produção Editorial

ARTE E ILUSTRAÇÃO DE CAPA
© 2018 by Karina Granda

ADAPTAÇÃO DE CAPA
Antonio Rhoden

CIP-BRASIL. CATALOGAÇÃO NA PUBLICAÇÃO
SINDICATO NACIONAL DOS EDITORES DE LIVROS, RJ

W471a

   Welch, Jenna Evans, 1986-
      Amor & sorte / Jenna Evans Welch ; tradução Flora Pinheiro. - 1. ed.
- Rio de Janeiro : Intrínseca, 2020.
      272 p. ; 21 cm.

      Tradução de: Love & luck
      Sequência de: Amor & gelato
      ISBN 978-65-5560-008-7

      1. Ficção americana. I. Pinheiro, Flora. II. Título.

20-63956

CDD: 813
CDU: 82-3(73)

Leandra Felix da Cruz Candido - Bibliotecária - CRB-7/6135

[2020]
Todos os direitos desta edição reservados à
EDITORA INTRÍNSECA LTDA.
Av. das Américas, 500, bloco 12, sala 303
22640-904 – Barra da Tijuca
Rio de Janeiro – RJ
Tel./Fax: (21) 3206-7400
www.intrinseca.com.br

1ª edição
SETEMBRO DE 2020
reimpressão
OUTUBRO DE 2023
impressão
BARTIRA
papel de miolo
PÓLEN NATURAL 80G/M²
papel de capa
CARTÃO SUPREMO ALTA ALVURA 250G/M²
tipografia
ADOBE CASLON PRO

*Para Nora Jane,
que possui dois pés excepcionalmente corajosos e um sorriso com
uma única covinha, que iluminou minha escuridão por mais de
um ano. Este é para você, minha menininha.*

Cara leitora de coração partido,

O que você imagina quando falam de uma viagem pela Irlanda? Um monte de gente cantando e bebendo em um pub barulhento e mal iluminado? Passeios por castelos antigos cheios de musgo? Correr descalça por um campo de trevos de quatro folhas? Ou talvez a velha música de Johnny Cash sobre os quarenta tons de verde: "*green, green, forty shades of green.*"

Seja lá o que tiver imaginado, pobre alma apaixonada, posso afirmar que *você está enganada*. O que não quer dizer que você não vai acabar cantando "All for Me Grog" aos berros em uma pequena taverna em Dublin ou que não vai passar algumas tardes tropeçando por terrenos de castelos cheios de poças, mas sim que essa viagem vai ser, sem sombra de dúvida, *ainda melhor do que qualquer coisa que tenha imaginado*. Não acredita em mim? Pois espere só até estar na beirada das Falésias de Moher, os cabelos se embaraçando ao vento, o coração martelando como um tambor. Aí a gente conversa.

Sei que você passou por poucas e boas, sua manteiguinha derretida, então vou explicar melhor. Você está prestes a se apaixonar por um lugar que não só vai curar seu coração partido como também vai desafiá-la de todas as maneiras imagináveis. Abra sua mala, sua mente e, acima de tudo, este guia, pois não sou apenas uma especialista imbatível em Irlanda, também sou uma especialista imbatível em corações partidos. Sou tipo uma guia dois em um. E não tente fingir que não precisa de mim. Nós duas sabemos que existem milhares de guias de viagem sobre a Irlanda, e ainda assim você escolheu este aqui.

Você veio ao lugar certo, docinho de coco. A Ilha Esmeralda pode não ser o único lugar do mundo para curar um coração partido, mas é o melhor.

Acredite.

P.S.: Recentemente, em uma tarde ensolarada no condado de Clare, na Irlanda, contei quarenta e sete tons de verde. E agora, Johnny Cash?

— Introdução de *Irlanda para corações partidos: um guia não convencional da Ilha Esmeralda*, 3ª edição

Prólogo

ESTE É O PIOR VERÃO DE TODOS.
Foi com esse pensamento que caí. Não foi: *Estou caindo.* Não foi: *Acabei de empurrar meu irmão das Falésias de Moher.* Nem mesmo: *Minha tia vai me matar por estragar seu casamento.* Só: *Este é o pior verão de todos.*
Devo admitir que minha capacidade de raciocínio não estava uma maravilha. E, ao terminar de rolar pelo barranco, eu também não.
Quando parei, meu vestido de grife e eu tínhamos passado por pelo menos dez poças de lama, e eu estava em cima de algo fedorento. Mas as surpresinhas de vaca não eram a pior parte. Em algum ponto da descida, eu tinha batido em algo — com força — e meus pulmões estavam tentando lembrar o que deveriam fazer. *Respirem,* implorei a eles. *Respirem, não é difícil.*
Por fim, consegui respirar. Fechei os olhos, obrigando-me a diminuir o ritmo e a inspirar contando até cinco, como faço sempre que uma pancada me deixa sem fôlego, o que acontece com uma frequência muito maior comigo do que com outras pessoas.
Tenho o que meu técnico de futebol chama de "perfil agressivo". Em outras palavras, sempre que enfrentamos uma escola

com jogadoras que se parecem com Átila, o Huno, só que de rabo de cavalo, sei que vou permanecer em campo o jogo inteiro. Levar pancadas de tirar o fôlego é uma das minhas especialidades. Mas, em geral, quando isso acontece, estou usando chuteiras e uniforme, não batom e salto alto.

Cadê o Ian? Rolei para o lado, procurando meu irmão. Como eu, ele estava caído de costas, o paletó azul-marinho meio aberto, a cabeça virada para a base da colina, na direção de todos os ônibus de turismo no estacionamento. Ao contrário de mim, ele não estava se mexendo.

Nem um músculo.

Não. Fiquei de joelhos na hora, o pânico deixando minha visão turva. Os saltos prenderam na bainha do vestido e tentei me soltar, com aquelas cenas de vídeos de primeiros socorros a que somos obrigados a assistir na escola passando pela minha cabeça. Era para começar com o boca a boca? Compressões torácicas? Por que eu não tinha prestado mais atenção na aula?

Estava prestes a me jogar em cima dele quando seus olhos de repente se abriram.

— Ian? — sussurrei.

— Uau — disse ele, em tom cansado, olhando para as nuvens enquanto balançava um braço, depois o outro.

Eu caí de volta no chão, aliviada, lágrimas brotando em meus olhos. Posso ter empurrado meu irmão do topo de um penhasco, mas não o matei. Isso tinha que valer de alguma coisa.

— Continuem andando, pessoal. Olhem para cima. — Fiquei imóvel. A voz tinha sotaque britânico e estava muito próxima. — Hag's Head fica um pouco mais adiante. Ah, vejam só, tem um casamento acontecendo lá em cima! Conseguem ver a linda noiva? E… Minha nossa. Acho que ela perdeu uma das madrinhas. Uma baixinha de lavanda. Olá! Você está bem? Caiu, foi?

Eu me virei na hora, o corpo tenso, pronta para explodir com quem tinha acabado de me chamar de "baixinha de lavanda", mas o que vi me fez querer sumir. Ian e eu havíamos chegado muito mais perto da trilha do que eu tinha percebido, e uma guia de turismo usando um poncho vermelho-cereja e um chapéu de aba larga se aproximava de nós conduzindo um grupo de turistas encantados. Só que nenhum deles olhava para a paisagem deslumbrante ou para a linda noiva — que por acaso era minha tia Mel. Estavam olhando para *mim*. Todos os trinta.

Parecia que nunca tinham visto uma briga no meio de um casamento.

Aja com naturalidade.

Eu me endireitei, puxando a saia do vestido para baixo.

— Foi só um tombo! — falei em tom alegre. *Credo*. "Tombo" não fazia parte do meu vocabulário. E que voz feliz e robótica era aquela saindo da minha boca?

A guia de turismo apontou seu guarda-chuva para mim.

— Você acabou mesmo de rolar daquela colina tão alta?

— Parece que sim — respondi, mais uma vez em tom alegre. Não era bem o que eu gostaria de dizer. *Não, só resolvi deitar no esterco.*

Olhei para Ian. Ele parecia estar se fingindo de morto. Muito conveniente.

— Tem certeza de que está bem?

Dessa vez, expressei em minha voz uma boa dose de *por favor, vá embora agora*.

— Absoluta.

Funcionou. A guia fez cara feia e ergueu o guarda-chuva, enxotando o grupo, que, relutante, saiu se arrastando como uma centopeia gigante. Pelo menos eu tinha conseguido me livrar deles.

— Você podia ter me ajudado — falei para o corpo inerte de Ian.

Ele não respondeu. Típico. Nos últimos tempos, tirando os momentos em que tentava me convencer a contar para os nossos pais o que tinha acontecido no verão, ele mal olhava para mim. Não que eu pudesse culpá-lo. Também mal conseguia olhar para mim mesma, e olha que tinha sido eu quem estragara tudo.

Uma gota de chuva pingou na minha bochecha. E mais outra. *Sério? Agora?* Lancei um olhar de reprovação para o céu e levantei o braço, tentando cobrir minha cabeça enquanto avaliava minhas alternativas. Além de procurar abrigo em uma das lojinhas de suvenir, que mais pareciam tocas de hobbits, minha opção era subir a colina e voltar para a festa de casamento e para minha mãe, cuja raiva já emanava pelo campo. E eu não estava nada ansiosa para enfrentá-la.

Escutei as ondas baterem com violência contra as falésias, e o vento trouxe alguns fragmentos das conversas no topo da colina, como tinha feito com os confetes de borboleta que tínhamos jogado alguns minutos antes.

Você viu?

O que houve?

Eles estão bem?

— Eu não estou bem! — gritei, mas o vento engoliu minhas palavras.

Já fazia uma semana e três dias que eu não estava nada bem, desde que Cubby Jones — o garoto com quem eu tinha ficado em segredo o verão inteiro, o garoto por quem eu havia sido apaixonada durante toda a adolescência — tinha decidido esmagar meu coração até virar pó e depois soprá-lo em cima do time de futebol americano inteiro. O time do qual *Ian* fazia parte. Não era de admirar que ele não conseguisse nem olhar para mim.

Então, não. Eu não estava nada bem. E continuaria assim por muito, muito tempo.

Talvez para sempre.

Wild Atlantic Way

Sou eu de novo, docinho. Vim dar uma dica importantíssima para você que está nos estágios iniciais de planejamento da viagem. Leia com cuidado, porque é uma das poucas regras rígidas que vai encontrar por aqui. Está prestando atenção? Lá vai. *Ao visitar a Irlanda pela primeira vez, sob hipótese alguma comece sua viagem pela capital, Dublin.*

Sei que parece arbitrário. E sei que você acabou de ver uma promoção imperdível para Dublin naquele site de viagens que tem rondado como um urubu a semana toda, mas acredite em mim. Há muitas razões para seguir esse conselho, sendo a principal delas a seguinte:

Dublin é uma cidade *sedutora feito o diabo.*

Eu sei o que você vai fazer agora, coisinha linda. Vai tentar argumentar, dizendo que o diabo não é lá muito sedutor, ao que eu responderia que o inferno é um excelente lugar para conhecer pessoas interessantes. Fora que aqueles lagos de fogo seriam perfeitos para aquecer os músculos e eliminar o estresse.

Mas não vamos desviar do assunto.

Imagine que você é seu par de brincos favorito, aquele desaparecido desde as comemorações de Ano-Novo. Agora imagine que Dublin é um aspirador de pó. Se chegar perto demais dessa cidade, ela vai sugar você e não haverá esperança de escapar intacta. Estou soando um pouco dramática? Que bom. Usei metáforas demais? Ótimo. Porque Dublin é dramática e digna do uso excessivo de metáforas. É cheia de museus interessantes, estátuas com apelidos hilários e inapropriados e pubs com algumas das melhores músicas do mundo. Aonde quer que vá, você vai encontrar coisas para fazer, ver e provar.

E é aí que está o problema.

Muitos turistas vão para Dublin com planos de passar um ou dois dias e depois se dedicar ao restante da Irlanda. E muitos se veem, uma semana depois, dando sua nonagésima volta em Temple Bar, carregando dois globos de neve com leprechauns dentro e uma sacola cheia de camisetas que custaram o olho da cara — e nada mais.

Típico.

Minha recomendação enfática (ou seria uma ordem?) é começar pelo oeste, mais especificamente no Wild Atlantic Way. E, ainda mais especificamente, em Burren e nas Falésias de Moher. Em breve vamos falar mais sobre isso.

DEVER DE CASA: *Surpresa!* Enquanto desbravamos essa ilha selvagem, vou propor pequenas atividades pensadas para deixá-la ainda mais encantada pela Irlanda e, com um passo de cada vez, tirá-la desse fundo do poço, onde está mergulhada em mágoa. A primeira atividade? Continuar lendo. É sério. É só continuar a leitura.

— Trecho de *Irlanda para corações partidos: um guia não convencional da Ilha Esmeralda, 3ª edição*

— VOCÊS COMEÇARAM A BRIGAR NO MEIO DA *CERIMÔNIA*. Quando minha mãe ficava chateada, sua voz baixava três oitavas e ela começava a dizer coisas óbvias.

Desviei os olhos dos milhares de tons de verde que passavam a toda pela janela do carro, respirando fundo para me manter calma. O tutu lamacento do vestido estava espalhado ao meu redor e meus olhos estavam tão inchados que eu mal conseguia mantê--los abertos. Não que eu pudesse reclamar: o olho do Ian parecia muito pior.

— Mãe, a cerimônia já tinha acabado, a gente…

— Lado errado, lado errado! — gritou Archie.

Minha mãe xingou, girando o volante bruscamente para desviar de um trator. Eu cravei minhas unhas no braço mais próximo, que por acaso pertencia ao meu irmão mais velho, Walter.

— Addie, para com isso! — reclamou ele, puxando o braço. — Você tinha prometido que não ia mais me arranhar inteiro.

— A gente quase bateu de frente com um trator gigante. Não fiz de propósito — retruquei, empurrando-o de leve para o lado.

Eu tinha passado as últimas setenta e duas horas espremida entre meus irmãos Walter e Archie, dois grandalhões, nos mais variados meios de transporte, e minha claustrofobia estava no nível nove. Se subisse mais um pouco eu ia acabar socando alguém. De novo.

— Mãe, não liga pra eles, você está indo muito bem. Passou pelo trator com uma folga de uns sete ou oito centímetros — comentou Archie, enfiando a mão por baixo do descanso de cabeça do banco do motorista para dar um tapinha encorajador no ombro dela. Então estreitou os olhos azuis para mim e moveu os lábios sem fazer som: *Para de estressar ela*.

Walter e eu reviramos os olhos um para o outro. O homem no balcão da locadora de carros do aeroporto tinha garantido que levaria uma hora, no máximo duas, para minha mãe se acostumar a dirigir na mão inglesa, mas, depois de mais de quarenta e oito horas, cada vez que a gente entrava no carro eu tinha a mesma sensação de quando andava nas montanhas-russas capengas das feiras itinerantes. *Vamos todos morrer*. Eu considerava aquele funcionário da locadora pessoalmente responsável por todos os danos emocionais e psicológicos com os quais eu sem dúvida voltaria para casa.

Ian, que sempre ficava enjoado em viagens de carro e por isso ganhava o direito de ir no banco da frente, foi o único que não se abalou. Ele abriu a janela, fazendo entrar uma rajada de ar frio com cheiro de esterco, balançando o joelho como sempre.

Há duas coisas importantes a se saber sobre Ian. A primeira: ele nunca para de se mexer. Nunca. É o mais baixo dos meus irmãos, só alguns centímetros mais alto que eu, mas ninguém percebe porque sua energia preenche qualquer cômodo em que ele esteja. E a segunda: Ian tem níveis de raiva. Nos níveis de um a oito, ele grita como todos nós. De nove para cima? Ele fica em silêncio. Como agora.

Eu me inclinei para a frente, tentando ver melhor seu olho roxo. Havia um risco de lama abaixo de sua orelha e alguns tufos de grama no cabelo. O olho estava mesmo muito feio. Por que será que tinha inchado tanto e tão rápido?

Ian tocou a pele sob o olho com delicadeza, como se estivesse se perguntando a mesma coisa.

— Briga? Ah, mãe. Foi só uma discussão. Duvido que alguém tenha visto.

A voz dele estava calma, quase entediada. Ele estava mesmo tentando convencê-la.

— A palavra *discussão* sugere que não houve violência. Eu vi vocês se socando. O que significa que era uma briga — acrescentou Walter, muito prestativo. — Além disso, é só ver o seu olho.

— *Parem* de olhar para o meu olho — resmungou Ian, saindo do seu estado zen.

Todos olharam para ele, incluindo minha mãe, que na mesma hora começou a pegar a contramão.

— Mãe! — gritou Archie.

— *Eu sei* — retrucou ela, irritada, dando uma guinada para a esquerda.

Eu machuquei mesmo o Ian. Meu coração quase sumiu no meu peito, mas não o deixei escapar. Não tinha espaço para culpa, porque eu já estava transbordando de remorso, vergonha e ódio de mim mesma. Além disso, Ian *merecia* aquele olho roxo. Ele não parava de falar sobre o Cubby — quase me atacando com aquele nome. Era como se meu irmão tivesse uma vareta com uma brasa na ponta e me queimasse com ela sempre que quisesse.

A voz de Ian surgiu em minha cabeça — o disco arranhado que eu estava ouvindo havia dez dias. *Você tem que contar para a nossa mãe antes que outra pessoa conte.*

Uma onda de ansiedade subiu pelas minhas pernas com uma sensação quente de formigamento, e me debrucei em Archie para abrir a janela, deixando outra lufada de ar entrar. *Não pense no Cubby. Não pense na escola. Não pense, ponto.* Eu estava a mais de seis mil quilômetros e dez dias do início do meu segundo ano do ensino médio — não deveria gastar o pouco tempo que me restava pensando no desastre para o qual voltaria.

Olhei pela janela, decidida, tentando prestar atenção na paisagem. Casas e pousadas pontilhavam o cenário formando pequenos aglomerados charmosos, com fachadas muito brancas enfatizadas pelas portas coloridas. Varais carregados de roupas balançavam ao sabor da brisa úmida, e vacas e ovelhas pastavam tão perto das casas que estavam quase entrando nos quintais.

Eu ainda não conseguia acreditar que estava ali. Quando se imagina um casamento no exterior, ninguém pensa em um penhasco com ventos fortes e garoa constante na costa oeste da Irlanda, mas tinha sido justo esse lugar que minha tia escolhera. As Falésias de Moher. Aliás, o *h* de Moher é pronunciado quase como um *r*, como em *r*ajadas de vento e chuva, sem falar na *r*azoável subida montanha acima em um par de saltos bege. No entanto, apesar de meus irmãos quase terem precisado carregar os futuros sogros da minha tia nas costas e de todos termos ficado com lama até o tornozelo antes mesmo de os votos serem feitos, eu entendia completamente por que minha tia escolhera aquele lugar.

Para começar, a filmagem para a TV ficaria linda. A equipe que acompanhava a tia Mel — uns caras de vinte e poucos anos com barbas cultivadas com muito esmero — nos obrigara a fazer o cortejo do casamento duas vezes, andando ao redor dela enquanto o vento açoitava seu vestido *art déco* de uma maneira que poderia ter deixado minha tia parecendo um boneco de posto, mas lhe dera uma aparência esbelta e serena. E depois que estávamos todos posicionados, a vista passara a ser o mais importante, pois era tão *grandiosa*. Campos de um verde suave terminavam de modo abrupto em penhascos escarpados que desciam até o mar, onde ondas se quebravam nas rochas gerando uma espuma encantadora.

As falésias eram antigas e românticas, além de completamente indiferentes ao fato de que eu tinha passado o verão inteiro arruinando minha própria vida. *Pisaram no seu coração na frente de todo mundo?*, perguntavam os penhascos. *Grande coisa. Olha só como eu quebro essa próxima onda em um milhão de pequenos diamantes.* Por um tempo, a vista lá de cima varrera todos os meus pensamentos. Nada de câmeras, Cubby ou irmão zangado. Havia sido meu primeiro descanso mental em mais de dez dias. Até Ian sussurrar: *Quando você vai contar para a nossa mãe?* Então, toda a ansiedade acumulada no meu peito explodira. Por que ele não podia deixar aquilo pra lá?

Walter também abriu a janela, criando uma corrente de ar pelo banco de trás. Então soltou um suspiro feliz.

— Todo mundo viu a briga. As pessoas ficaram chocadas quando vocês rolaram colina abaixo. Aposto que pelo menos um dos caras da equipe de filmagem gravou a cena. E depois apareceram aqueles turistas. Eles conversaram com vocês, não foi?

Ian parou de balançar a perna e cerrou o punho com raiva. Ele se virou para Walter.

— Walt, *cala a boca.*

— Vocês todos... — começou a dizer minha mãe, mas então empalideceu. — Ah, não.

— O quê? O que foi? — Archie chegou o rosto mais para a frente, tentando enxergar pelo para-brisa. — Uma rotatória — disse ele, no mesmo tom que um cientista da NASA usaria para anunciar que um meteorito estava prestes a destruir a Terra.

Eu agarrei o braço dos meus irmãos. Walter apertou o cinto de segurança no peito. Archie voltou ao modo treinador e começou a dar instruções.

— O motorista fica do lado de dentro da rotatória. Dê a preferência antes de entrar, não quando estiver nela. Mantenha o foco e, faça o que fizer, *não pise no freio.* Você consegue, mãe.

Entramos na rotatória como se fosse um redemoinho infestado de tubarões. Todos nós prendemos a respiração, a não ser por minha mãe, que soltou uma torrente de palavrões, e Ian, que continuava com sua agitação de sempre. Quando finalmente saímos, houve um suspiro de alívio coletivo no banco de trás, além de um último palavrão vindo do assento do motorista.

— Muito bem, mãe. Se a gente se sair assim nas próximas rotatórias, vai dar tudo certo — tranquilizou Archie, soltando minhas garras do seu braço.

Walt se inclinou para a frente, também se desvencilhando de mim.

— Mãe, por favor, pare de xingar. Você é péssima nisso.

— Todo mundo sabe xingar — retrucou ela, trêmula.

— Você acabou de refutar essa teoria sozinha, meus parabéns — discordou Walt. — Existe uma ciência por trás disso. Algumas palavras combinam, outras não. Você não pode simplesmente jogar todas na mesma frase.

— Mas muito bem posso jogar *todos vocês* para fora do carro — respondeu ela.

— Viu só? Bem melhor, mãe — elogiou ele. — Acho que você deveria se limitar aos trocadilhos. Pelo menos fazem sentido.

— É uma questão de contexto. E respeito pela forma — acrescentou Ian, com a voz tranquila outra vez.

Apertei minha saia enlameada, confusa. Ian estava calmo--furioso ou calmo-*calmo*?

Archie olhou feio para todos nós.

— Ela pode usar a combinação de palavras que quiser, desde que a gente chegue vivo ao hotel. Mãe, lembre-se das suas meditações de negócios. *Vá para seu lugar de poder.*

— Ótimo — resmungou Ian. — Você invocou a Catarina.

— Não precisava mencionar o nome dela — acrescentei.

Minha mãe franziu a testa para nós. Treze meses antes, ela havia trocado as calças de ioga e camisetas largas por um guarda--roupa de corretora de imóveis e várias gravações de *Sinta o Ne-*

gócio, Seja o Negócio, de uma guru de imóveis chamada Catarina Hayford. E não podíamos nem rir muito, porque em apenas um ano ela havia superado noventa por cento dos corretores mais experientes, chegando até a figurar nos outdoors da imobiliária. Isso significava que, praticamente em qualquer lugar de Seattle, eu podia olhar para cima e vê-la sorrindo para mim, imperiosa. E ela andava tão ocupada nos últimos tempos que às vezes eu só a via assim mesmo.

— Por que gastei meu dinheiro pagando uma viagem para a Irlanda para vocês quatro? — perguntou minha mãe, a voz alta e irritada.

— Não foi com seu dinheiro — respondeu Walt. — Foi com o da tia Mel. Além disso, se não fosse pelo pequeno espetáculo de Addie e Ian, o casamento teria sido um tédio, mesmo com aquela paisagem. — Ele me cutucou. — Para mim, a melhor parte foi quando nossa irmãzinha revolveu empurrar o Ian do penhasco. Ela estava tão *decidida*! Foi que nem aquela cena de *A princesa prometida*, quando a Buttercup empurra o Westley, que sai rolando colina abaixo e diz: "Como... quiser..."

— Duas coisas — disse Ian, os longos cabelos roçando o ombro quando se virou para trás. Seu olhar passou direto por mim. — Primeiro: ótima referência, já que as Falésias de Moher foi onde filmaram as cenas dos Rochedos da Perdição. Segundo: você por acaso *viu* o que aconteceu?

Walter ficou boquiaberto.

— Por que ninguém me avisou disso antes? Você tem razão. A gente estava lá! Nos Rochedos da Perdição. Poderíamos ter encenado essa parte...

— *Cala a boca.* — Tentei deixar minha voz o mais ameaçadora possível. Quando Walter começava, era como um trem a diesel humano: barulhento e impossível de parar.

— Senão o quê? Você vai me empurrar de um penhasco?

— Estava mais para um soco — interveio Archie. — Ou quem sabe um gancho de direita. A técnica foi muito boa mesmo. Fiquei impressionado, Addie.

Ian se virou de novo, bem rápido, e dessa vez seu olho roxo me encarou.

— Ela não me empurrou do penhasco. Eu *escorreguei*.

— Aham, claro. — Walter riu. — Ótima maneira de salvar sua dignidade, campeão.

Meti os cotovelos na perna de Walter e Archie, mas eles seguraram meus braços, e tive que lutar para me libertar.

— A gente caiu pelo lado da colina, não pelo penhasco. Ninguém estava em perigo.

Walter balançou a cabeça.

— Foi pura sorte. A tia Mel nunca teria nos perdoado se você tivesse estragado o casamento dos sonhos dela cometendo *assassinato*. — Ele sussurrou a última palavra, igualzinho ao narrador de seu programa de TV favorito sobre crimes reais.

— Mas imagina só os índices de audiência do episódio do casamento se isso tivesse acontecido — brincou Archie. — A HGTV amaria você pra sempre. Talvez até fizessem um reality show só seu. Uma mistura de penetra de casamentos com matadora de aluguel.

— Parem com isso *agora*. — Minha mãe até ousou tirar uma das mãos do volante para massagear a têmpora direita. — Quer saber? Vou parar o carro.

— Mãe, o que você está fazendo? — gritei quando ela seguiu para o acostamento, uma fila gigantesca de carros começando a buzinar atrás de nós. Se eu tivesse que ficar espremida naquele carro por um minuto além do necessário, ia surtar. — Tem um monte de carro atrás da gente. O acostamento é minúsculo.

— Sim, Addie, eu sei. — Trêmula, ela parou o carro com um solavanco. — Mas isso não pode esperar.

— A briga nas falésias foi cem por cento culpa do Ian! — gritei, sem pensar, e meus três irmãos se viraram para me olhar ao mesmo tempo, horrorizados.

Eu havia acabado de quebrar a regra número um do código dos irmãos Bennett: nunca jogue a culpa no outro. Só que aquela história do Cubby estava em outro nível. Talvez as regras antigas não valessem mais.

O rosto de Ian se contraiu de raiva.

— Foi você quem...

— CHEGA! — A voz de minha mãe reverberou pelo carro como um gongo. — Não quero saber *quem* começou. Não estou nem aí se Addie lambuzou você de mel e depois o empurrou para dentro da caverna de um urso. Vocês já são quase adultos. E já estou cansada dessas brigas. Vocês rolaram por um barranco. No meio de um casamento.

Caverna de urso? Lambuzado de mel? Minha mãe tinha uma imaginação fértil. Walter começou a rir, mas ficou em silêncio quando ela se virou para ele. Então ela se concentrou em Ian.

— Só falta um ano para você entrar na faculdade. Se acha que vou aturar esse tipo de comportamento, está muito enganado. Addie, você tem dezesseis anos e o autocontrole de uma criança de dez.

— Ei! — comecei a reclamar, porém Archie deu uma cotovelada nas minhas costelas, fazendo com que eu me dobrasse de dor.

Foi minha salvação. Se eu tinha alguma chance de sobreviver àquela bronca, precisaria aprender a dominar a sutil arte de *ficar quieta*. E minha mãe estava certa. Como aquele "ei" demonstrava tão bem, eu tinha sérios problemas de impulsividade, o que me colocava em apuros com frequência.

— Vocês dois sempre foram tão próximos — prosseguiu minha mãe. — Os mais próximos dos quatro. Por alguns anos, cheguei a pensar que não notavam a existência de mais ninguém. O que está acontecendo neste verão?

O carro ficou silencioso de repente. Horrivelmente silencioso. Exceto pelos limpadores de para-brisa, que escolheram aquele exato momento para ganhar vida. *Neste verão, neste verão, neste verão*, repetiam eles, espalhando água pelo vidro. O joelho de Ian passou a balançar mais devagar, e senti seu olhar em meu rosto.

Conte pra ela.

Ergui os olhos para meu irmão, enviando uma mensagem telepática tão insistente quanto a dele.

Não. Vou. Contar.

— Está bem. Não querem contar, então não contem. — Minha mãe deu um tapa no volante e todos nos encolhemos. — Se o pai de vocês estivesse aqui, os dois estariam no primeiro voo de volta para Seattle. Sabem muito bem disso.

Ian e eu pulamos de susto quase ao mesmo tempo.

— Mãe, não! Eu *preciso* ir para a Itália. Preciso ver a Lina! — exclamei.

A voz controlada de Ian preencheu o carro:

— Mãe, você deveria pensar melhor.

Ela jogou as mãos para o alto com impaciência, rebatendo nossas emoções com um dos movimentos característicos de quando jogava tênis.

— Não falei que vou fazer isso.

— Calma, Addie, credo — sussurrou Walter. — Você quase deu de cara no para-brisa.

Eu desabei de volta no assento, o pânico se esvaindo de minhas veias. A única coisa boa no casamento da tia Mel — além da paisagem deslumbrante — tinha sido me trazer para a Europa, o continente que roubara minha melhor amiga no começo do verão.

Minha tia havia planejado uma viagem pós-casamento pela Irlanda para todos nós, mas eu conseguira convencer meus pais a me deixarem passar alguns dias na Itália com Lina. Eu não a via desde que ela tinha ido morar em Florença com o pai, Howard, noventa e dois dias antes, e cada um desses dias parecia durar uma vida inteira. Deixar de vê-la não era uma opção. Ainda mais agora, que ela muito provavelmente era a única amiga que me restava.

Ian se debruçou para a frente, aliviado, torcendo os cabelos compridos como um saca-rolhas. Sério, parecia que ele tinha deixado o cabelo crescer só para ter mais opções de tiques nervosos.

— Não pensem que se livraram dessa — continuou minha mãe.

— Eu deveria mandar vocês para casa, mas já gastamos uma fortuna com as passagens para Florença, e se eu não ficar um tempo longe de vocês dois e suas brigas constantes, vou ter um treco.

Fui atingida por mais uma onda de raiva.

— Alguém pode me explicar *por que* Ian vai comigo para a Itália?

— Addie — alertou minha mãe, irritada.

Ian me encarou com olhos arregalados que diziam: *Cale a boca AGORA.*

Eu o encarei também. Apesar de eu realmente precisar *calar a boca AGORA*, era uma pergunta muito pertinente. Por que ele queria viajar comigo se não me suportava?

— Então, é o seguinte — recomeçou minha mãe, interrompendo nossa competição de olhares de ódio. — Amanhã de manhã, Archie, Walter e eu vamos seguir viagem pela Irlanda e vocês dois vão para Florença — disse ela devagar, suas palavras se alinhando como uma fileira de dominós, e prendi a respiração, esperando que ela derrubasse a primeira peça.

Mas... ela não fez isso.

Depois de quase dez segundos de silêncio, perguntei com a voz esperançosa:

— É isso? Nós vamos e fim?

— Você vai simplesmente deixar os dois irem para a Itália? — perguntou Walter, parecendo tão incrédulo quanto eu. — Você não vai, sei lá, botá-los de castigo?

— Walter! — gritamos Ian e eu ao mesmo tempo.

Minha mãe se virou novamente, olhando primeiro para mim, depois para Ian, a coluna girando com perfeição. Pelo menos estava fazendo bom uso de suas aulas de ioga.

— Vocês vão para a Itália. Isso vai obrigar os dois a passarem um bom tempo juntos — disse ela, enfatizando a palavra *bom*. — Mas há uma condição.

Claro que havia.

— O quê? — perguntei, impaciente, puxando um grampo da parte de trás do meu penteado murcho. Se não fosse deixá-lo morrendo de raiva, eu o enfiaria no cabelo de Ian para que não caísse mais em seu rosto.

— Lá vamos nós — murmurou Ian, alto o suficiente para apenas eu ouvir.

Minha mãe fez uma pausa dramática, os olhos passando de um para outro.

— Vocês estão prestando atenção?

— Estamos — garanti, e o joelho de Ian saltou em resposta. Ele não conseguia ficar parado um segundo?

— Esta é a chance de vocês provarem para mim que sabem se comportar. Se eu ouvir um comentário negativo do pai da Lina, *um só que seja...* Se vocês brigarem, gritarem ou até mesmo olharem feio um pro outro... estão fora dos times.

Houve um momento de silêncio, então uma explosão de vozes.

— *O quê?!* — exclamou Archie.

— Caramba. — Walter balançou a cabeça. — Você está falando sério, mãe?

— Fora dos times? — perguntei na hora. — O meu futebol e o futebol americano do Ian?

Ela assentiu, um sorriso de satisfação se espalhando em seu rosto feito manteiga derretida. Estava orgulhosa de si mesma.

— É isso aí. Vão sair dos times de futebol e futebol americano. E não precisa nem serem os dois dando problema: se um de vocês arrumar confusão, o outro também vai ser punido. E nada de segundas chances. Se pisarem na bola uma vez, é o fim. Sem discussão.

Eu tinha achado que não havia mais espaço para pânico, mas ele se enfiou no meio de todos os outros sentimentos, transformando meu peito em um acordeão. Cheguei mais perto, apoiando a mão nos bancos da frente para me equilibrar.

— Mãe, você sabe que preciso jogar futebol esse ano. — Minha voz estava aguda e estridente, não tão persuasiva quanto eu pretendia.

— Se os olheiros não me notarem, não vou entrar em um time de faculdade. Este é o ano mais importante. O meu *futuro* está em jogo.

— Então é melhor você não estragar tudo.

Os olhos de Ian encontraram os meus, e eu pude ver as palavras ricocheteando na sua cabeça. *Você já estragou tudo, Addie.*

Eu lancei um olhar cortante na direção dele.

— Mas...

— Isso só depende de você. E do Ian. Não vou voltar atrás.

Como se ela precisasse ter feito o último aviso. Meus pais nunca voltavam atrás em nada. Era uma das constantes da vida: a menor distância entre dois pontos é uma reta, vaca-preta sempre fica mais gostosa quando o sorvete está meio derretido, e meus pais *nunca* voltam atrás quando decidem um castigo.

Mas o futebol? Era a minha única chance de estudar em uma boa faculdade. Por mais que eu me empenhasse, minhas notas nunca eram grande coisa, então eu dependia do esporte para entrar em um curso de engenharia decente. Não era nada garantido, mas eu tinha que tentar.

Além disso, era o *futebol*. Fechei os olhos, imaginando o cheiro da grama, o ritmo complicado das meninas da equipe, o tempo parecendo voar — todas as outras preocupações sendo jogadas para fora do campo. Aquele era o meu lugar. O único lugar onde eu realmente me encaixava. E agora que Lina tinha se mudado e Ian me odiava, eu precisava estar no time mais do que nunca.

E não só pela Addie do futuro. Eu precisava do futebol para a Addie do presente. Se existia alguma chance de eu sobreviver à vida pós-Cubby, seria no campo.

Minha mãe inclinou a cabeça na direção de Ian, que parecia imitar uma marionete descontrolada.

— Ian, você está ouvindo?

— Estou — respondeu ele, a voz estranhamente resignada.

Sua linguagem corporal e a voz pareciam dizer *não me importo*, mas eu sabia que isso não podia ser verdade. O esporte era ainda mais importante para ele do que para mim. E ele era muito melhor do que eu.

— Então entendeu que se você *ou* Addie fizerem algo de errado você está fora do time? Sem segundas chances, sem discussão. Você sai e pronto.

— Entendi — disse ele, em tom indiferente.

Sua mão afundou no cabelo de novo, formando um nó.

Archie ergueu um dedo.

— Não estou querendo criticar sua sabedoria, mãe, mas isso parece um pouco duro demais. Um deles pisa na bola, e os *dois*...

— Não quero mais ouvir um pio sobre o assunto — interrompeu minha mãe.

— Peraí, como assim? — perguntei, assustada, finalmente registrando a segunda parte da condição. — Você está dizendo que, se Ian fizer alguma coisa, *eu* vou ser punida?

— Isso mesmo. E se você fizer alguma coisa errada, Ian será punido também. Pense nisso como um exercício de trabalho em equipe. Se um erra, os dois saem perdendo.

— Mas, mãe, eu não tenho nenhum controle sobre o que o Ian faz. Isso não é justo — lamentei.

— A vida não é justa — retrucou minha mãe, uma pontinha de alegria na voz. Meus pais amavam frases de efeito com a mesma intensidade que outras pessoas amam queijo ou bons vinhos.

E como Ian conseguia reagir com tanta *frieza?* Desde sua primeira partida de futebol americano, quando virou o jogo sozinho e depois levou o time ao campeonato, o esporte tinha sido sua vida. Não só era o quarterback titular da escola, como também já havia sido sondado por duas faculdades diferentes sobre possíveis bolsas de estudo. Uma delas o procurara pouco antes do acampamento de futebol americano. Não era de se admirar que ele estivesse agindo como se não se importasse. Devia estar apavorado por dentro.

Você sabe o que Cubby anda fazendo? Ele está... Sem aviso, as palavras de Ian invadiram minha mente e precisei enterrá-las bem fundo antes que pudessem ganhar terreno. Eu não podia nem pensar no acampamento de futebol americano, a não ser que quisesse surtar de vez. E não podia surtar com a viagem para a Itália em jogo.

— Ótimo. Estamos entendidos — concluiu minha mãe diante do nosso silêncio. Ela se virou para a frente, pondo as mãos no volante na posição correta. — Hoje à noite vamos fazer o seguinte: quando chegarmos ao hotel, quero que todos arrumem as malas. Walter e Archie, o ônibus da excursão sai amanhã praticamente de madrugada, então vocês precisam estar prontos. Addie e Ian, vocês vão tomar banho e trocar de roupa, depois vão comigo até o quarto de sua tia para pedir desculpas e implorar perdão.

— Mãe... — resmunguei, mas ela ergueu a mão, impedindo que eu continuasse.

— Falei implorar? Quis dizer suplicar de joelhos. Depois, todos nós vamos para a festa de casamento, onde espero que se comportem como seres humanos civilizados ou, no mínimo, como macacos mais ou menos adestrados. Então, depois de dançarmos e comermos bolo ou qualquer outra coisa que minha irmã tenha em mente, vamos todos para a cama. Addie e Ian, sugiro que encontrem uma maneira de fazer as pazes. Caso contrário, seus dias na Itália vão ser bem curtos. Ouvi dizer que o cemitério onde Lina mora é bem pequeno.

— Não, é gigante. — As palavras escaparam da minha boca.

— Addie — disparou Ian, sem mais um pingo de paciência. — Já. Chega.

— Eu só não entendo por que você...

— Addie! — gritaram todos no carro.

Eu me joguei de volta no banco, esbarrando nos ombros largos de meus irmãos.

Já chega. Se eu quisesse continuar a jogar futebol, teria que me manter focada em dois objetivos: não provocar a fúria de minha mãe e me dar bem com Ian.

Mordi o lábio, o cabelo despenteado de Ian no canto de minha visão. Quando foi que me dar bem com Ian tinha se tornado um *objetivo*?

Em qualquer outro momento de nossa vida, Ian me acompanhar na viagem para a Itália faria todo o sentido. Ele sempre foi meu parceiro de aventuras. Quando estávamos no ensino fundamental, Ian gostava de encontrar lugares estranhos na vizinhança para me surpreender. Uma vez, a gente tinha descoberto um galpão abandonado com várias revistinhas velhas. Em outra ocasião, ele havia me ajudado a subir em um enorme carvalho com várias iniciais riscadas no tronco.

Ian chamava essas pequenas aventuras de "excursões". A tradição continuara por anos a fio, e nossas carteiras de habilitação apenas ampliaram as possibilidades. Três semanas antes, tínhamos feito outra.

— Está na hora de uma excursão, Addie.

Como sempre, Ian não se deu ao trabalho de bater à porta. Ele saiu entrando no meu quarto e pulou na minha cama depois de esbarrar em mim na escrivaninha.

— Sem chance. Aquele colega de trabalho da mamãe vai chegar em uma hora para o jantar — falei, fazendo a melhor imitação de nossa mãe. — Além disso, você está sujando meus lençóis.

Eu ainda não tinha me virado para ele, então esse comentário foi apenas um chute. Mas eu conhecia Ian. Em vez de tomar banho e trocar de roupa como um ser humano normal, ele quase sempre voltava direto para casa depois do treino. O estofamento do carro que dividíamos, sempre úmido de suor, era prova disso.

Escrevi minha última resposta e virei a página do caderno. Era um insulto profundo fazer aulas durante o verão, mas eu tinha passado raspando em biologia, e meus pais e eu decidimos que era uma boa ideia revisar a matéria.

Ian desabou na cama de um jeito dramático, fazendo as molas do colchão rangerem.

— Ela não vai ligar de a gente perder o jantar para ir à reunião superimportante do Comitê de Estudantes Atletas.

— CEA? — Eu me virei, e a cadeira girou também. — Por favor, não me diga que você me inscreveu nesse troço.

O CEA era a mais nova — e desesperada — tentativa de mudar a fama de nossa escola de ter os espectadores mais agressivos (leia-se: malvados) no estado.

Ian abriu o sorriso que era sua marca registrada, aquele que se espalhava pelo rosto inteiro e significava que algo empolgante estava prestes a acontecer.

— Não se preocupe. Eu não inscrevi você nesse troço. Mas, se nossa mãe perguntar, é para lá que estamos indo.

Larguei meu lápis na mesa.

— Sabe que eles vão obrigar você a participar, não sabe? A sra. Hampton disse que ia recrutar os atletas mais queridos da escola e juro que ela olhou com adoração para você ao dizer isso. — Coloquei a mão no peito e imitei o falsete dela. — Ian, sua estrela brilhante de perfeição. Salve-nos de nós mesmos!

Ele fez uma careta de nojo.

— Por favor, por favor, por favor, será que a gente pode não falar de futebol americano? Vou esperar no carro.

Ele se levantou de um pulo e saiu a passos barulhentos, deixando uma mancha de lama no meu lençol branco.

— Ian — resmunguei, olhando para a sujeira.

No entanto, peguei meu tênis debaixo da mesa e fui atrás dele. Ir atrás dele nunca me pareceu uma escolha — era como dormir ou escovar os dentes. Algo que eu fazia e pronto.

Falésias de Moher

Cada vez que um turista vai para a Irlanda e não visita as Falésias de Moher, uma *banshee* perde a voz. É isso mesmo, meu raio de sol, uma *banshee*. Afinal de contas, estamos na Irlanda, um lugar cheio de fantasmas estridentes. E como sua guia de turismo e amiga, é minha obrigação dizer que *nunca, jamais, em hipótese alguma*, alguém deve ir à Irlanda e não visitar as falésias. A viagem não faz sentido sem isso.

E eis o porquê: elas são lindas. De tirar o fôlego, aliás. Mas não daquele jeito suave e doce, como um pôr do sol ou um cordeirinho dando seus primeiros passos. Elas são lindas como uma tempestade — do tipo que enchem a gente de medo e admiração ao mesmo tempo. Você já ficou preso em um carro durante um temporal muito violento? As falésias são lindas desse jeito. São drama, raiva e paz, tudo misturado em uma combinação impressionante.

Estudei as falésias por anos antes de descobrir seu segredo — o que faz com que não sejam meramente pitorescas, mas sim algo capaz de transformar vidas: *são lindas porque são contraditórias*. Colinas suaves e cobertas de musgo transformam-se em rochedos escarpados aterradores. O mar revolto contrasta com o céu sereno. Os visitantes ficam parados em volta, tomados por uma mistura de reverência e euforia. Antes de conhecer as falésias, eu sabia que o belo podia ser agradável e inspirador. Depois, soube que também podia ser severo e lúgubre.

Na verdade, as falésias são *iguaizinhas* a certo coração que conheço. Sabe qual? Um que já foi capaz de conter tanto uma alegria esmagadora quanto uma tristeza opressiva e, ainda assim, permanecer primorosamente belo?

Claro que você não ouviu isso de mim.

DEVER DE CASA: Que tal a gente descarregar um pouco dessa raiva, chuchu? Quero que você encontre algo para jogar longe. Uma pedra, um pombo irritante, o que quiser. Ponha um nome nesse objeto. Dê-lhe a identidade da coisa que mais incomoda você e a mande pelos ares. Às vezes, um pouco de raiva faz bem. Depois, quero que respire fundo uma vez. E mais outra. Viu como a respiração continua acontecendo? Viu como ela se regula sozinha?

— Trecho de *Irlanda para corações partidos: um guia não convencional da Ilha Esmeralda, 3ª edição*

— QUE VESTIDO LINDO, IRMÃZINHA. VIROU CORRETORA?

Desviei os olhos do meu livro, pretendendo fazer uma careta para Archie, mas na metade do caminho perdi as forças e a expressão acabou se tornando algo entre o desgosto e o desdém. Depois de um dia daqueles, não tinha sobrado qualquer impulso homicida em mim.

Archie, sendo Archie, interpretou minha passividade como um convite e se jogou com tudo no sofá, quase me fazendo derrubar o guia.

— Tá maluco? — reclamei, e fui tomada por um pânico repentino ao me dar conta de que estava lendo um livro com "corações partidos" no título.

O guia tinha praticamente pulado para os meus braços da prateleira da pequena biblioteca no canto do salão de festas do hotel. A biblioteca era conveniente por vários motivos. Não só fornecia uma boa visão de minha mãe ainda furiosa, como também tinha um aroma reconfortante de lavanda e poeira, além de estar cheia de livros interessantes que pareciam ter sido descartados por hóspedes ao longo dos anos. Em outras palavras, era o esconderijo perfeito.

Irlanda para corações partidos havia chamado minha atenção de cara, apesar de não ter uma aparência muito impressionante. A capa era decorada com trevos em forma de coração, e uma mancha de xícara de café cobria parte do título, que era longo demais. Mas a capa não importava, pois eu estava na Irlanda e tinha um coração partido. Era o livro perfeito para mim.

— O que você está lendo? — perguntou Archie enquanto eu tentava esconder o livro atrás das almofadas.

— *Uma casa na campina* — respondi, dizendo a primeira coisa que me veio à cabeça. Quando era criança, eu tinha demorado a aprender a ler, mas depois que comecei, li os volumes daquela série até se desintegrarem. — Além disso, você não deveria pular na mobília. Acho que este sofá é uma antiguidade.

— O hotel inteiro é uma antiguidade.

Ele gesticulou indicando o salão de festas, que tinha mais móveis antigos, candelabros brilhantes e peças de cristal do que eu já vira na vida.

Apesar de ser um local meio pretensioso para um casamento, Ross Manor sem dúvida tinha um ar de casa de campo encantada, graças ao gramado exuberante com roseiras de galhos retorcidos e os travesseiros confortáveis sob os quais brotavam, todas as noites antes de dormir, chocolates em embalagens douradas. Até mesmo os zeladores eram adoráveis — um casal de cabelos brancos com muitas rugas que sempre encurralava os convidados para oferecer chá e biscoitos. "Gnomos de jardim", foi o apelido que Walter lhes deu. Combinava com eles.

— Nosso pai teria odiado muito este lugar, né? — perguntou Archie.

— Estou tão feliz que ele não esteja aqui.

No início do verão, quando a notícia do noivado de nossa tia assolou nossa casa como um enxame de abelhas muito caro, meu pai foi irredutível. *Sua irmã coleciona homens como outras pessoas cole-*

cionam copos de shot. Eu me recuso a ir para mais um casamento e passar uma semana inteira tentando encenar um conto de fadas.

Eu me inclinei para a frente, tentando ver o que minha mãe estava aprontando — checagem que eu vinha fazendo a cada quinze minutos. Naquele momento, ela andava pelo salão de festas, arrumando os arranjos de flores que, uma hora antes, tia Mel acusara aos gritos de estarem começando a "definhar até a morte". Pelo visto não havia espaço para algumas flores murchas. Não quando os índices de audiência estavam em jogo.

Cinco anos antes, minha tia Mel havia criado um programa de decoração que passou a ser transmitido pela HGTV. Isso significava que em uma tarde qualquer eu podia me refestelar no sofá com um pacote de biscoito sabor morango e assistir a *Meia Hora com Mel*, onde ela ensinava aos telespectadores como transformar um velho palete em uma estante usando apenas uma chave de fenda e um esmalte velho. Ou pelo menos acho que era isso que ela fazia. Nunca consegui assistir a um programa até o fim.

Archie indicou tia Mel com a cabeça.

— Como acha que ela convenceu esse aí a se casar com ela?

— O Clark? — perguntei.

Nosso novo tio estava parado perto do bar, mantendo-se de pé com certa dificuldade. Desde que anunciaram o noivado, ele parecia aturdido, como se estivesse sendo carregado por uma correnteza forte demais. Como *sempre*. Os tios número um e dois tinham exibido essa mesma expressão. Certa vez, ouvi meu pai descrever a tia Mel como uma correnteza. Minha mãe ficou com raiva, e meu pai, coberto de razão. Minha mãe só ficava brava quando as pessoas diziam a verdade.

— Deve ter sido o dinheiro dela. E seu estilo "eclético-moderno--descontraído" — completei, imitando a voz de tia Mel.

— Mas será que isso é suficiente? Nossa mãe disse que ela o obrigou a perder dez quilos.

— E a raspar o bigode — acrescentei.

— A sociedade deveria tê-lo obrigado a raspar aquele bigode. Parecia que ele tinha um rato molhado grudado na cara.

Eu ri, minha primeira risada sincera em dez dias, e saiu meio rouca, como uma porta que não era aberta havia muito tempo.

Archie deu um sorriso.

— É bom ouvir essa risada. Já fazia tempo. Você tem estado meio... deprimida.

Meu humor despencou de novo. Ele estava certo. Toda vez que eu me esquecia, mesmo que por um instante, como seria o próximo ano na escola, Cubby ressurgia, um peso em meus ombros, fazendo meu estado de espírito afundar. *Como pude ser tão burra?*

— Você e Ian se saíram bem suplicando de joelhos? — perguntou Archie.

Assenti, grata pela mudança de assunto.

— Eu, sim. Ian só ficou lá parado, fazendo cara feia.

Archie gemeu.

— Ou seja, sendo Ian.

— Exatamente.

Tinha sido que nem nas falésias com os turistas. Eu tentando me explicar enquanto Ian se fingia de morto. Pelo menos, dessa vez ele tinha ficado de pé.

— Falando nisso, cadê ele? — perguntou Archie.

Apontei com o queixo.

— Ali, ó. Sentado naquela cadeira que parece um trono.

Ian tinha adotado a mesma estratégia de sobrevivência que eu: encontrar uma peça de mobília antiga fora do caminho para passar o tempo e fingir que está em *qualquer* outro lugar. Só que ele havia passado a noite inteira mandando mensagens para alguém, com uma expressão que eu só poderia descrever como alegre.

— Ele está *sorrindo*? — perguntou Archie, incrédulo. — Depois de tudo que aconteceu hoje? Que esquisitão.

Mordi a língua, lutando contra o impulso de defendê-lo. Era assim que nossa família sempre se alinhara: Ian e Addie versus Walter e Archie. Às vezes formávamos outras alianças, mas as principais eram essas. Será que eu tinha estragado isso para sempre?

— Ele está sorrindo para o celular desde que saímos das falésias. Não sei com quem anda conversando, mas deve ser coisa boa.

— Provavelmente alguma garota — comentou Archie.

— Duvido.

Todas as garotas do universo eram apaixonadas pelo Ian, mas ele mal as notava, o que me deixava com a tarefa ingrata de afastar todas as pretendentes que achavam que se aproximar de sua irmã mais nova era o caminho para seu coração. Rá.

Archie puxou minha manga.

— Mas falando sério. Nesse vestido, você está parecendo a Miss Corretora de Imóveis.

Dessa vez, a cara feia veio sem esforço.

— Qual é, Archie? Você viu o que aconteceu com meu vestido lá nas falésias. Eu não tinha muitas opções. Tive que pegar um da nossa mãe.

— Ela não tinha nada com menos cara de… corretora?

— Você conhece mesmo ela?

— Só por alto. É aquela que vive gritando com a gente? De cabelo curto? Que de vez em quando aparece em outdoors?

Eu estremeci.

— A gente precisa convencê-la a não fazer isso este ano.

— Boa sorte. Aqueles outdoors estão pagando minha faculdade.

— O futebol americano está pagando sua faculdade. E a de Walt. E Ian provavelmente vai ser o primeiro estudante universitário na história a ganhar um salário para jogar. Sou a única que vai precisar daqueles outdoors para pagar a faculdade.

Eu não estava me fazendo de coitadinha. Era a mais pura verdade. Meus irmãos ficaram com todos os genes de *atletas naturais*, e só tinha me restado fazer o melhor possível com meus genes de *atleta esforçada*. Eu era boa, mas não era a craque do time. O que era péssimo quando havia santuários dedicados a seus irmãos no salão de atletismo.

A expressão de Archie se suavizou.

— Ei, não desista de jogar na faculdade ainda. Vi uma grande melhora na sua técnica ano passado. Você tem chance.

Dei de ombros. Não estava com cabeça para uma conversa motivacional.

— Isso se eu não estragar tudo com Ian.

— Claro que não vai. Você vai se divertir com a Lina, enquanto Ian... Sei lá. Vai ser o Ian.

Ser o Ian. Era quase um esporte olímpico radical. Música, futebol americano, escola — tudo vivido em uma intensidade maior do que o resto das pessoas.

— Você sabe *por que* ele quer ir para a Itália? Acho que o Ian não vai muito com a cara da Lina. Ela morou com a gente por seis meses e ele quase não conversou com ela. Será que é só para me torturar?

Ele deu de ombros.

— Lina? Ah, não tem motivo para ele não gostar dela. Ela é engraçada e meio diferente. Além disso, tem aquele cabelo maluco. Quando ela foi embora mesmo?

Eu ia dizer o número exato de dias, mas sabia que isso soaria neurótico.

— No início de junho.

— E ela vai ficar na Itália de vez?

Senti meus ombros desabarem.

— É. — Era quase como ser condenada à prisão perpétua. — Ela vai ficar por lá até o fim do ano letivo. O pai dela gosta muito de viajar, então eles vão para tudo que é canto. Em outubro ele vai levar Lina e o namorado dela para Paris.

Lina tinha um *namorado*. Outra coisa que havia mudado. No último ano, Lina passara por muitas mudanças, começando quando sua mãe, Hadley, foi diagnosticada com câncer de pâncreas. Uma dor conhecida tomou minha garganta, a que surgia sempre que eu pensava em Hadley. Ela era especial, sem dúvida — criativa, aventureira, caótica, e com o grau de proximidade perfeito para fazer a gente se sentir cuidada mas não sufocada.

Às vezes eu sentia como se tivesse perdido Hadley duas vezes — uma por mim e outra por Lina. Eu tinha ficado tão desesperada para tirar Lina do sofrimento no qual ela parecia estar afundando que eu mesma ficava quase doente de preocupação.

Mordi a parte de dentro da bochecha, resistindo à sensação de desamparo para voltar a prestar atenção em Archie e na viagem.

— Faria mais sentido Ian escolher visitar todos os pontos turísticos que vocês vão conhecer durante a semana. Vocês não vão ao castelo onde filmaram *Coração valente*?

Archie se aprumou, como eu sabia que faria. Todos os meus irmãos sabiam as falas desse filme de cor.

— Com certeza vamos conhecer o castelo de *Coração valente*. Walt trouxe até tinta para a gente interpretar algumas das cenas.

Ah, caramba. Tia Mel ia amar.

— Então, Ian ama esse filme. Ele costumava ver antes de ir dormir. Acho que ele vai para a Itália comigo só para me irritar.

— Talvez ele só queira passar um tempo com a irmã.

— Ah, claro, porque ele tem passado tanto tempo comigo neste verão.

Archie revirou os olhos, mas contra meu sarcasmo não havia argumentos. Ian passara a maior parte do verão trancado no quarto escrevendo redações de admissão para as faculdades e saindo de carro sem dizer aonde ia, sempre com a música no último vo-

AMOR & SORTE   41

lume. E então eu me envolvi com Cubby, e meu relacionamento com meu irmão ficou daquele jeito.

Sem falar no que havia acontecido no acampamento de futebol americano.

De repente, Archie me encarou, sério.

— Anda logo, Addie, desembucha.

Seu tom era sério, e meu coração disparou.

— Sobre o quê?

— Qual é o problema?

— Com... Ian? — perguntei, hesitante. *Por favor, tomara que ele não tenha ouvido.*

Archie balançou a cabeça. Senti meu coração ir parar na garganta, fazendo minha voz explodir com raiva.

— Bem, então não sei do que você está falando.

— Calma, maninha. Não é de mim que você está com raiva. — Ele me encarou de novo. — Eu ouvi o que o Ian falou. Antes de você empurrá-lo.

Minha respiração ficou entalada enquanto eu tentava lembrar exatamente o que Ian tinha dito. Que conclusões Archie podia tirar de uma única conversa aos sussurros?

— O que você ouviu?

— Você está com algum tipo de problema? O que Ian quer que você conte para nossos pais?

Archie não sabe o que aconteceu. Eu afundei no sofá, aliviada.

— Não estou com problemas.

Por enquanto era verdade. Contanto que a história não se espalhasse ainda mais, eu não estava em apuros. Humilhada e com o coração partido? Sim. Em apuros? Não. Era por isso que eu *não* ia contar para minha mãe.

Archie me estudou, a cabeça apoiada na mão.

— E aí? Isso tem a ver com algum cara? Imagino que seja alguém do time de Ian, para ele estar tão irritado.

Aquele tom era de *incredulidade?* Meu corpo ficou tenso.

— Por quê? Acha tão impossível assim um jogador de futebol americano popular gostar de alguém como eu? — retruquei com raiva.

— O quê? Claro que não. — Ele levantou as mãos, na defensiva, os olhos azuis arregalados. — Addie, não foi isso que eu falei. Por que você está tão estranha?

Porque meu coração dói. Porque, na verdade, é sim impossível alguém como Cubby gostar de alguém como eu. Mantive os olhos fixos no estofamento de veludo verde, roçando a unha do polegar em um rasgo no assento. Lágrimas ardiam em meus olhos.

— Mamãe e Walt ouviram?

Ele balançou a cabeça.

— Ela estava negociando um contrato discretamente pelo celular, e Walt escondeu fones de ouvido embaixo do cabelo. Ele nem reparou que vocês tinham caído até todo mundo começar a surtar.

Pelo menos foi Archie quem ouviu, não Walter. Dos meus irmãos, Archie era o mais normal quando se tratava de guardar segredos. Ou seja, na maioria das vezes ele ficava de bico fechado. Os outros dois eram extremos. De um lado estava Ian. No segundo em que você contava qualquer coisa para ele, sua boca virava um túmulo — por isso eu não estava com medo de ele contar aos nossos pais sobre Cubby. Walt era exatamente o oposto. Toda vez que ele precisava guardar segredo, era como uma batata quente — era só uma questão de tempo até ele passar a informação para alguém, em geral a última pessoa que você queria que ficasse sabendo.

— Se esse cara sacaneou você, seria um prazer fazer uma visitinha antes de eu voltar para a faculdade. Talvez possa esperar ele pegar a estrada e me distrair ao volante? Dar ré sem olhar para trás? Só preciso de um nome. — O tom dele tinha passado de descontraído para intenso, o que era raro.

AMOR & SORTE

— *Não*. Archie, não quero que você atropele ninguém — falei num tom decidido, caso a brincadeira tivesse um fundo de verdade.

— Tem certeza?

— Absoluta — afirmei, engolindo o choro. — Não é como se isso fosse resolver alguma coisa.

— Ah, mas resolveria. Ele ia parar de mexer com quem não deve.

Eu agarrei seus ombros.

— Archibald Henry Bennett. Prometa que não vai fazer nada.

— Tem certeza?

— *Prometa*.

— Está bem. Eu prometo.

Mas que inferno. Irmãos. Era como ter um bando de cães de guarda que de vez em quando se voltam contra você. Essa conversa tinha me deixado exausta. O dia inteiro tinha me deixado exausta, na verdade.

— Bem, obrigada pela conversa, mas eu preciso ficar um pouco sozinha — falei, inclinando a cabeça em direção à porta de modo nada sutil.

Eu havia aprendido fazia muito tempo que sutilezas não levam a lugar algum quando se está lidando com garotos, pelo menos não com os da minha família. Quanto mais direta for, melhor.

Archie se levantou e me deu um tapinha desajeitado no ombro.

— Pode contar comigo, Addie.

— Obrigada.

Inclinei a cabeça para a porta mais agressivamente.

— Está bem, está bem. Já estou indo.

Ele foi embora, sua lista de tarefas imaginária iluminada em neon acima de sua cabeça. *Ajudar a irmã mais nova. Feito.*

Assim que Archie saiu do meu campo de visão, peguei o guia e acendi o abajur empoeirado ao lado da estante. Tentei me concentrar nas palavras, mas Ian acabava me distraindo. Ele não se levantou da cadeira nem uma vez e estava concentrado em seu celular como se não existisse mais nada no mundo, o cabelo caído no rosto.

Logo depois do Natal, meu irmão tinha resolvido parar de cortar o cabelo e não mudou de ideia nem com as súplicas e ameaças da nossa mãe. Agora o cabelo estava quase nos ombros e era um lembrete constante de como a genética é injusta. Meus irmãos puxaram os cílios grossos da minha mãe e o cabelo escuro ondulado dela. O cabelo louro e fino da minha avó tinha pulado uma geração, ignorando meu pai, que saiu moreno, para cair bem em mim.

Todos tínhamos olhos azuis, mas, mesmo de longe, os de Ian pareciam mais azuis do que o normal, acentuados pelo hematoma ao redor do olho esquerdo, graças a mim. Aquele olho roxo parecia dolorido. E definitivo. O ponto final de uma frase longa e infeliz.

De repente, um sorriso se abriu no rosto dele, e meu peito foi tomado por sentimentos conflitantes. Porque a verdade é que o sorriso de Ian sempre era cem por cento genuíno. Ian não fingia nada por ninguém. Se alguém arrancasse uma risada dele, era porque tinha sido realmente engraçado. Se o deixasse irritado, era porque a pessoa estava sendo uma idiota completa.

Eu sou uma idiota completa.

O pânico borbulhou em meu peito e eu dei um pulo do sofá, enfiando o guia debaixo do braço. Precisava de ar fresco. Imediatamente.

Esperei minha mãe se distrair conversando com a mãe do noivo para me afastar de fininho, colada à parede da pista de dança até chegar às portas e sair para o pátio.

Do lado de fora, parei para respirar o maravilhoso ar puro. Se estivesse escrevendo uma matéria sobre turismo na Irlanda, começaria falando do cheiro. É uma combinação de terra molhada de chuva e outra coisa, um aroma secreto. Como a pitada extra de noz-moscada na receita de rabanada que meu pai e eu tínhamos passado o fim de semana do Quatro de Julho aperfeiçoando.

E se meu pai descobrir?

Antes que minha mente pudesse se agarrar a esse pensamento, voltei a andar, descendo a escada e passando por uma fonte que transbordava com a água da chuva. Luzinhas cálidas e cintilantes ladeavam os caminhos do pátio, e as lâmpadas amarelas produziam um zumbido alegre nos pontos em que se sobrepunham. Poças d'água reluziam no chão de pedra, e o vento soprava, frio e perfeito. Como era possível eu me sentir tão péssima em um lugar tão lindo?

Cravei as unhas na palma das mãos, uma dor florescendo em meu peito. Às vezes, eu não sabia se sentia saudade de Cubby ou da imagem perfeita de nós dois que eu criara. Era sempre a mesma cena. Ela começava em meados de setembro, uma ou duas semanas depois do nervosismo da volta às aulas. Nós estaríamos andando pelo corredor, Cubby com o braço ao meu redor de modo casual, os dois perdidos em uma daquelas conversas em que a única coisa que importa é a outra pessoa. Os sussurros nos seguiriam pelos corredores. *Aquela ali é Addie Bennett. Eles não são fofos juntos? Eu sei. Como foi que nunca reparei nela antes?*

Bem, meu desejo foi atendido. Com certeza os sussurros iam me seguir pelos corredores. Mas não do jeito que eu queria.

Por fim, cheguei a uma alcova coberta de hera do outro lado do jardim — uma versão ao ar livre do meu esconderijo na biblioteca — e tentei me sentar de pernas cruzadas, o frio subindo pela saia justa do vestido da minha mãe. Peguei o celular e meu coração deu um salto quando vi uma nova mensagem.

CADÊ VOCÊ??????????????????

Era Lina.

Lina e dezoito pontos de interrogação. Contei duas vezes para ter certeza. Com Lina, pontuação excessiva nunca era um bom sinal. Em geral, suas mensagens pareciam redigidas por uma professora do século XIX que por acaso tinha encontrado um smartphone: usava todas as letras maiúsculas, pouquíssimos emojis e sempre formava frases completas. Vários pontos de interrogação eram o equivalente a Lina se levantar no meio de uma missa e começar a xingar com um megafone. Ela não estava só com raiva, estava furiosa.

Na mesma hora digitei uma resposta bastante vaga.

Desculpa, não posso conversar agora. Tô no casamento :(

Estava ficando craque em escrever mensagens vagas. E em evitar telefonemas. O emoji triste me encarou de modo acusador.

— Que foi? — retruquei, irritada. — Para sua informação, tenho um ótimo motivo para não atender as ligações dela.

Eu não queria falar com Lina porque *não podia* falar com Lina. Ela me conhecia bem demais. No segundo em que ouvisse minha voz, saberia que havia algo errado, e eu me recusava a contar a ela sobre Cubby por telefone. Se Lina ia me julgar, eu queria vê-la fazer isso em pessoa. Também havia outro motivo: a imensa quantidade de coisas que eu precisava contar para ela. Lina não sabia nada sobre Cubby, o que significava que eu precisava atualizá-la sobre o verão inteiro.

Eu só tinha que chegar à Itália. Quando estivesse lá, botaria tudo para fora, do início ao fim, sem esconder nada. Eu sabia direitinho o que aconteceria em seguida. Primeiro Lina ficaria em choque, depois confusa. Então bolaria um plano brilhante para me fazer sobreviver à volta às aulas enquanto me tranquilizava e me convencia de que ia ficar tudo bem.

Ou pelo menos era com isso que eu contava.

Cubby tinha falado comigo pela primeira vez quatro dias depois de nos mudarmos para Seattle. Eu estava fazendo waffles. Waffles de suborno, para ser mais específica, e não estava sendo uma tarefa fácil. Archie e Walter ficaram incumbidos de desempacotar os utensílios de cozinha, e de alguma forma tinham conseguido transformar o lugar em um campo minado. Levei um golpe de assadeira na cabeça e derrubei uma dúzia de ovos inteirinha quando tropecei na máquina de fazer pão. No entanto, quando meu primeiro waffle começou a assar, soltando um cheirinho maravilhoso, soube que tudo valeria a pena.

Respirei fundo, satisfeita. Os waffles precisavam ficar deliciosos. Eram meu ingresso para o encontro matinal do qual Ian havia me banido. Ninguém grita Addie-sai-daqui-agora para uma pessoa com um prato de waffles quentinhos na mão. Nem mesmo quando se está tentando impressionar seus novos amigos.

— Seu cabelo está sujo de farinha.

E lá estavam elas. As primeiras palavras que Cubby Jones me disse. Realmente não foi o começo mais romântico do mundo, mas eu tinha doze anos na época. Ainda não sabia que nome dar para a atenção que eu insistia em dar para Cubby toda vez que ele estava por perto.

Enquanto tentava limpar a franja com um pano de prato, Cubby se aproximou, farejando o cheiro de waffle no ar. Quando chegou a um metro de mim, percebi o que havia de diferente nele.

— Seus olhos! — exclamei, largando o pano de prato.

Os olhos de Cubby eram de cores diferentes. Seu sorriso murchou.

— O nome disso é heterocromia. É só uma coisa genética, não é tão esquisito.

— Não disse que era esquisito. Posso ver? — Agarrei seu braço e o puxei para perto. — Azul e cinza? — sussurrei.

— Violeta — corrigiu Cubby.

Assenti.

— *Verdade. Gosto mais desse. Se você estivesse em um filme de ficção científica, o olho violeta seria a fonte dos seus poderes.*

Ele arregalou os olhos e sorriu, uma expressão de divertimento e surpresa que começou em sua boca e se espalhou devagar até chegar nos olhos de cores diferentes. Foi nesse momento que percebi que havia duas maneiras distintas de olhar para os garotos. Havia o jeito normal — como fizera a vida toda — e esse segundo jeito, que fazia a cozinha se entortar de leve e os waffles serem esquecidos na máquina do Mickey Mouse.

A despedida com estrelinhas dos recém-casados foi ridícula. Não só meu irmão mais velho, o único que tinha idade para estar bêbado, tentou — e conseguiu — botar fogo em uma das roseiras, como também o segundo câmera estava tendo dificuldade para conseguir uma boa tomada da noiva e do noivo. Então tivemos que repetir todo o processo várias vezes até ficarmos sem estrelinhas e mesmo os convidados que mais queriam aparecer na televisão começarem a se rebelar.

— Os ônibus chegam amanhã de manhã às seis e meia em ponto! — gritou tia Mel por cima do ombro enquanto o Tio Número Três a levava para o hotel.

A cauda do vestido se arrastava atrás dela, varrendo pedaços de confete e estrelinhas queimadas. A despedida tinha sido só para as câmeras. Eles estavam hospedados no Ross Manor com todo mundo.

— Finalmente podemos ir embora — disse minha mãe baixinho, passando a mão pelos cabelos, exausta. Seu rímel estava borrado, o que fazia seus olhos parecerem embaçados.

O resto de nós seguiu atrás dela, arrastando-se em silêncio pela escada verde-escura até nosso andar, e depois entramos um por um em nosso quarto que mais parecia um closet. Apesar de sermos cinco — incluindo dois jogadores de futebol americano universitários que eram só um pouco menores do que o King Kong —, tia Mel havia nos deixado com o que devia ser o menor quarto do hotel.

Um papel de parede floral com textura de veludo decorava o cômodo inteiro, e as camas de meus irmãos ocupavam a maior parte do ambiente, então o único espaço livre era um minúsculo corredor ao longo do pé das camas. Claro que meus irmãos já haviam entupido esse pequeno vão com seu suprimento inesgotável de lixo e porcarias — embalagens de doces, carregadores de celular embolados e mais pares de tênis do que deveriam existir no mundo. Eu tinha uma expressão para definir aquela mistura: espaguete de irmão.

Entrei no banheiro primeiro e tranquei a porta, abrindo a torneira da banheira o máximo possível. Não tinha a menor intenção de tomar banho. Só precisava abafar o som da bagunça no quarto. Viajar com minha família me dava dor de cabeça.

Tirei o vestido de corretora de imóveis, substituindo-o por uma camiseta larga e shorts pretos de pijama, depois escovei os dentes o mais devagar possível.

— Tenho que fazer xixi, maninha! — gritou Walt, batendo na porta. — Xixi, xixiiii, xi-xi-xixiiii.

Abri a porta para fazer aquela cantoria parar.

— Bela canção. Você deveria seguir carreira.

Ele entrou no banheiro, esbarrando em mim no caminho.

— Eu sabia que você ia gostar.

Atravessei o quarto com cuidado, evitando meia dúzia de minas terrestres em forma de tênis antes de subir na cama e me enrolar bem nos cobertores. Mal podia esperar para dormir. E esquecer. Era como eu vinha lidando com a situação nos últimos dez dias — desde que Ian invadiu meu quarto dizendo que eu tinha estragado a vida dele. A vida *dele*. Como se fosse ele quem iria passar o ano seguinte inteirinho evitando Cubby e qualquer um que o conhecesse. Meu estômago se embolou tanto quanto os lençóis.

— E aí, qual é o plano, então? Usar minha camiseta até eu esquecer que ela é minha? — A voz de Ian atravessou os cobertores, e descobri a cabeça devagar. Ele estava falando comigo?

Minha mãe abarrotava sua mala como se estivesse recheando um peru de Ação de Graças, e Archie estava com a cara enfiada no travesseiro, ainda de terno. Ian se apoiava em uma montanha de travesseiros, um fone de ouvido na orelha, o rosto virado mais ou menos na minha direção.

— Você me deu — respondi, modulando a voz no tom que um roteirista de seriados de comédia indicaria como RETRUCA EM TOM ESPIRITUOSO. Era uma camiseta muitíssimo confortável com gola e mangas pretas com os dizeres SMELLS LIKE THE ONLY NIRVANA SONG YOU KNOW em letras maiúsculas.

— Aham, e esse "você me deu" na verdade quer dizer que você foi até minha gaveta e roubou a camisa mais macia que encontrou?

Na mosca.

— Eu posso devolver.

Ian está falando comigo. Falando. Comigo. Um lampejo de esperança se acendeu em meu peito.

— Você por acaso entende a referência? — perguntou ele, socando o travesseiro de cima da pilha para ajeitá-lo.

Seu cabelo estava em uma versão horrenda de um coque samurai, com as laterais irregulares e parte do cabelo caindo nas costas. Ele claramente não tinha assistido ao tutorial *Como fazer o coque samurai perfeito* que eu havia encaminhado.

— Ian, fui com você até Fleet Street e ouvi o *Nevermind* inteirinho. Como eu poderia não entender a referência?

Isso tinha sido durante a fase Nirvana dele. Fizemos três excursões diferentes com essa temática, incluindo uma viagem à casa em que Kurt Cobain crescera. Eu até concordei em me fantasiar de Courtney Love no Halloween, mesmo que precisasse usar uma tiara e ninguém conseguisse adivinhar quem eu era.

— Pelo menos você entende. — Ian se virou de lado, mal-humorado. Ele hesitou, então cutucou o celular, a voz um pouco mais alta que um sussurro. — Quando vai contar para a nossa mãe?

Eu gemi debaixo dos lençóis. Ele estava mencionando aquilo *de novo*. E justo agora? Com minha mãe, Archie e Walt bem ali. Sem falar que ele tinha conseguido um olho roxo por tocar no assunto. Um dos colegas de time de Ian havia mandado uma mensagem para ele perguntando sobre Cubby. E, em vez de esperar até o fim da cerimônia, quando ficaríamos sozinhos, Ian tinha enfiado o celular na minha cara e sussurrado que eu *precisava* contar para a nossa mãe. Nossos pais descobrirem era a pior coisa que poderia acontecer. Por que ele não entendia isso?

— Ian! — sussurrei, irritada.

Ele olhou de relance para nossa mãe e depois me lançou um olhar de advertência. Bufei e me escondi debaixo das cobertas, forçando minha respiração a se acalmar. As chances de eu não explodir com Ian eram tão baixas quanto as de ele não mencionar Cubby a cada oportunidade. Ou seja, quase nulas.

Hora de encerrar aquela conversa.

— Boa noite, Ian.

Eu me enfiei ainda mais debaixo do cobertor, mas ainda conseguia sentir o olhar dele fuzilando minhas costas. Poucos minutos depois, eu o ouvi se mexer na cama, a música que saía de seu fone preenchendo o ar entre nós.

Como iríamos sobreviver a uma semana inteira juntos?

Na manhã seguinte, acordei com o som do que parecia uma briga entre a seção de metais de nossa excepcional banda da escola com nosso grupo de teatro medíocre. Abri um pouquinho os olhos. Minha mãe estava desenrolando a perna dos fios do despertador e do abajur.

— Maldito inferno escarrado — murmurou ela.

Ou pelo menos era isso que parecia ter murmurado. Walter tinha razão. Ela precisava parar com aqueles xingamentos.

Abri os olhos meio milímetro a mais. A luz fraca do sol entrava pelas cortinas, e Archie, Walter e seus cabelos incrivelmente bagunçados estavam ao lado da porta, ambos parecendo dormir em pé.

— Vocês pegaram os passaportes? — perguntou minha mãe, finalmente se libertando.

Eles a olharam com expressões confusas e sonolentas, e ela suspirou antes de se aproximar de mim e me envolver em uma nuvem de hidratante.

— Seu táxi chega às nove. Os gnomos vão bater na porta para acordar vocês. — Ela pressionou a bochecha na minha testa como fazia quando eu era pequena e estava com febre. — Prometa que vai resolver as coisas com Ian. Vocês dois são os melhores amigos que terão na vida.

Que ótimo, pôs o dedo bem na ferida.

— Eu te amo, mãe — falei, fechando bem os olhos.

Ela se agachou ao lado de Ian e murmurou algo para ele, então os três saíram do quarto, fazendo barulho pelo corredor.

Parecia que apenas alguns minutos tinham se passado quando outro barulho me acordou. Eu me sentei na cama, desorientada, mas não o suficiente para deixar de perceber que o quarto do hotel estava diferente. Parecia ter o dobro do tamanho sem Archie, Walter e minha mãe e, além disso, as cortinas tentavam inutilmente barrar a luz forte do sol. O quarto estava silencioso, o que aumentava a sensação de que alguém havia acabado de sair.

— Ian — sussurrei. — Você está acordado?

Ele não se mexeu, o que era normal. Ian podia continuar dormindo não importava o que acontecesse.

Eu me virei de barriga para cima e fiquei imóvel, apurando os ouvidos. O silêncio do hotel era tão denso quanto morcela. De repente, a porta do nosso quarto se fechou silenciosamente, e então houve uma explosão de passos no corredor. Alguém *tinha* entrado no nosso quarto. Um ladrão? Um sequestrador europeu? Um dos gnomos?

— Ian — chamei, me levantando da cama. — Alguém entrou aqui. Alguém entrou no nosso quarto.

Estendi a mão para apertar seu ombro, mas, em um instante muito desorientador, minha mão afundou no corpo dele.

Puxei o cobertor e encontrei uma pilha de travesseiros. Sério que ele tinha usado o truque dos travesseiros comigo? Eu me virei, examinando o resto das camas. Vazia, vazia e vazia.

— Ian! — gritei para o quarto silencioso.

Olhei para a porta e o que vi provocou minha primeira pontada de preocupação. Em vez das duas malas azul-marinho que deveriam estar ali, havia apenas uma. A minha.

Corri até o despertador, mas o visor estava desligado. Claro. Minha mãe o havia arrancado da tomada sem querer. Eu precisava encontrar meu celular.

Não estava sob os lençóis, nem entre os cartões-postais e canetas com o logotipo do hotel ou debaixo dos folhetos espalhados. Por fim, fui até a janela e abri as cortinas, apenas para minhas retinas serem atacada pela claridade. A paisagem parecia pegar fogo — o verde e a luz do sol se unindo para criar um brilho ofuscante. Ao que parecia, a Irlanda tinha dias de sol, e eram cegantes.

Tropecei até a porta e disparei para fora do quarto, o som dos meus pés descalços ecoando pelo corredor.

No andar de baixo, inspecionei o salão de café da manhã e o saguão, mas o único ser vivo era um gato laranja gordo que se instalara em uma poltrona de veludo. Eu corri para o estacionamento, e o ar frio me atingiu. O sol irlandês era só para inglês ver.

O único veículo no estacionamento era um furgão solitário estacionado ao lado de um canteiro de rosas que balançava ao vento, parecendo mandar mensagens frenéticas para mim. *Cadê o Ian? Você perdeu o táxi?*

Eu precisava me acalmar. Mesmo que eu tivesse dormido demais, ele não iria para a Itália sem mim. Talvez tivesse saído para dar uma caminhada. Com a mala.

O som distante de um motor sendo ligado me arrancou do transe. Fui na direção do barulho, que foi ficando mais alto enquanto eu corria para o estacionamento na lateral do hotel. Quando dobrei a esquina, precisei fazer uma pausa de alguns segundos para processar o que estava vendo.

Tecnicamente aquilo podia ser considerado um carro, mas por pouco. Era minúsculo e quadrado — o cruzamento de um Fusca com um hamster —, com a pintura manchada e o escapamento pendurado a poucos centímetros do chão. Caminhando a passos decididos até ele, mala azul-marinho na mão, mochila pendurada no ombro, estava Ian.

A adrenalina me atingiu com força total. Minhas pernas receberam a mensagem antes de mim, e de repente eu estava atravessando o estacionamento a toda, tendo meu irmão como alvo.

Ele me viu um segundo antes de alcançar a porta do carona, mas já era tarde demais. Colidi com ele como se eu fosse o Hulk correndo para um abraço — ou seja, com muita força. A mochila saiu voando e nós dois caímos no chão pela segunda vez em vinte e quatro horas. Doeu tanto que minha visão ficou turva.

— O que você está fazendo? — sibilou Ian com raiva, tentando ficar de pé.

— O que *eu* estou fazendo? O que *você* está fazendo? — gritei de volta, pulando para me livrar da dor da queda.

Ele fez menção de pegar a mochila, mas fui mais rápida, envolvendo a alça com os dedos.

— Você estava tentando ir embora sem mim?

— Volte para o quarto. Eu deixei um bilhete no espelho do banheiro.

Ele estava se recusando a fazer contato visual.

— Um *bilhete*? Esse é o táxi que nossa mãe chamou para nós? Por que é tão caquético?

De repente, o vidro do lado do carona começou a descer aos solavancos. O som de um aplauso lento de admiração encheu o ar, seguido por uma voz com sotaque irlandês.

— Ah, Ian, você apanhou de uma garota! Pena que não gravei. Adoraria ver de novo.

— Rowan!

Ian correu para a janela, soando feliz demais para alguém que havia acabado de ser derrubado em um estacionamento. Ele estava com o mesmo sorriso largo da véspera, aquele de quando estava grudado no celular.

Larguei a mochila no chão e corri até a janela, empurrando Ian para olhar dentro do carro.

— Olá — disse o motorista.

Ele tinha a idade de Ian — ou talvez fosse um pouco mais velho —, cabelo bagunçado, grandes olhos cinzentos e óculos tartaruga de velho, mas que de alguma forma combinavam com ele. Sua camiseta dizia GATO HIPNÓTICO e exibia um grande felino com espirais no lugar dos olhos. Com certeza não era um taxista. Ele sorriu e uma covinha encantadora apareceu de um dos lados da boca. Até então eu achava que as covinhas só surgissem em pares.

— Quem é você?

Ele estendeu a mão.

— Eu me chamo Rowan. E você deve ser a Addie.

Seu sotaque era cem por cento irlandês, musical e com vogais suaves que derretiam como calda de chocolate no sorvete. Eu ignorei tanto a mão estendida quanto o sotaque de calda de chocolate. Mas não consegui ignorar o jeito como ele olhava para mim — como se eu fosse algo raro e empolgante que ele tinha acabado de descobrir no meio da selva.

— Como você sabe quem eu sou?

— Eu sabia que Ian tinha uma irmã chamada Addie. Sinceramente, só um guarda ou uma irmã derrubaria alguém no chão de um estacionamento de cascalho.

Quando não correspondi o sorriso, ele fechou a cara e pareceu um pouco inseguro, levantando os cantos dos óculos com as mãos.

— Ou, pelo menos, suponho que ter uma irmã seja assim. Além disso, você parece uma versão feminina e baixinha do Ian.

— *Não* me chame de versão feminina do Ian — retruquei com raiva.

No primeiro ano do ensino médio, pelo menos cinco amigos dele fizeram questão de me dizer que eu parecia meu irmão com uma peruca loira, o que não ajudou nem um pouco minha autoestima.

Ele ergueu a mão.

— Calma. Não falei por mal. Acho que eu também não gostaria se alguém me chamasse de versão masculina de alguma mulher. — A covinha reapareceu. — E eu venho em paz. Então, por favor, não me ataque também.

Ian me empurrou para o lado.

— Desculpa, Rowan. É só uma pedra no caminho. Addie, volte para o quarto. Seu táxi vai chegar mais tarde. O bilhete explica tudo.

Ele tinha acabado de me chamar de "pedra no caminho"?

— Como assim, *meu* táxi? É *nosso* táxi. Por que você está aqui conversando com...?

Não terminei a frase. Estava prestes a dizer "Cara da Camisa de Gato", mas isso pareceu meio mal-educado.

Ian agarrou meu braço, me arrastando para longe do carro e baixando a voz para que o Cara da Camisa de Gato não ouvisse.

— Tenho ótimas notícias: seu desejo foi atendido. Não vou para a Itália com você. É só ler o bilhete, tem todos os detalhes.

O estacionamento pareceu girar uma vez e depois outra. Ele estava falando sério.

— Você não vai para a Itália? Desde quando? — perguntei, meio zonza.

Ele tirou a franja dos olhos e pôs uma das mãos no meu ombro para me reorientar.

— Desde sempre. Vou encontrar você em Dublin para pegar o voo de volta para casa.

Minha mãe tinha comprado passagens de ida e volta para a Itália. A ideia era que voltássemos a Dublin e pegássemos o mesmo avião para casa que o resto da família. Mas parecia que isso não estava mais nos planos.

— Mas... por quê? — quis saber, desesperada.

Rowan nos interrompeu.

— Achei que Addie estava por dentro de tudo. Ela não sabe que vamos para Stradbally?

Eu me distraí por um momento. Ele falava meu nome de um jeito que parecia que estava sendo tocado em um *fiddle* irlandês.

— Eu deixei um bilhete — falou Ian, as bochechas corando. Ele empurrou o cabelo caído no rosto e lançou uma expressão culpada para mim. — É mais fácil assim.

— Mais fácil pra quem? — rebati.

Rowan se inclinou para a janela do lado do carona, o olhar preocupado por trás dos óculos.

— Um *bilhete*? Não é de admirar que ela tenha atacado você. É uma situação bem suspeita. Você se encontra com um cara aleatório e vai embora para um lugar que ela nunca nem ouviu falar?

Ergui as mãos em um gesto frustrado.

— Até que enfim alguém está fazendo sentido aqui.

— Stradbally é uma cidadezinha perto de Dublin — explicou Rowan, olhando para mim. — Mas nós vamos passar em outros lugares primeiro. Temos que fazer uma pesquisa antes de...

— Ei, pode parar por aí! — interrompeu Ian, desesperado. — Por favor, não conte para ela.

Ele me empurrou para fora do caminho e puxou a maçaneta da porta do carro, mas esta não se moveu.

— Não me contar o quê? Ian, não me contar *o quê*?

Eu agarrei sua mochila. Rowan abriu um sorriso sem graça para meu irmão.

— Foi mal, Ian. Segundo o antigo proprietário, essa porta não abre desde o final dos anos 1990. Os rapazes sempre precisam entrar pela janela.

— Que rapazes? — perguntei. Como se essa fosse a pergunta mais importante naquele momento.

Ian jogou a mochila para dentro do carro e deslizou pela janela aberta antes de pegar a mala. Tentei agarrá-la, mas ele foi mais rápido.

— Addie, vá ler o meu bilhete e pronto. Vejo você daqui a alguns dias.

Eu me apoiei na janela do carro. Minhas mãos estavam trêmulas.

— Ian, você não estava no carro comigo ontem? Não ouviu o que a mamãe disse sobre não nos metermos em confusão? Isso aqui é a definição perfeita de confusão.

Os ombros dele murcharam.

— Qual é, Addie, você mesma disse que não quer que eu vá para a Itália e eu entendo. Até respeito isso. Então pode fazer sua viagem, e eu faço a minha. Só vamos ter problemas se um de nós contar para nossos pais, e sabemos muito bem que a chance de isso acontecer é zero.

— Mas Ian...

— Só vamos dar uma passadinha no Electric Picnic — acrescentou Rowan naquele tom de voz tranquilizador que você usaria para falar com um cão raivoso. — Segunda-feira de manhã acaba. Não precisa se preocupar, irmãzinha ninja.

— Electric o quê?

O Camisa de Gato olhou para mim com pena. Minha voz estava meio histérica. Esganiçada.

— Electric Picnic. É o maior festival de música da Irlanda. Acontece todo ano. Tem várias bandas indie e alternativas. Mas este ano é especial. Adivinha quem é a atração principal?

Rowan fez uma pausa, sorrindo como se eu tivesse acabado de balançar uma sobremesa saída do forno com cheirinho de canela na frente do seu nariz.

— Com certeza não é o Ian — respondi com a voz fraca.

— Sim, sou eu! — falou Ian. — *Com certeza*. E você não vai estar nem aí porque vai estar ocupada na Itália se divertindo tanto.

— Titletrack vai se apresentar no Electric Picnic — informou Rowan, com um tom de voz que deixava claro que nós dois o havíamos decepcionado.

Titletrack. Na mesma hora me lembrei do pôster enorme pendurado acima da escrivaninha de Ian. Quatro caras com expressões pensativas e uma música que, eu precisava admitir, era única. Eu tinha passado a aguardar ansiosamente a carona de Ian para a escola toda manhã só para ouvi-la.

— Aquela banda que você ama. Do Reino Unido.

— Essa mesma — disse Rowan em tom encorajador. — Só que eles são irlandeses, não britânicos. E Ian está planejando...

— Já chega, Rowan. Addie, divirta-se na Itália.

Ian começou a fechar a janela, mas me joguei em cima do vidro, usando meu peso para impedi-lo de girar a manivela.

— Ian, *pare.* — Rowan lançou um olhar de reprovação para o meu irmão. — Você ia mesmo fechar a janela na cara dela?

Ian se encolheu sob o olhar acusatório de Rowan e encarou as próprias mãos inquietas como se estivesse tentando tomar uma decisão.

— Addie, depois eu explico tudo. Só não deixe nossos pais descobrirem e vai ficar tudo bem. Você vai dar um jeito. — Ele respirou fundo e acrescentou depressa: — Você passou o verão inteiro mentindo para todo mundo, então isso vai ser moleza.

Aquela frase tinha sido ensaiada. Ele tinha formulado e guardado na manga em caso de emergência. Caso eu me tornasse *uma pedra no caminho.*

— Ian... — Meus olhos ficaram cheios d'água, o que me deixou furiosa, claro. Eu não podia perder o controle, não na frente daquele desconhecido com roupas estranhas, e muito menos quando Ian já estava sentado no carro do desconhecido com roupas estranhas. — Ian, não vai funcionar. Você sabe que eles vão descobrir que você não foi para a Itália e então estaremos fora dos times.

Ele encarou o painel do carro.

— Qual é, Addie. Os times não são a coisa mais importante do mundo.

— Ah, não são? — Minha respiração estava ofegante, formando pequenas explosões no meu peito. O que mais ele ia inventar? Que cabras peidando não são hilárias? — Quem é você e o que fez com meu irmão?

— Esta é minha única chance de assistir a um show do Title-track. Lamento que você não goste da ideia, mas eu vou e pronto.

Seu tom era seco, severo, os olhos de um azul frio e determinado. Aquela resposta desencadeou uma reação de pânico em cadeia dentro de mim. Havíamos entrado oficialmente no estágio Ian Desafiador, mais conhecido como o estágio Não Volto Atrás de Jeito Nenhum. A menos que eu fizesse algo drástico para detê-lo, ele iria mesmo para aquele show.

Era agora ou nunca.

Mergulhei pela janela e arranquei a chave da ignição, então deslizei para fora antes que qualquer um dos dois tivesse tempo de processar o que estava acontecendo.

— Addie! — Ian tirou o cinto de segurança e saiu pela janela. Eu já estava do outro lado do carro, apertando as chaves na palma da mão. — É sério que você vai fazer isso?

— Cara, vocês são muito divertidos! Parecem até um seriado de comédia.

Rowan reclinou o assento, que estalou e fez barulho. Eu me virei para meu irmão.

— Ian, você não pode fazer isso. Você sabe que preciso jogar futebol para conseguir entrar em uma boa faculdade. Não pode fazer isso comigo.

— Seus planos para a faculdade não são problema meu.

Sua voz falhou no meio da frase. Ele estava tentando bancar o durão, mas o verdadeiro Ian estava lá, aquele que sabia quanto eu me esforçava na escola, mesmo que fosse inútil. Às vezes, eu tinha a impressão de que ele se sentia culpado porque as coisas eram sempre fáceis para ele e nada parecia fácil para mim.

Nós nos encaramos, esperando que o outro desse o primeiro passo. Ian avançou em minha direção e corri no sentido oposto, mantendo o carro entre nós.

Ian gemeu.

— Foi mal, Rô. Vou resolver isso pra gente ir. É só um pequeno desvio de percurso.

— Você não quis dizer "uma pedra no caminho"? — perguntei, deixando o tom sarcástico de propósito. — E que história é essa de "Rô"? Você já tem um apelido pra esse cara?

Ian tirou a franja do rosto, tentando chegar mais perto de mim.

— Eu o conheço há mais de um ano.

— Como?

— Pela internet. — Ian avançou, mas escorregou no cascalho, o que me deu tempo de sobra para chegar ao outro lado do carro. Ele se levantou devagar, erguendo as mãos em sinal de rendição.

— Tudo bem, tudo bem. Você venceu.

— Não me subestime, Ian. Eu brigo com você há dezesseis anos. Acha mesmo que não sei que fingir se render é uma das suas estratégias?

Ele apenas levantou as mãos mais alto.

— Olha, mesmo que nossos pais descubram, aí nós ficaremos quites. Eu tenho que lidar com as consequências do que aconteceu com você e Cubby, e você tem que lidar com as consequências de eu ficar na Irlanda. Agora me devolve as chaves.

— Eu já mandei parar de falar sobre o Cubby. E você ficar com vergonha na frente dos seus amigos não é uma *consequência*.

A voz de Rowan saiu pela janela.

— Cubby é seu irmão mais velho?

— Não — respondeu Ian imediatamente, os olhos fixos em mim. — Walt é o mais velho.

— Ah, isso mesmo. Walt. — Rowan abriu a porta do carro e saiu, segurando uma caixa grande de cereal em que se podia ler SUGAR PUFFS. — Por mais divertido que isso seja, todos nós sabemos que vocês não podem continuar assim para sempre. Então, que tal a gente ir lá pra dentro tomar um café da manhã de verdade? — Ele sacudiu a caixa de cereal de modo tentador para

Ian. — Ou talvez algo mais forte, se você quiser. Uma cerveja? Vamos resolver isso.

Eu balancei a cabeça.

— Nós não temos idade para tomar *cerveja*. E não temos nada para conversar...

Em um lampejo, Ian deslizou pela frente do carro e agarrou meu pulso. Nós ficamos neste impasse: Ian tentando arrancar as chaves das minhas mãos enquanto eu me enrolava como um tatu-bola, focando toda a minha energia em manter os punhos cerrados. Outro clássico das brigas de Addie e Ian. Certa vez, no ensino fundamental, havíamos ficado nessa posição por onze minutos e meio, e por causa de um Oreo. Walter havia cronometrado.

— Ian... me... solta!

Rowan se recostou no carro, enfiando um punhado de cereal na boca.

— Vocês dois são o melhor argumento a favor de filhos únicos que eu já vi. — Ele mastigou um pouco e engoliu. — Então, acabei de ter uma ideia. Addie, que tal você entregar as chaves para mim e depois se juntar a nós em nossa primeira parada?

— Não é uma boa ideia — retrucou Ian, empurrando seu ombro contra o meu.

— Como assim, me juntar a vocês?

Dei uma cotovelada bem nas costelas do meu irmão.

— Addie. — Ian gemeu. — Isso dói.

— Essa é a *minha* estratégia — falei, orgulhosa.

— Olha só. — Rowan levantou a caixa de cereal. — A primeira parada não fica muito longe. Menos de uma hora. Você pode vir com a gente e entender melhor o que Ian está fazendo. Então, os dois podem pensar juntos em um plano para guardar segredo de seus pais, aí Addie segue viagem. Não precisam se digladiar até a morte.

Primeira parada. Quer dizer que havia mais de uma? Isso despertou minha curiosidade, mas eu me recusava a fazer perguntas sobre uma viagem na qual Ian *não* iria. Muito menos quando toda a minha energia estava sendo gasta em continuar segurando as chaves do carro.

— Não podemos arriscar perder nosso voo — falei, enfatizando o "nosso". — Deixar de visitar Lina não é uma opção.

— Quem é Lina?

— Minha melhor amiga.

— Ah, sim! Aquela que se mudou para a Itália.

— O que mais Ian disse sobre mim? — perguntei, apertando ainda mais as chaves.

— Nem vem — disse Ian. — Acredite ou não, nós não passamos o dia inteiro falando de você.

Eu me virei e tentei correr de volta para o hotel, mas foi a vez de Ian quase me derrubar, fazendo as chaves caírem no cascalho. Tentei apanhá-las, mas Ian foi mais rápido.

Ele correu para o carro.

— Vamos! — gritou, jogando as chaves para Rowan. Este, no entanto, guardou as chaves no bolso com todo o cuidado e me olhou com uma expressão séria.

— Venha com a gente até nossa primeira parada. O aeroporto não fica longe de Burren. Vai ter tempo de sobra.

Burren. Onde eu tinha ouvido aquela palavra antes? *Você sabe onde, docinho*, uma voz me disse. A Autora do Guia. Isso.

— É aquele lugar das pedras? — perguntei.

Seu rosto se iluminou e ele ajeitou os óculos com entusiasmo.

— Você já ouviu falar?

— Li sobre ele ontem à noite. — O *Irlanda para corações partidos* tinha uma seção inteira sobre Burren logo após a parte sobre as Falésias de Moher. Quais eram as chances de a primeira parada da não viagem de Ian também estar no meu guia?

Minha postura mudou. — Você acha mesmo que a gente chegaria a tempo?

— Com certeza.

Rowan abriu um sorriso amigável.

Ian soltou um resmungo estrangulado, depois parou entre nós.

— Olha, Rowan, eu entendo o que você está tentando fazer, mas é uma má ideia. — E, com medo de Rowan não ter entendido, meu irmão continuou: — Na verdade, uma *péssima* ideia. Precisamos nos ater ao plano original.

— Não é uma *péssima* ideia — protestei.

— Mas estaríamos seguindo o plano original, apenas fazendo um pequeno desvio para o aeroporto. Não atrasaria a viagem — falou Rowan, devagar e com certa hesitação, a testa franzida. Ele não precisava dizer em voz alta o que estava pensando: *Por que você está sendo tão babaca?*

Os ombros de Ian desabaram e sua mão direita sumiu entre os cabelos em um gesto de nervosismo.

— Mas… tem tanta coisa no seu carro. Onde ela vai sentar?

— Isso é fácil. Ela é um pingo de gente. Vamos abrir espaço.

Um pingo de gente?

Rowan ergueu o queixo na minha direção.

— Você não se incomoda de ficar meio espremida por mais ou menos uma hora, né?

Eu me inclinei para olhar pela janela de trás. Ian não estava exagerando. O carro não só tinha o menor banco traseiro do mundo como também estava tão lotado quanto os carros de Archie e Walter quando os dois voltavam para a faculdade no início do semestre. Era uma confusão de roupas, livros e produtos de higiene. Pela primeira vez, ser pequena ia ser uma vantagem.

— Vou sobreviver.

Ian se balançava de um lado para outro, mexendo distraído no zíper do casaco. Ele estava dividido. Independentemente do que tinha dito, não se sentia bem me abandonando no hotel. Seu espírito de irmão mais velho era forte demais. Eu precisava usar isso a meu favor.

— Olha, faz sentido. — Rowan estendeu a caixa de cereal para Ian, que não aceitou. — Vocês precisam de um tempo para se acostumar com a ideia. O trajeto até Burren vai nos dar esse tempo.

— É uma má ideia — repetiu Ian.

— Você já disse isso.

Duas possibilidades passaram pela minha cabeça. Na melhor delas, eu poderia usar o tempo extra para fazer Ian ouvir a voz da razão. Na pior, veria outro lugar do guia de viagem e talvez me encontrasse um passo mais perto de curar meu coração partido — isso se a Autora do Guia soubesse do que estava falando — antes de seguir viagem sozinha para a Itália. Consultei minha bola de cristal mental: *Tudo indica que sim.*

Dei um passo decidido na direção de Rowan.

— Preciso que você me entregue as chaves.

— *Não* dê as chaves para ela — ordenou Ian.

Uma das sobrancelhas de Rowan se ergueu e ele abriu um pequeno sorriso.

— Tenho que buscar minha mala. E preciso ter uma garantia de que vocês não vão me deixar para trás.

— Rowan... — advertiu Ian.

Rowan assentiu, pensativo, e jogou as chaves para mim em um movimento perfeito, ainda sorrindo. Cada sorriso dele parecia um prêmio.

— Foi mal, Ian, mas ela está certa. Eu também não ia querer deixar a gente sozinho no estacionamento. Não resisto a bons argumentos.

Vitória.

Ian balançou o cabelo para cima do rosto e cruzou os braços, emburrado.

— Addison Jane Bennett, se você não voltar em cinco minutos, vou atrás de você.

A covinha de Rowan ressurgiu.

— É melhor correr, Addison Jane.

— Addison Jane Bennett, você tirou oito em geometria? Achei que só tirasse dez.

Eu dei um passo para trás, a mão no peito, quase tropeçando. Era a manhã de um dia de julho e das duas uma: ou eu estava vendo coisas ou Cubby Jones estava no meio da minha cozinha olhando meu boletim.

Eu pisquei algumas vezes, mas ele continuava lá. Só que agora tinha seu sorriso de sempre, uma das mãos ainda na geladeira. Muita coisa havia mudado desde a manhã em que eu tinha feito waffles. O sorriso de Cubby não chegava mais aos olhos, e algo nessa mudança parecia calculada, como se ele tivesse descoberto seu poder e estivesse usando-o em proveito próprio. Como agora.

— O que você está fazendo aqui? — perguntei, a voz rouca.

Ele sorriu de novo e, em seguida, sentou-se na bancada com uma facilidade atlética.

— Não tente mudar de assunto. Oito? O que seu irmão, um dos melhores alunos da escola, acha disso?

— Eu me dei mal na última prova — respondi, tentando, sem sucesso, adotar um tom casual. — E você sabe que boletins são confidenciais, não sabe?

Tentei arrancar o papel de sua mão, mas Cubby o segurou com mais força, puxando-me para mais perto antes de soltar. De repente eu tinha doze anos de novo, nesta mesma cozinha, olhando seus olhos pela primeira vez e percebendo que eram de cores diferentes. Ele também deve ter se lembrado, porque de repente o velho Cubby estava de volta, com o sorriso que chegava aos olhos.

— Então... — Ele pigarreou e me olhou de cima a baixo. — Você está saindo para correr?

Cruzei os braços, lembrando-me do que estava vestindo. Uma camiseta surrada e shorts velhos tão curtos que eu só usava para dormir ou para ir rápido até a cozinha beliscar alguma coisa. Ou, nesse caso, apenas para esbarrar na minha paixão de longa data.

Às vezes eu odiava minha vida.

— Não vou correr. Eu só... — Mordi o lábio, nervosa, louca para sair dali o mais rápido possível, mas ao mesmo tempo morrendo de vontade de ficar. — O que você está fazendo aqui, Cubby?

— Ninguém me chama mais de Cubby, Addison — disse ele, inclinando a cabeça de leve.

— Bem, ninguém me chama de Addison. E você não me respondeu.

Fui em direção ao corredor, sentindo o azulejo frio sob os pés descalços. O olhar de Cubby despertava sentimentos dentro de mim, e eles se emaranharam em um nó no meu estômago. Por que eu tinha que estar tão horrorosa? No andar de cima, a porta do banheiro bateu.

— Vim buscar seu irmão. O treinador marcou um treino extra de manhã, e Ian disse que você estava com o carro hoje.

— Temos guarda compartilhada. Este fim de semana o carro fica comigo.

Cubby assentiu como se entendesse bem.

— Mas você se lembrou de explicar para o carro que isso não é culpa dele? E que vocês dois o amam muito?

Explodi em risadas no instante em que Ian apareceu na porta. Seu cabelo ainda estava molhado do banho e os cordões dos seus dois casacos estavam emaranhados. Ele era a única pessoa que eu conhecia que usava mais de um casaco com capuz ao mesmo tempo. Como ele fazia para vesti-los era um mistério não solucionado, para o qual eu vinha tentando encontrar uma resposta havia anos.

Cubby inclinou a cabeça.

— Oi, Bennett.

Ian acenou, sonolento, então me olhou com desconfiança.

— Addie, por que está acordada tão cedo?

— Eu estava no telefone com a Lina.

Com a diferença de fuso horário, às vezes eu precisava acordar muito cedo se quisesse falar com ela.

Ele olhou para o meu pijama e franziu a testa. Eu não precisava ser nenhuma adivinha para saber o que ele estava pensando.

— Tchau, Addison — disse Cubby, simpático, então pulou da bancada e lançou um olhar demorado para mim ao seguir Ian para fora da cozinha.

— Tchau, Cubby — respondi, meu coração batendo rápido como o de um beija-flor.

No segundo em que ele sumiu de vista, desabei na bancada. Por que eu sempre me comportava como uma menininha apaixonada do fundamental? Daria no mesmo andar por aí com uma camiseta dizendo EU ♥ CUBBY JONES.

De repente, o rosto de Cubby apareceu de volta no corredor.

— Ei, Addie, você quer sair um dia desses?

Eu me empertiguei na hora.

— Hã... quero?

Seria de se esperar que, convivendo com tantos irmãos, eu soubesse como falar com o sexo oposto, mas não era o caso. Eu só tinha aprendido a me defender. E o jeito que Cubby estava olhando para mim, olhando de verdade... Eu não tinha defesa para aquilo. Era como se todos os meus vasos sanguíneos estivessem pegando fogo.

No quarto do hotel, estabeleci o recorde mundial de pessoa que se vestiu, arrumou a mala e encontrou o celular mais rápido: tudo em menos de seis minutos. Depois de amarrar o tênis, enfiei a cabeça no banheiro para investigar o suposto bilhete de Ian. Realmente havia um pedaço de papel dobrado preso no canto do espelho, e vi meu nome escrito com a letra minúscula do meu irmão. Eu talvez nem tivesse reparado.

— Caramba, Ian — resmunguei.

Enfiei o bilhete no bolso e levei a mala até a porta, parando ao avistar o guia caído debaixo da cama. Corri e o peguei. Não gostava muito da ideia de roubar um livro da biblioteca dos gnomos, mas aquelas páginas enrugadas faziam com que eu me sentisse melhor. Menos sozinha. E se, além disso, a Autora do Guia estivesse dizendo a verdade? E se ela fosse *mesmo* uma especialista em corações partidos? Eu precisava de toda a ajuda possível. Talvez eu pudesse dar um jeito de devolver o guia pelos correios quando estivesse na Itália.

Lá fora, o carro continuava parado no mesmo lugar e Rowan estava revirando o porta-malas. Agora que não estava mais ocupada lutando com meu irmão, tive a oportunidade de reparar em Rowan direito. Ele era mais alto do que eu esperava e bem magro — Archie ou Walter dariam dois dele. Ainda assim, era óbvio que ele tinha o que minha mãe chamava de "presença". Se Rowan entrasse em qualquer refeitório em qualquer escola, dez garotas desviariam os olhos de seus sanduíches de presunto e sussurrariam "Quem é esse?" em vozes ofegantes idênticas.

Sorte que minha voz ofegante tinha partido para nunca mais voltar.

— Bem-vinda de volta.

Rowan pegou minha mala e a jogou no porta-malas. Apontei para os adesivos colados na traseira do carro.

— Você escolheu todos ou eles já vieram com o carro?

— Segunda opção. Faz três semanas que eu tenho esse carro.

ESTE CARRO É MOVIDO A PURA SORTE IRLANDESA

VIVA A VÍRGULA!

CUPCAKES SÃO MUFFINS QUE NÃO
DESISTIRAM DE SEUS SONHOS

— O do muffin é engraçado — falei, segurando o guia debaixo do braço.

— Também acho. Pode ter sido o motivo pelo qual comprei esse carro. Não havia muito mais o que amar.

Eu balancei a cabeça.

— Não é verdade. O carro veio com um raro escapamento rebaixado. Aposto que esse pessoal fanático por carros antigos iria à loucura.

— Peraí. Isso é uma piada ou o escapamento está mesmo baixo demais?

Ele olhou preocupado para o teto do carro, dois metros acima de onde ficava o escapamento. Caramba. Pelo visto Rowan não entendia muito de carros.

— Hã... aquele cano ali embaixo — respondi, apontando para o para-choque traseiro. — Ele joga os gases da combustão para fora do carro. Se começar a arrastar no chão, vai fazer uma barulheira dos infernos.

— Ah... — Ele soltou o ar e suas bochechas coraram. — Na verdade, acho que já estava fazendo esse barulho. No caminho até aqui. Principalmente quando a estrada ficou mais irregular. Mas Trevo faz tantos barulhos altos que pensei que não era nada fora do normal.

Ele deu um tapinha afetuoso no carro.

— Trevo?

Rowan apontou para o adesivo mais proeminente, um trevo grande e desbotado.

— É o apelido do carro.

— Que irlandês.

— Nada como um bom estereótipo — respondeu ele, a boca se franzindo em outro sorriso.

Eu queria que ele parasse de sorrir tanto. Isso me trazia lembranças de outro sorriso notável.

— Está na hora. — Ian enfiou a cabeça para fora da janela, batucando na lateral do carro. Acho que foi sem querer, mas sua expressão empolgada estava voltada para mim. — Addie, abri espaço pra você. Acho que vai ser melhor se você entrar por este lado.

Eu corri para o carro, querendo preservar sua boa vontade, mas quando olhei para dentro a alegria que o sorriso de Ian havia despertado desapareceu na hora. Ele tinha dado um jeito de colocar os pertences de Rowan em uma pilha instável que quase chegava ao teto. O único espaço livre era atrás do banco de Ian, onde caberiam apenas três esquilos desnutridos. Se todos encolhessem a barriga.

— Maravilha, Ian — disse Rowan atrás de mim. — Você fez um milagre aí atrás.

Ou ele era um grande mentiroso ou um grande otimista.

— Hã... é, arrasou, Ian — elogiei, apoiando as mãos nos dois lados da janela. Eu precisava manter o clima positivo. — Então, como faço exatamente para entrar?

— Pelo meio — disse Ian. — Pode passar por cima de mim.

— Ótimo.

Eu passei a perna pela janela, ainda segurando o guia enquanto tentava passar entre os dois bancos da frente.

— O que é isso? — perguntou Ian, fazendo menção de pegar o livro.

Eu rapidamente o joguei no banco de trás.

— É um guia da Irlanda.

— Ah, sim, onde você leu sobre Burren — comentou Rowan.

— Isso aí.

Fiquei parada, sem saber como dar o próximo passo. Contornar a pilha de cacarecos não seria um processo simples.

— Tente botar o pé no...

Rowan não terminou a sugestão, pois eu já estava caindo, arrastando os pertences dele junto. Desabei na pilha de tralhas.

— Tenho quase certeza de que havia uma maneira menos violenta de fazer isso — observou Ian.

Rowan ergueu as sobrancelhas.

— Tenho certeza absoluta de que havia uma maneira menos violenta de fazer isso. Mas nenhuma tão divertida quanto essa.

O veludo desbotado pelo sol que revestia o banco de trás tinha um leve cheiro de queijo. E o banco de Ian estava tão recuado que meus joelhos mal cabiam ali. Dobrei as pernas ao máximo, estremecendo ao me ver tão espremida, e em seguida cutuquei a pilha de cacarecos.

— Rowan, o que é tudo isso?

— É uma longa história. — Ele ligou o carro e apontou para o olho roxo de Ian. — E aí, você vai me contar o que aconteceu ou esse vai ser o grande mistério da viagem?

— Pergunte pra ela. — Ian apontou para trás com o polegar. — Foi a Addie.

Rowan se virou e olhou para mim com ar impressionado.

— Uau. Você é sempre assim tão agressiva?

— Sempre — respondeu Ian por mim.

Era impressão minha ou havia um leve orgulho misturado à exasperação daquela palavra? De qualquer maneira, não protestei. Rowan achar que eu era perigosa poderia funcionar a meu favor.

— Prontos? — perguntou Rowan.

Antes que pudéssemos responder, ele acelerou e o carro deu um solavanco tão grande que a pilha de cacarecos tombou, cuspindo um punhado de discos e um sapato. Um bando de pássaros levantou voo quando cantamos pneu pelo estacionamento e pegamos a estrada iluminada pelo sol, com pétalas de rosa voando atrás de nós.

Ou pelo menos foi assim que imaginei nossa partida. Havia coisa demais bloqueando minha visão e não dava para ter certeza.

Eu achei que, quando pegássemos a estrada, algumas coisas seriam esclarecidas. Por exemplo, o que um ponto turístico na Irlanda ocidental tinha a ver com a banda favorita do meu irmão. No entanto, em vez de explicar, Ian pegou um mapa da Irlanda enorme e rabiscado que aparentemente vinha carregando na mochila, Rowan passou sua caixa de cereal para ele, e os dois começaram a gritar um com o outro.

Não gritar com raiva, era um gritar animado, em parte necessário devido à música alta — porque, como Rowan explicou, o botão do volume estava quebrado — e em parte por pura empolgação. Era como se os dois tivessem acumulado um arsenal de coisas para dizer e, agora que estavam cara a cara, precisavam soltar tudo de uma vez ou corriam o risco de explodir. E Rowan era um nerd de música como Ian, talvez até mais. Em dez minutos, eles discutiram sobre:

- Um músico dos anos 1980 chamado Bruce alguma coisa, famoso por compor sinfonias de guitarra que envolviam trazer mais de trinta guitarristas ao palco de uma vez só

- Se o minimalismo é a marca de um grande músico
- Algo chamado "violência punk" que, segundo Rowan (e Ian concordou com muito entusiasmo), era uma reação natural ao gênero *synth-pop* que surgiu no início da MTV
- O fato de o termo "indie" não significar mais nada agora que os grandes selos independentes estavam produzindo artistas em uma linha de montagem gigantesca

Eu estava dividida entre ficar ouvindo Ian conversar sobre seu assunto favorito e tentar não ter um ataque de pânico toda vez que olhava para a estrada. Rowan era um terror ao volante. Ele andava apenas um pouco abaixo da velocidade da luz e tinha desenvolvido algum método divinatório para saber em quais curvas não precisava ficar na própria pista.

Mas eu era a única preocupada. A voz animada de Ian foi ficando cada vez mais alta, e ele alternava entre seus tiques nervosos favoritos: balançar o joelho, tamborilar e brincar com o cabelo. Ele não deveria estar explicando as coisas para mim?

Meu celular vibrou e parei de prestar atenção na conversa para ler uma mensagem gigantesca:

(1) Obrigada por sua inscrição no BOLETIM MIAU DA LINA – a maneira mais divertida de parar de ignorar sua melhor amiga e aprender curiosidades sobre felinos! Você sabia que quando um gato doméstico morria no Antigo Egito, os membros de sua família raspavam as sobrancelhas para demonstrar seu luto? E uma curiosidade bônus: Você sabia que corre o risco de ter as SUAS sobrancelhas raspadas? POR MIM? (Principalmente porque você chega à Itália hoje e eu não tenho notícias suas faz UMA SEMANA E MEIA?) Para receber mais curiosidades sobre felinos, basta continuar a me ignorar. Obrigada mais uma vez pela sua assinatura e tenha um dia ronronante!

— Ai, não... — sussurrei para mim mesma.

Na mesma hora, novas mensagens de Lina começaram a se proliferar como bolas de pelos. A curiosidade sobre a família egípcia tinha sido apenas o começo.

(2) A taxa de sobrevivência de gatos que caem de uma altura de cinco andares é de 90%. Garotas que ignoram suas amigas por mais de 7 dias têm apenas 3% de chance de permanecerem amigas (e isso somente se tiverem um bom motivo). Obrigada mais uma vez pela sua assinatura e tenha um dia ronronante!

(3) O coletivo de gatos pode ser gataria, gatarada, balaio, bichanada ou até mesmo cambada. Mas só existe uma palavra para descrever aqueles que param de conversar com suas melhores amigas sem qualquer motivo: babaca. Este não é um fato felino. É apenas um fato. Obrigada mais uma vez pela sua assinatura e tenha um dia ronronante!

(4) Na década de 1960, a CIA transformou uma gata em uma pequena espiã de quatro patas ao implantar um microfone e uma câmera em seu ouvido e costas. Infelizmente, a missão da Gata Espiã chegou ao fim quando ela correu para a rua e foi atropelada por um táxi. Isso me lembrou daquela vez que você resolveu me visitar na Itália e, na semana anterior, parou de falar comigo. VOCÊ AINDA VEM??? Obrigada mais uma vez pela sua assinatura e tenha um dia ronronante!

A culpa pesava nos meus ombros. Eu tinha que responder.

Desculpa desculpa desculpa. Claro que ainda vou para a Itália. Explico tudo quando chegar aí!

— É nossa mãe?

A voz de Ian contornou a pilha de pertences de Rowan para me atingir na cara. Ele segurava uma mecha de cabelo molhado perto da boca.

— Que nojo — falei, apontando para o cabelo dele. — E não. É a Lina.

Ele continuou mastigando a mecha.

— O que ela disse?

— Que está muito animada para nos ver. Sabe, porque *nós dois* vamos para lá.

Eu ergui as sobrancelhas para ele. Às vezes o humor era a melhor resposta quando se tratava do Ian.

— Nos seus sonhos — respondeu ele.

É, acho que não funcionou.

— Addie, você quer cereal? — Rowan passou a caixa de Sugar Puffs pelo espaço entre os bancos.

— Não. Obrigada. — Eu me inclinei para trás, esfregando a coxa. Estar espremida em um espaço tão pequeno tinha deixado minha perna esquerda formigando, como se estivesse levando agulhadas. — E aí, quando vão me contar?

— Contar o quê? — Ian tirou a mecha da boca, e o cabelo caiu no seu ombro.

— Seu plano. — Apontei para o mapa. — Pode começar explicando o que Burren tem a ver com Titletrack.

O joelho de Ian balançou.

— Boa tentativa, Addie. A gente tem uma hora até deixar você no aeroporto, e o nosso combinado é que você fique quietinha até lá. Então pode relaxar aí.

Eu odiava quando Ian usava aquele tom condescendente comigo. Só aparecia quando ele estava tentando tirar vantagem de sua posição de irmão mais velho. Quinze meses não eram muita experiência extra, mas, segundo ele, a criação do universo tinha acontecido naquele intervalo de tempo.

— Que combinado? A gente não combinou nada.

Ele se virou para trás, com um sorriso alegre que me pegou desprevenida. Mesmo com a minha presença, Ian estava mais feliz do que no verão inteiro.

— Ao entrar neste carro você automaticamente concordou com nossos termos e condições. Foi um trato.

— Ah, sim, e por caso é você quem decide os termos?

— É isso aí. — Ele deu um tapinha condescendente em meu braço. — Agora você entendeu.

Empurrei a mão dele.

— Quer saber? Deixa pra lá. É melhor assim. Em vez de pensar na viagem de carro pela Irlanda que você não vai fazer, posso passar meu tempo apreciando a vista e pensando em como vamos nos divertir muito mais em Florença.

— Vai sonhando, irmãzinha.

Rowan encontrou meu olhar pelo retrovisor, os cantos de sua boca se curvando em um sorriso divertido. Eu esperava que ele interviesse a meu favor — afinal de contas, tinha sido ele quem sugerira que usássemos essa pequena viagem paralela como uma oportunidade para esclarecer tudo —, mas, em vez disso, ele e Ian voltaram para a conversa deles. O apelo da música era forte demais.

Eu me inclinei para a frente a fim de procurar pistas no mapa de Ian. Uma sequência de Xs formava um arco crescente ao longo do sul da Irlanda, cada local rodeado por anotações na caligrafia minúscula de Ian. A maior parte das anotações estava concentrada em seis pontos numerados:

1. Poulnabrone
2. Slea Head
3. Torc Manor
4. Pub Au Bohair
5. Castelo de Cashel

E o *grand finale*, escrito em letras maiúsculas:

6. ELECTRIC PICNIC

Ótimo. Eu sabia reconhecer um dos projetos de Ian quando via um. Toda vez que encontrava algo que o interessava de verdade, ele caía de cabeça, e nem todos os argumentos do mundo poderiam fazê-lo mudar de ideia. Quando se decidia, dava tudo de si. Era o que fazia dele um grande atleta.

Peguei seu bilhete no meu bolso.

Addie,

Mudança de planos. Não vou para a Itália. Diga a Lina e ao pai dela que precisei voltar para casa mais cedo para treinar. E diga a nossos pais que estou com você. Vou encontrar vocês no voo de volta para casa. Explico mais tarde.

— Ian

Aquilo era sério? Eu me debrucei nos bancos da frente de novo, enfiando o papel na cara de Ian.

— Esse era o seu bilhete? Sua grande explicação? Nem parece sua letra! Eu ia achar que você tinha sido sequestrado!

Ian se assustou, como se tivesse se esquecido de que eu estava no banco de trás. Talvez tivesse mesmo. Ele pegou o bilhete.

— Eu estava tentando ser breve.

— É, conseguiu.

— Posso ver? — Rowan pegou o bilhete e leu em voz alta, sua voz musical fazendo a mensagem parecer ainda mais enigmática.

— Uau, é ruim mesmo.

Ian pegou o papel e o guardou na mochila.

— Eu queria que fosse que nem nos filmes de guerra, em que as pessoas só têm as informações absolutamente necessárias. Assim, caso sejam capturadas pelo inimigo, não vão revelar segredos sob tortura.

— Sob tortura? — perguntei, incrédula.

Ele encolheu os ombros, envergonhado.

— Você entendeu o que quis dizer. Só achei que seria melhor se você não tivesse todas as informações.

— Eu ainda não tenho todas as informações.

Puxei a perna direita, conseguindo libertá-la da fenda entre os bancos. Se Ian não ia me contar o que estava acontecendo, talvez Rowan contasse. Eu fixei meu olhar na parte de trás do seu pescoço. Seu cabelo era um pouco mais longo na nuca.

— Então, quem é você exatamente? — perguntei, usando minha voz mais amigável, aprovada por Catarina, a guru dos imóveis. Ela considerava a curiosidade uma poderosa ferramenta de persuasão. O primeiro passo era fingir interesse.

Não sei se foi a pergunta ou o tom alegre, mas seus olhos se voltaram para mim com cautela.

— Me chamo Rowan. Nos conhecemos no hotel, lembra? Você disse que meu amortecedor estava baixo demais...

— Isso parece um eufemismo — afirmou Ian.

— Era o escapamento — retruquei em tom choroso, desistindo do fingimento. — Deixa pra lá. Essa parte não importa. O que quero saber é por que você — apontei para ele —, claramente irlandês, e meu irmão — apontei para Ian —, claramente americano, estão agindo como se fossem amigos de longa data. E não venham de novo com esse papo de que se conheceram na internet. Pessoas que só se conhecem na internet não conseguem adivinhar os pensamentos uma da outra.

— Isso não é uma violação dos termos e condições? — perguntou Rowan, citando a desculpa anterior de Ian.

Meu irmão abriu um sorriso conspiratório.

— É verdade, é uma violação clara — comecei a dizer, mas parei para pensar. O que eu precisava era de um bom argumento. Tinha funcionado antes e me ajudado a convencer Rowan a me entregar as chaves. — Rowan, a questão é que a chance de eu apoiar os planos de Ian é bem maior se eu souber o que está acontecendo.

— Seeeei… — disse Ian, em tom de quem não acreditava nem um pouco.

— É verdade — insisti. — Eu não vim com vocês até a sua primeira parada só para ficar aqui sentada ouvindo os dois analisarem a indústria da música.

Dizer "primeira parada" me pareceu uma concessão perigosa. Sugeria a possibilidade de a viagem de carro continuar.

Rowan tirou as duas mãos do volante para ajeitar os óculos.

— Addie tem razão. Foi por isso que ela veio com a gente, afinal, para ter tempo de se acostumar com a ideia.

Ou para fazê-los mudar de ideia, acrescentei em pensamento.

— Está bem. Pode cair nas artimanhas malignas dela. Mas não venha chorar para mim quando ela fizer da sua vida um inferno.

Ian desabou, apoiando a cabeça na janela. Sempre achei um desperdício de talento ele não se inscrever no clube de teatro. Era um ator nato.

Rowan ergueu o queixo com curiosidade para o espelho retrovisor.

Dei de ombros.

— Pode falar. Eu aviso quando minhas artimanhas malignas começarem.

Sua covinha pareceu piscar para mim.

— Combinado. Bem, Ian e eu conversamos muito. Quase todo dia. E a gente se conhece desde o verão passado. Bem, acho que "conhece" não é bem a palavra, né? — Ian ficou em silêncio. Rowan continuou, nervoso: — No começo eu só conhecia o trabalho dele. Li sua primeira leva de artigos e começamos a trocar e-mails. E depois...

— Leu sua primeira leva do quê? — interrompi.

Ian soltou um gemido quase inaudível, e Rowan franziu a testa, confuso.

— Desculpa, eu achava que vocês dois se conheciam. Addie, este é Ian Bennett, ilustre jornalista adolescente de música. Ian, esta é a Addie, profissional em derrubar pessoas em estacionamentos.

Jornalista de música? Enfiei os joelhos na parte de trás do banco de Ian.

— Você está de brincadeira, né?

Rowan pigarreou.

— Hã, desculpa, mas *isso* é uma piada?

— Addie, eu escrevo artigos. — Ian apoiou os pés em cima do painel e puxou o cadarço do sapato com irritação. — Já tive um blog, mas agora sou pago para escrever artigos on-line.

— Rá rá. E você também ama My Little Pony, certo?

— Como é que esses caras são chamados mesmo? — perguntou Rowan. — Bronies?

Ian me lançou um olhar irritado, e eu me encolhi. Ele estava sério — e magoado. Dava para ver pela maneira como projetava o queixo.

— Peraí. Você tem mesmo um blog? Na internet?

— É, na internet. Onde mais seria? — Ele fez cara feia.

— Mas... — Eu hesitei, esperando a ficha cair e as peças se encaixarem, mas isso não aconteceu. — Você tem um *blog*? Escreve posts e tal?

— Isso... É tipo um site, só que gerenciado por uma pessoa só, sabe? Em geral são bem informais — disse Rowan, em tom gentil. — É muito fácil criar um.

Fiquei sem reação. Rowan era legal demais. Qualquer outra pessoa teria rido de mim.

AMOR & SORTE

— Obrigada, Rowan, mas não é a definição de blog que está me deixando confusa. Só estou achando um pouco difícil acreditar que Ian tenha um.

A ideia de Ian voltar para casa do treino para despejar seus sentimentos em um diário on-line era tão inconcebível que chegava a ser impossível.

— Por que você não consegue acreditar? — falou Ian, a boca contraída em uma linha fina. Para ser sincera, ele estava igualzinho a mim quando falei com Archie na noite anterior. *Acha tão impossível assim um jogador de futebol americano popular gostar de alguém como eu?* — Por acaso jogadores de futebol americano só podem praticar esportes o dia inteiro? Valeu pelo estereótipo.

— Ai, Ian, ninguém está estereotipando você. — Nos últimos tempos, Ian ficava muito ofendido por ser visto como O Atleta, o que era praticamente impossível já que ele se esforçava tanto para parecer alternativo. E por que se importava assim com o rótulo? Graças ao futebol americano, Ian era quase um deus na nossa escola. — Eu só não entendo como você tem tempo de escrever. Durante o ano letivo, você está sempre fazendo seu dever de casa ou treinando.

— Eu sempre encontro tempo — disse Ian. — E o que você acha que passei o verão inteiro fazendo?

Por fim, uma peça do quebra-cabeça se encaixou. Quando não estava no treino, Ian tinha passado a maior parte do tempo na frente do computador.

— A mamãe disse que você estava trabalhando nas redações de admissão para as faculdades.

Ele soltou um daqueles roncos ásperos que às vezes se passam por risada.

— Não mesmo. A menos que você conte meus artigos como portfólio para as faculdades de jornalismo.

— Jornalismo? Não sabia que a Washington State tinha curso de jornalismo.

Ian bateu as mãos no painel, fazendo Rowan e eu nos sobressaltarmos.

— Eu não vou para a Washington State.

— Caramba, Ian. Tudo bem aí? — perguntou Rowan.

Ian ergueu o queixo de leve, como se estivesse se preparando para uma briga.

— Como assim você não vai para a Washington State? Eles sondaram você no início do verão. Vão oferecer uma bolsa de estudos integral.

E se aquela bolsa de estudos não se concretizasse, ele arrumaria outra. Além de um jogador excepcional, Ian era ótimo aluno. Tudo que as faculdades queriam.

— Eu não estou nem aí para a bolsa de estudos de futebol americano — disse Ian, baixando a voz.

— Por quê? Por acaso você ganhou na loteria?

— Alguém me explique uma coisa, por favor — interrompeu Rowan, a voz confusa. — Vocês dois obviamente são irmãos, mas por acaso foram separados na maternidade? A mãe ficou com um e o pai ficou com outro? Foi isso? Ou um de vocês só aprendeu a falar há pouco tempo, então nunca conversaram antes?

A ponta das orelhas de Ian ficou vermelha de repente.

— É muito difícil conversar com alguém que passou o verão inteiro mentindo para você.

Eu agarrei as costas do banco do carona, minhas orelhas tão vermelhas quanto as dele. Era nosso principal indicador de raiva.

— Nem tente enfiar o Cubby nessa história. Além disso, você não tem moral para falar nada. Aparentemente, você tem uma vida secreta.

— Não é uma "vida secreta" — retrucou ele, imitando meu tom. — Foi só este verão. E eu teria contado se você não estivesse tão ocupada saindo escondida com Cubby.

— Para de falar nele! — gritei.

Rowan pisou no freio de Trevo com força, e nós dois fomos lançados para a frente. Se não fôssemos os únicos na estrada, com certeza teriam batido na nossa traseira.

— Olha, pessoal — começou Rowan —, eu entendo que vocês estejam lidando com alguns problemas, mas já ouvi discussão suficiente para uma vida inteira. Então, Ian, que tal você atualizar Addie sobre essa sua tal "vida dupla"? Estou doido para saber como você conseguiu manter segredo da sua família.

— Não foi difícil. A menos que tenha a ver com futebol americano, ninguém se importa com o que eu faço. — Ian deu de ombros, seu olhar tenso. — Bem... Addie, o que você quer saber?

Por onde começar?

— Qual o nome do seu blog?

— Meu Léxico — disse Ian.

— Como se escreve isso?

Peguei o telefone e Rowan soletrou para mim. Não só existia como também parecia muito mais profissional do que se esperaria do blog de um garoto de dezessete anos, com um tema monocromático elegante e MEU LÉXICO em letras maiúsculas na parte superior.

— É uma referência a uma frase de Bob Dylan — explicou Rowan antes que eu pudesse perguntar. — "Minhas canções são meu léxico. Eu acredito nas canções."

Ian cruzou os braços com raiva.

— Foi por causa do blog que consegui a coluna na IndieBlurb. Escrevo uma vez por semana para eles.

— Se chama "As Cinco da Semana de Indie Ian" — disse Rowan.

— Indie Ian? Esse é seu pseudônimo? — Fiquei esperando um deles começar a rir, mas nenhum dos dois fez isso. — Tá. São cinco o quê?

— Categorias de música. — Ian as listou em seus dedos. — "Vale o hype", "Nem tudo isso", "Covers", "Clássicas" e "Obscuras". Toda semana eu escolho uma música para cada categoria. — Ele suspirou alto. — Por que você acha tão difícil acreditar nisso tudo? Sempre gostei de escrever. E de música. Tentei entrar para o jornal da escola no ano passado, mas o treinador não deixou. Ele não queria que eu perdesse o foco.

O treinador tinha dito isso? Um instinto raivoso de superproteção fraterna rugiu na minha mente.

— Ian tem *muitos* seguidores no Twitter — contou Rowan. — Toda vez que publica algo, a hashtag dele sobe. É #IndieIan. Foi assim que conheci seu irmão.

— Ah, que nada! Não tenho tantos seguidores assim — ponderou Ian, tentando soar modesto, mas deu para sentir um quê de orgulho em sua voz.

— Você tem dez mil seguidores, como isso não é muito? — rebateu Rowan.

Dez mil? Nada mal.

Ian sacudiu o cabelo, fazendo-o cair em seus olhos.

— Não, nunca tive dez mil. Toda vez que chego perto, ponho alguma música na categoria "Nem tudo isso" que ofende as pessoas e o número cai. Na minha lápide, vai estar escrito: "Nunca chegou aos dez mil seguidores."

Rowan bufou.

Peguei o celular de novo para procurar a conta no Twitter. A imagem de perfil de @IndieIan11 era uma foto dos olhos de Ian, o cabelo comprido emoldurando o lado direito. Tinha 9,9 mil seguidores. Uma grande festa para a qual eu não havia sido convidada. Sobre a qual ninguém tinha nem me contado.

Apertei o celular com força, uma confusão de sentimentos em meu peito. Pelo menos agora eu sabia por que Ian estivera tão distante o verão inteiro. Ele tinha uma vida on-line secreta.

AMOR & SORTE

— Por que você não me contou nada disso? — perguntei.

Ian balançou a cabeça.

— Por que eu deveria ter contado? Não é como se você me escutasse.

Estava tentando fugir do assunto.

— Ian, pela última vez, isso não é sobre o Cubby. Se Rowan encontrou você há um ano, significa que você já estava com essa história de... de diário musical muito antes de Cubby e eu começarmos a sair.

— Diário musical. Gostei. — Rowan poderia muito bem estar usando um uniforme de arbitragem. Estava desesperado para um fim à briga.

Ian se virou para trás, impaciente.

— Então responda de uma vez: você planeja contar sobre Cubby para nossa mãe durante ou depois de sua viagem a Florença?

— Ian, nós já discutimos isso um milhão de vezes. Não vou contar pra ela. — Minhas palavras ecoaram no carro. Como tínhamos voltado a esse assunto? — E não é *minha* viagem a Florença. É *nossa* viagem.

Mas nem eu parecia acreditar mais naquilo.

A primeira vez que menti para Ian foi sobre Cubby. E foi surpreendentemente fácil.

Aconteceu durante nossa última excursão juntos, e logo no início percebi que havia algo diferente. Em geral, nossos passeios eram para lugares que meu irmão havia descoberto recentemente, mas daquela vez não.

— Venho para cá desde que tirei a habilitação — contou ele, enquanto eu apontava a lanterna para a estátua de troll, fazendo seu único olho visível brilhar. Carros rugiam no viaduto acima de nós.

Ian subiu na mão retorcida da estátua, acomodando-se no ombro do troll. Examinei a escultura com a lanterna. O troll de concreto tinha mais de seis metros de altura, e uma das mãos rechonchudas segurava um carro em tamanho real.

— Por que você nunca me trouxe aqui antes?

Ian se esparramou no braço da estátua.

— Eu gosto de vir aqui depois do treino. Para pensar.

— Pensar sobre o quê? Como você vai arrasar no jogo seguinte? — provoquei.

Ele resmungou, mudando rapidamente de assunto.

— Reparou como o troll é meio achatado? É porque as pessoas picham a estátua e a única maneira de remover a tinta é cobrir com mais cimento.

— Nossa, que mudança de assunto sutil.

Nos últimos tempos, Ian vinha evitando todas as conversas que tinham a ver com futebol americano. Mas naquela noite eu não quis forçar a barra. Era bom estar com meu irmão. Ele andava meio sumido.

Enfiei a lanterna no bolso do moletom e escalei para me juntar a ele. Passamos um tempo ouvindo o barulho dos carros lá em cima. Barulhos previsíveis e reconfortantes.

Dava para entender por que Ian gostava dali.

— Onde você estava ontem à noite? — perguntou ele de repente, e meu coração acelerou mais do que os carros na estrada.

Evitei olhá-lo nos olhos.

— Fui dormir cedo.

Ele balançou a cabeça.

— Passei no seu quarto para ver se você queria assistir a Saturday Night Live. Você também saiu na terça à noite. Como está escapando? Pela janela? Tem que ter coragem para passar na frente do quarto dos nossos pais.

Muita coragem. Ainda mais para uma pessoa com menos de 1,60 metro tentando descer uma árvore cujos galhos estavam a pelo menos um metro e meio um do outro.

— Eu devia estar na cozinha — respondi, surpresa com a facilidade com que a mentira saiu da minha boca.

Nunca tinha mentido para Ian antes, nunca nem havia cogitado a ideia. Acho que nunca havia tido sobre o que mentir. Abri um sorrisinho. Não pude evitar. Ele ergueu as sobrancelhas.

— Então, agora que sei como você está saindo às escondidas, a questão é com quem?

Fechei bem a boca, selando meu segredo. Às vezes parecia que tudo o que eu tinha pertencera a um de meus irmãos primeiro. Por mais que os amasse, eu amava ainda mais a ideia de ter algo só meu.

Depois de alguns segundos, Ian soltou um suspiro longo e exasperado.

— Está bem. Não precisa contar. — Ele se deixou escorregar do troll, os tênis batendo pesadamente no chão. — Você sabe que vou acabar descobrindo de um jeito ou de outro.

Levar-me até o troll tinha sido a tentativa de Ian de arrancar meu segredo: eu conto um dos meus, e você me conta um dos seus.

Infelizmente, ele acabaria descobrindo de outro jeito.

O carro de Rowan avançava a toda pela estrada sinuosa enquanto eu observava a Irlanda se transformar aos poucos em um lugar remoto e feroz. Estruturas de pedra sem telhado ladeavam as estradas estreitas, cobertas por musgo verde. Tudo parecia abandonado, o que, por alguma razão, fez meu relógio interno bater ainda mais alto. Eu tinha menos de uma hora para convencer Ian a desistir de seu plano.

Por sorte, eu tinha uma arma secreta. Duas semanas antes, minha mãe e eu havíamos viajado mais de uma hora de carro para visitar a tia dela, e eu fora obrigada a ouvir uma nova gravação de Catarina Hayford chamada "Formas de Persuasão".

Eu nem imaginava que encontraria utilidade para aquilo. Mas agora era preciso recorrer aos especialistas. Primeiro passo: demonstre curiosidade.

— Então, o que Burren tem a ver com o Titletrack?

O olho roxo de Ian me encarou acusadoramente.

— Escuta aqui, Catarina. Só vou contar o que for necessário. Além disso, ninguém convidou você para vir junto, então pare de fazer perguntas.

— Eu não estava sendo a Catarina — retruquei. Pelo visto ele devia ter ouvido a gravação também.

— Estava, sim. O primeiro passo — disse ele em uma imitação surpreendentemente boa da voz gutural de Catarina — é demonstrar curiosidade.

— Eu perguntaria quem é Catarina, mas acho que vocês vão querer arrancar minha cabeça — disse Rowan.

— Não tem problema — garantiu Ian. — Ela é uma guru do mercado imobiliário que parece passar todo o tempo livre fazendo bronzeamento artificial. Ela transformou nossa mãe em uma figurona do ramo imobiliário de Seattle.

— Eu não sabia que sua mãe trabalhava com isso.

Rowan olhou para Ian com curiosidade. Para alguém tão próximo do meu irmão, era uma surpresa como sabia pouco sobre ele. Nem sabia o nome de Walt.

— Segundo passo: nunca tente chegar a um meio-termo com o cliente. Vá até ele. — Ian jogou o cabelo para trás do ombro e franziu os lábios de forma convincente. — Terceiro passo: seja realista e otimista. O futuro pertence aos esperançosos.

Eu dei um peteleco em seu ombro.

— Ian, pare com isso.

Ele bufou e parou de fazer pose, abaixando-se para olhar pelo para-brisa.

— Rowan, estamos em Corofin?

— Não. Essa foi a primeira cidade. Agora estamos em Killinaboy. Além disso, decidi ignorar os termos e condições. — O olhar de Rowan pousou sobre mim, leve como uma borboleta. — Sua irmã precisa saber o que estamos fazendo.

— O quê? Por quê? — perguntou Ian.

— Se ela souber por que você está indo embora sozinho, talvez não reaja tão mal.

— Rowan, vai por mim: a reação vai ser a mesma — disse Ian.

— Eu ainda estou aqui — lembrei-os, e vi mais uma tentativa de Rowan de ajeitar os óculos. Ele os empurrava para cima com um gesto que era a combinação perfeita de cativante e meio nerd. Se não parecesse tão distraído quando fazia isso, eu até pensaria que era proposital. — E, Ian, estou começando a gostar desse seu amigo. Ao contrário de você, ele se importa com os sentimentos dos outros.

A minha intenção era ser engraçada, mas percebi meu erro assim que as palavras saíram da minha boca. Ian levava lealdade muito a sério — bastava uma mera insinuação de que estava decepcionando alguém para deixá-lo furioso.

Ele se virou para trás.

— Ah, entendi. Porque eu nunca me importo com seus sentimentos. Nunca defendo você ou ajudo com a escola ou resolvo os problemas que você mesma criou.

Minhas bochechas ficaram vermelhas. Ele tinha mesmo acabado de comparar me ajudar na escola com a situação do Cubby?

— Não acredito que você disse isso.

Rowan nos apartou verbalmente.

— Ok, pessoal. Que tal falarmos sobre Titletrack? No início da carreira, não estavam conseguindo fechar contrato com nenhuma gravadora, então começaram a postar as músicas na internet e a se apresentar em bares. Depois de um tempo, conseguiram convencer uma estação de rádio a tocar uma de suas músicas, e os ouvintes pediram para ouvi-la tantas vezes que acabou no top 10. Depois disso, as gravadoras não podiam mais ignorar a banda.

Houve uma pausa longa e desconfortável, mas o comentário aleatório tinha funcionado. Não estávamos mais brigando. Ian afundou no assento, o queixo encostando no peito.

Rowan continuou, talvez na esperança de impedir uma nova erupção:

— E o último show do Titletrack é daqui a três dias. Eles anunciaram no início do ano e juraram que não vão fazer aquela coisa idiota que as bandas fazem de se aposentar e depois marcar várias turnês especiais.

— Eu odeio isso — comentou Ian, redirecionando sua raiva.

Era o último show da banda? Então eu tinha ainda menos chance do que havia pensado.

— E o que Burren tem a ver com isso? — perguntei de novo, com cuidado.

Rowan, valente, respondeu:

— Ian teve a ideia... brilhante, devo dizer... de visitar alguns dos lugares que foram relevantes para a banda no início da carreira e escrever um artigo que culmina na última apresentação deles. Como se a gente estivesse seguindo os passos deles até o Electric Picnic. — Rowan fez uma pausa. — Ian, esse deveria ser o título!

— Hum... — fez Ian, sem querer se comprometer.

— Mas enfim, Burren foi onde eles filmaram o primeiro clipe, da música "Classic", que, na minha humilde opinião, é a melhor música do mundo.

— É mesmo — confirmou Ian. Ele se inclinou para a frente e seu cabelo caiu em cascata ao redor do rosto. — Eu coloquei para você ouvir no caminho para a escola algumas vezes. É aquela com a letra que fala da "simplicidade escorregadia".

Eu me lembrava da música. Até tinha pedido para ele botar para tocar no carro algumas vezes, principalmente porque gostava de como o cantor pronunciava "simplicidade escorregadia", rolando as palavras na boca como se fossem uma bala de caramelo.

— Certo — disse Rowan. — Vamos documentar toda a viagem, Ian vai postar várias fotos em seu blog e nas redes sociais. Então, quando estiver tudo pronto, ele vai enviar o artigo para uma revista importante.

— *Talvez* eu envie para alguma revista importante — corrigiu Ian rapidamente.

— Como assim "talvez"? — A voz de Rowan soou incrédula. — Se você não mandar, então mando eu. Sua escrita com certeza é boa o suficiente, e tenho uma lista de revistas irlandesas de música que ficariam loucas por um artigo desses.

— Então, isso é uma mistura de fã clube com pesquisa de campo — falei.

Cada nova informação me deixava mais desesperada.

— Isso aí. — Rowan deu um soco no ar de tanto entusiasmo. — E o casamento da sua tia? Foi a melhor coincidência que já aconteceu no planeta Terra.

Ian sorriu para Rowan, a raiva já esquecida. Ele era oito ou oitenta. Podia passar de um extremo a outro bem rápido. Depois de uma vida inteira de brigas, eu já deveria estar acostumada, mas ainda me pegava desprevenida às vezes. Ainda mais agora, quando achei que estávamos nos encaminhando para um confronto enorme, como o que tivemos nas falésias.

— Eu mal pude acreditar — disse Ian. — Quer dizer, quais são as chances de eu estar na Irlanda na mesma época do último show deles?

Bem altas, na verdade. A vida gostava de fazer as coisas darem certo para o Ian.

Desabei no banco de trás, a resignação tomando conta de mim. A Irlanda era encantadora, Rowan era o melhor amigo que Ian sempre sonhou em ter e a banda favorita do meu irmão ia fazer um show imperdível. Eu nunca tive a menor chance de convencê-lo. Eu me encolhi, abraçando os joelhos.

— Preciso que vocês sejam rápidos em Burren. Ian, você cancelou sua passagem para a Itália?

Ian começou a olhar para trás, mas se conteve no meio do caminho.

— Não, mas liguei para a companhia aérea. Eles vão ceder o meu lugar para outra pessoa quando eu não aparecer.

Ele teve compaixão suficiente para não falar em tom vitorioso.

Itália e Lina estenderam a mão para mim, calorosas e convidativas. Sol, gelato, museus de arte, lambretas, espaguete, minha melhor amiga. Fechei os olhos e me agarrei àquela imagem. Deixar Ian para trás na Irlanda não era o que eu tinha em mente, mas talvez fosse bom para nós dois. Eu esperava que a hora seguinte passasse voando.

— Tudo bem — respondi, derrotada. — Você venceu. Como sempre.

Burren

Ah, Burren. *An Bhoireann*. O lugar de pedra. Para muitos, a paisagem mais desolada, lúgubre e deprimente do planeta. Um dos seus primeiros admiradores disse: "Não há uma árvore na qual enforcar um indivíduo, nem água suficiente para afogá-lo, nem terra para enterrar o corpo."

Você vai amar.

Mas antes que esta linda história de amor comece, vamos aprender um pouco sobre a geografia irlandesa. Há 340 milhões de anos, a Ilha Esmeralda era um pouco diferente da atual. Não havia pubs nem pré-adolescentes irlandeses rondando as lojas de departamento: ela ficava debaixo d'água — na verdade, era parte de um grande oceano tropical repleto de vida. Animais, peixes, plantas e todas as demais formas de vida que você conseguir imaginar tentavam devorar umas às outras, vivendo felizes e selvagens. No entanto, como os filmes da Disney nos ensinam, em algum momento essas criaturas acabam morrendo (em geral de um jeito horrível e na frente dos filhos) e seus ossos se acumularam no fundo do mar — dando início a uma antiga receita primordial que pode ser resumida na seguinte equação:

$$ossos + compressão + milhões\ de\ anos = calcário$$

E foi exatamente isso o que apareceu. Calcário. Uma área de dezesseis quilômetros quadrados de calcário, na verdade. E depois que cansou do fundo do mar, o calcário subiu até a superfície, formando a paisagem desolada e única em que seus pezinhos lindos estão pisando. O que me leva a outra equação, que não tem muito a ver com o assunto, mas que não deixa de ser útil:

$$coragem + tempo = um\ coração\ curado$$

Posto dessa forma, não parece uma tarefa impossível, não é, benzinho? Quer dizer, só de você ter conseguido chegar à Ilha Esmeralda me diz que a coragem já está aí. E quanto ao tempo? Bem, ele virá. Minuto a minuto, hora a hora, o tempo vai se estender e acumular e comprimir até que um dia você vai se encontrar no topo de algo que acabou de emergir e pensar: *Nossa, eu consegui.*

Você vai conseguir, docinho. Pode acreditar.

DEVER DE CASA: Está vendo as flores silvestres brotando do meio das pedras, chuchu? Calma. Não vou cair no clichê de falar sobre a beleza que prospera em meio ao sofrimento. Mas quero que você colha algumas, uma para cada uma das suas pessoas. E com "suas pessoas" quero dizer aquelas com quem você pode contar, que estão ao seu lado durante esse processo. Arrume-as em um círculo e absorva seu poder. Não se esqueça de colher uma para mim.

— Trecho de *Irlanda para corações partidos: um guia não convencional da Ilha Esmeralda, 3ª edição*

— PARA O QUE ESTAMOS OLHANDO, EXATAMENTE? — perguntei quando Rowan manobrou o carro até o estacionamento lamacento.

Burren estava mais para uma invasão hostil do que para uma paisagem. No início, a mudança tinha sido sutil, com algumas pedras chatas surgindo nos campos como lírios acinzentados, mas aos poucos a proporção de pedra para grama foi aumentando, até o cinza sufocar todo o verde luminoso. Quando Rowan começou a reduzir a velocidade, estávamos cercados por rochas frias e deprimentes. Uma placa dizia POULNABRONE.

A Autora do Guia tinha falado que Burren era deprimente, mas eu não imaginava quanto.

Ian apontou para uma pequena estrutura sem graça ao longe. Ele já estava pronto para sair do carro, o cinto de segurança solto, o caderno em mãos.

— O Poulnabrone é um túmulo. Tem mais de dois mil anos.

Estreitei os olhos, e o túmulo virou um borrão cinza.

— Um túmulo? Ninguém me avisou nada sobre túmulo.

No instante em que Rowan estacionou, Ian passou os pés pela janela e pulou, o caderno debaixo do braço.

— Encontro vocês lá!

Seus tênis produziram sons úmidos enquanto ele corria em direção ao túmulo.

Rowan soltou um assobio admirado, olhando para meu irmão. Ele tinha ficado em silêncio desde que eu aceitara minha derrota em relação ao plano do Titletrack. Ian até tinha falado um pouco, mas parecia meio desconfortável, como se estivesse vestindo uma camiseta com uma etiqueta que pinicava. Detectar quando Ian se sentia culpado era uma arte sutil, pois sua agitação natural atrapalhava.

— Ele parece um daqueles lagartos Jesus Cristo. Conhece? Aqueles que correm tão rápido que conseguem andar sobre a água... — observou Rowan.

Passei para o banco do carona.

— Prometa que não vai dizer isso a ele. A última coisa que precisamos é que Ian desenvolva um complexo de lagarto Jesus Cristo.

Sua covinha reapareceu.

— Prometo.

O estacionamento consistia em uma grande poça pegajosa que se infiltrou em meus tênis no instante em que pisei no chão. Uma camada fina de nuvens cobria o sol, eliminando até mesmo a ilusão de calor, e cruzei meus braços nus para tentar me esquentar. Por que ninguém se deu ao trabalho de me informar que a Irlanda era o equivalente climático de um congelador? Resolvi que assim que chegasse à Itália eu passaria minhas primeiras horas assando ao sol como pão ciabatta. E conversando com Lina.

Lina vai saber em breve. Um arrepio violento percorreu minha espinha.

— Você está com frio? — perguntou Rowan, olhando para mim por cima do carro.

— Por que a pergunta? — respondi, brincando. Em alguns segundos meus dentes iam começar a bater.

— Talvez porque você esteja tremendo feito um daqueles filhotinhos dos comerciais sobre maus-tratos aos animais... Vocês têm esses comerciais nos Estados Unidos, certo? *Por apenas sessenta e três centavos por dia, você também pode impedir uma menina loira de tremer de frio...* Eles passam na televisão toda hora.

— Sim, também temos.

O ponto fraco de Archie eram os animais, e, quando a gente era mais novo, esperava os comerciais começarem para chamá-lo até a sala e vê-lo ficar com os olhos marejados. Irmãos podem ser muito cruéis uns com os outros. Quando meu pai descobriu, nos deu uma bronca por usarmos o comercial sobre crueldade contra animais para sermos cruéis com nosso irmão, e todos doamos um mês de mesada para uma organização de proteção animal.

Eu puxei meu short de leve.

— Quando fiz as malas, estava pensando na Itália, então só trouxe roupas de verão. Não sabia que a Irlanda estava sempre no inverno ártico.

— E deu sorte porque o dia está bonito. Só um segundo.

Ele voltou para dentro de Trevo, e peguei meu telefone do bolso de trás. Eram 9h03. Eu queria estar no aeroporto às dez em ponto.

— Ei, Rowan, quanto tempo demora para chegarmos ao aeroporto?

— Uns quarenta e cinco minutos.

— Então não podemos demorar muito. Não quero chegar em cima da hora.

Ele ressurgiu, o cabelo ligeiramente despenteado.

— Addie, o que é isso?

Por um segundo, pensei que Rowan estivesse perguntando sobre o casaco azul-marinho que trazia pendurado no braço, mas depois percebi que ele também segurava algo na outra mão. O guia.

— Ei, isso é meu!

Cambaleei em sua direção, uma tsunami de vergonha se abatendo sobre mim.

Ele examinou a capa.

— Sim, eu sei que é seu. É o guia que você tinha falado? Por que o título diz que é para corações partidos?

— Me dá isso agora. — Eu avancei, e ele me deixou arrancar o livro de suas mãos. Abracei o guia com força. — Por que você estava fuçando minhas coisas?

— Eu só estava procurando um casaco para você e encontrei o livro caído embaixo do banco. Achei que fosse meu. — Ele deu um passo para mais perto de mim. — Mas agora você me deixou curioso.

Seu olhar estava igual ao de um filhote de cachorro abandonado, e acabei cedendo. Além disso, explicar o guia não significava que eu era obrigada a contar tudo sobre o meu próprio coração partido.

— Eu encontrei na biblioteca do hotel. Fala dos principais pontos turísticos da Irlanda e passa algumas atividades para fazer em cada um deles. Supostamente, ajuda a curar um coração partido.

— Você acha que funciona?

A urgência na voz de Rowan me fez olhar para ele, que examinava o guia com uma expressão faminta.

— Hã... Não sei. A autora é um pouco excêntrica, mas parece que ela entende das coisas. Quem sabe? Talvez funcione.

— Então, você está usando o guia para ajudá-la a superar esse tal de Cubby?

Agora até ele queria falar sobre Cubby? Eu me empertiguei, pronta para dizer que não era da conta dele, mas Rowan deve ter reparado porque voltou atrás na mesma hora.

— Desculpe. Foi uma pergunta pessoal demais. É só que... — Ele ajeitou os óculos, mexendo nas hastes com certo nervosismo.

— Meu coração não anda lá essas coisas... — Ele me olhou nos olhos, e dessa vez sua expressão era suplicante. — Então, se você tiver encontrado um guia mágico para curar corações partidos, por favor, não se esqueça de me contar.

Sua vulnerabilidade me tocou, e, antes que eu tivesse tempo de mudar de ideia, entreguei o guia para ele, dizendo:

— Talvez você devesse tentar. Há uma tarefa para Burren e posso ajudar, se quiser. — Eu sempre fazia isso. Toda vez que alguém estava sofrendo, eu queria resolver a questão na hora. — Pode ficar com o guia. Quem sabe vocês não passam pelos pontos turísticos a caminho do festival?

Ele virou o livro, erguendo os olhos bem devagar até encontrar os meus.

— Nossa. Você é muito legal. — Ele mordeu o lábio. — Olha, sinto muito pela minha parcela de culpa por Ian ter desistido da Itália. Se eu soubesse...

Eu dispensei suas desculpas com um gesto.

— Eu vou sobreviver. E preciso mesmo de algum tempo com Lina, então talvez seja até melhor ele não ir.

Rowan assentiu, depois levantou o livro com entusiasmo, a esperança iluminando seu rosto.

— Agora, se você não se incomodar, acho que vou tentar fazer a atividade.

— Imagina, sem problemas — respondi, também animada, sentindo aquele calor familiar de quando ajudava outra pessoa.

— A gente se vê daqui a pouco. E aqui, isto é para você.

Ele me jogou o suéter azul, e eu o vesti na hora. Tinha um leve cheiro de cigarro e ia até meus joelhos, mas era fantástico — como ganhar um abraço antes mesmo de perceber que precisava. Agora, era hora do dever de casa para corações partidos. Eu me virei e olhei para a paisagem cinzenta e sombria.

Flores silvestres. Certo.

* * *

Para a minha sorte e a do meu dever de casa, Burren visto de perto era muito diferente de Burren visto do carro. Para começar, tinha muito mais detalhes. Sim, as pedras achatadas cobriam noventa por cento do chão, mas grama e musgo explodiam nas rachaduras entre elas, e flores silvestres coloridas brotavam sempre que tinham chance.

Eu me afastei do túmulo tanto quanto ousei, então colhi um punhado de flores. Depois de me certificar de que Ian estava de costas para mim, arrumei-as em um círculo, nomeando-as:

— Mãe, pai, Walter, Archie, Ian, Lina e a Autora do Guia — falei em voz alta.

Pena que só um deles sabia do meu coração partido.

Prontinho, Autora do Guia. E agora? Cruzei os braços e girei em um círculo, bem devagar. Como é que estar no meio de representações florais das "minhas pessoas" me ajudaria?

— Como está indo?

Ergui os olhos e vi Rowan se aproximando, as pernas longas como as de um gafanhoto pulando de pedra em pedra.

— Você foi rápido — comentei. — Leu o que ela escreveu sobre Burren?

— Sim. Eu leio bem rápido. — Ele parou, ficando respeitosamente fora do meu círculo. — Está funcionando?

— Não sei — respondi, sincera. — Eu me sinto meio idiota.

— Posso entrar?

Eu assenti, e ele entrou no círculo, segurando uma flor amarela como o sol.

— É para você. Eu queria ser uma das suas flores. — Ele fez uma careta. — Desculpa. Isso foi bem meloso.

— Eu achei legal — falei, correndo o polegar pelas pétalas sedosas.

Nenhum cara havia me dado flores antes. Nem mesmo Cubby.

Coloquei a flor de Rowan ao lado da de Ian e então, já que sentia que deveria fazer alguma coisa, dei uma volta devagar, um pouco sem graça, focando minha atenção em uma flor de cada vez.

Quando voltei à flor amarela de Rowan, ele me olhou com expectativa.

— E aí? Ajudou?

— Hum… — Encostei de leve a mão no peito. Não doía menos, mas parecia um pouco mais leve, como se alguém tivesse tirado parte do peso que eu carregava ali. — Eu me sinto diferente. Você deveria tentar.

— Tenho que girar também? — Um rubor envergonhado surgiu em suas bochechas. — Ou dizer os nomes ou algo do tipo?

— Acho que pode fazer do jeito que quiser. Prefere ficar sozinho?

— Sim — respondeu ele, decidido. — Acho que vai ser melhor fazer isso sem plateia.

Saí do círculo e fui até Ian. O túmulo tinha cerca de três metros de altura, com várias pedras paralelas formando as paredes e outra apoiada no topo para criar um telhado. O lápis de Ian riscava furiosamente o papel. Eu não sabia como ele conseguia escrever tanto sobre aquilo.

— Então… O lugar é bem legal — falei, quebrando o silêncio. — Você disse que foi aqui que o Titletrack filmou seu primeiro clipe?

Ian não desviou os olhos do caderno.

— Bem aqui onde estamos. A qualidade era péssima. Em algumas partes, mal dá para ouvir Jared cantando, e o cinegrafista começou a espirrar no meio do clipe, mas mesmo assim conseguiram um milhão de visualizações. Para você ver como a música é boa.

Ele fechou o caderno. Nós dois ficamos em silêncio, o vento soprando em nossas costas. Burren parecia solene como uma igreja, e tão sóbrio quanto. Eu me lembrei das palavras da Autora do Guia. *Coragem + tempo = um coração curado. Posto dessa forma, não parece uma tarefa impossível, não é, benzinho?*

Era aí que a Autora do Guia se enganava, porque não parecia menos impossível. Nem um pouquinho. Especialmente quando Ian e eu mal conseguíamos conversar sem começar uma briga. Olhei na direção de Rowan. Ele ainda estava no seu círculo, de costas para nós.

— Então você não vai mesmo contar para a nossa mãe sobre o Cubby — disse Ian, lendo minha mente como sempre.

Eu odiava a frustração em sua voz. Decepcioná-lo era pior do que decepcionar qualquer outra pessoa.

Balancei a cabeça. Eu sabia que talvez Ian estivesse certo. Não contar para minha mãe e depois ela acabar descobrindo por outra pessoa era um grande risco. Mas eu não conseguia nem falar a verdade para Lina… imagina para minha mãe?

A voz de Ian ecoou em minha mente. *Você sabe o que Cubby anda fazendo?* Eu me afastei, incapaz de dizer uma palavra.

Talvez passar um tempo longe dele fosse uma boa ideia.

Eram 9h21. Eu tinha passado alguns minutos vagando por Burren e, quando finalmente voltei para o carro e olhei a hora, minha ansiedade atingiu um nível recorde. Nós estávamos ali havia vinte minutos?

— Gente! — gritei, acenando para Ian e Rowan. Eles estavam parados diante do túmulo. Como aquela coisa prendera a atenção deles por tanto tempo? — Ei!

Ian olhou para trás e dei algumas batidinhas em um relógio imaginário no pulso.

— A gente tem que ir. Agora.

Ian tirou o celular do bolso sem a mínima pressa, então ele e Rowan começaram a correr na minha direção. Dei a volta na parte de trás do carro, e algo inesperado chamou minha atenção.

— Ai, não.

A boca do escapamento estava caída no chão, submersa em uma poça. Eu me abaixei para avaliar o estrago.

— Desculpe. Perdemos a noção do tempo — disse Rowan, ofegante, enquanto se aproximava. — Ainda bem que dirijo rápido. — Ele viu que eu estava agachada. — Ai, não, o tubo soltou?

— Acho que perdeu um parafuso. Precisamos consertar primeiro.

Rowan cruzou os braços, nervoso.

— Não tem como consertar depois? Não quero correr o risco de chegarmos atrasados ao aeroporto.

Depois de alguns segundos de conflito interno, meu lado prático venceu. Se o escapamento se soltasse enquanto estivéssemos dirigindo, seria o fim. Nada de carro. Nada de aeroporto. Nada de Itália e de Lina. Eu precisava pelo menos de uma solução a curto prazo.

Levantei.

— Contanto que não fique batendo na estrada, não vamos ter problemas. Você tem alguma coisa que a gente possa usar para amarrar?

Rowan passou a mão pelo queixo, encarando os adesivos como se eles pudessem ajudar.

— Fio dental? Talvez eu tenha uma corda elástica.

— Tem que ser de metal, senão vai derreter e vamos ter que parar e amarrar de novo.

— Que tal isso? — Rowan tirou um par de fones de ouvido emaranhados do bolso de trás. — Os fios da parte de dentro são de cobre, não são?

Ian ficou boquiaberto.

— De jeito nenhum. São da Shure. Custam uns duzentos dólares.

— Você está me oferecendo fones de ouvido de duzentos dólares? — perguntei, chocada.

Eu sabia que Rowan era legal, mas isso já era demais.

Ele os jogou para mim.

— Só me deram isso de presente para aliviar a própria culpa — respondeu ele com a voz amargurada. — Uma das vantagens de ter pais divorciados.

Seus ombros murcharam de leve, e Ian lhe lançou um olhar surpreso, mas dava para ver que Rowan não queria que insistíssemos no assunto.

Era uma oferta excessivamente generosa, porém fui obrigada a aceitar. Havia muita coisa em jogo. Assenti em agradecimento e voltei a me agachar.

— Ian, segure o escapamento para mim.

Ele obedeceu, e eu rastejei para debaixo do para-choque, encharcando meu short enquanto tateava sob o carro.

Estava acostumada a ser a mecânica da família. No verão depois de Walter completar dezesseis anos e tirar a habilitação, eu estava no carro com meus irmãos e o pneu furou na estrada perto de casa. Achei o manual do proprietário e, quando meu pai chegou, eu estava coberta de graxa, e o estepe, já no lugar. Ao contrário da escola, os carros sempre fizeram sentido para mim — havia algo reconfortante em saber que a resposta estava a apenas um capô levantado ou a uma torção da chave inglesa de distância.

A parte de baixo do carro de Rowan estava cheia de lama, e levei mais tempo do que deveria para amarrar o escapamento. O nervosismo também não ajudou. Parecia que uma hora tinha se passado até eu me levantar de novo, a ansiedade explodindo em meu peito.

— Pronto. Vamos embora.

— Talvez seja melhor você se trocar antes de entrar no carro — sugeriu Ian, olhando minhas roupas. — Você está parecendo um monstro de lama.

— Não dá tempo — replicou Rowan, indo para a porta. — Pode entrar, monstro de lama.

Eu estava me balançando no banco de trás, tentando ignorar o fato de que os números no velocímetro de Trevo aumentavam em um ritmo alucinante, quando Rowan de repente soltou um palavrão com seu sotaque irlandês carregado.

Olhei para ele.

— Qual o problema?

Rowan apontou o para-brisa.

— Aquele é o problema.

Eu cheguei mais para a frente, ansiosa, e o que vi fez surgir em meu estômago o nó mais apertado da minha vida. Quatrocentos metros adiante estava um trator. Mas não um trator qualquer — era enorme e tomava as duas pistas da estrada, como uma lagosta gigantesca e pesada. E com certeza não estava com a menor pressa. Rowan desacelerou e chegou mais perto.

— A gente precisa contornar esse troço — falei. Tratores podiam tomar a estrada inteira daquele jeito?

Addie, não entre em pânico. Não entre em pânico. Nós já estávamos atrasados. Como era possível uma coisa daquelas?

— Como? — Rowan passou a mão pelos cabelos. — É grande demais até para encostar e nos dar passagem. Ocupa a estrada inteira.

— Não tem como ele ficar na estrada por muito tempo — disse Ian, parecendo calmo, mas seu joelho começou a se sacudir muito. — Rowan, não tem como ele ficar na estrada por muito tempo, certo?

— Bem… — Rowan fez uma careta. — Talvez seja melhor dar meia-volta. Deve haver outro caminho para a rodovia.

A sugestão me deixou nervosa. Tentar outro caminho parecia arriscado. Um estrondo atrás de nós fez todo mundo se virar ao mesmo tempo.

Dessa vez foi Ian quem soltou um palavrão. Um trator idêntico estava na nossa traseira. Era tão grande e lento quanto o outro.

— Isso por acaso é um desfile de tratores?! — perguntei, furiosa.

O trator número dois era de um laranja que lembrava uma abóbora, e o motorista retribuiu nossas carrancas com um aceno alegre.

— Que ótimo. Tratores gêmeos — comentou Rowan.

— Eu vou lá falar com eles.

Ian baixou o vidro e, antes que Rowan e eu registrássemos o que ele tinha acabado de dizer, meu irmão saiu do carro ainda em movimento, tropeçando quando os pés bateram no chão.

— Ian! Volta aqui! — gritei.

Mas ele correu a toda velocidade até o primeiro trator, deixando um rastro de lama.

— Uau. Os Bennett não brincam em serviço — comentou Rowan.

— Aquele ali muito menos.

O motorista viu Ian e diminuiu a velocidade. Meu irmão pulou para o degrau do trator, gesticulando com os braços enquanto conversava com o motorista.

Eu estava prestes a ir até lá quando Ian desceu do degrau e correu de volta até o carro.

— Vai levar dez minutos até ele poder sair da estrada, mas o motorista disse que tem um atalho para a rodovia. Quando chegarmos perto ele vai apontar para a gente.

Rowan soltou um suspiro de alívio.

— Dez minutos? — repeti, olhando nervosa para o relógio. Já eram 9h39. O desfile de tratores recomeçou, respingando lama em nosso para-brisa.

***

No segundo em que chegamos à rodovia, Rowan pisou fundo no acelerador.

— Anda, Rowan! — gritei.

— Estou indo o mais rápido possível. — A voz dele estava trêmula. — Addie, acho que vamos conseguir. Você não vai despachar nenhuma mala, certo? E talvez o voo esteja um pouco atrasado.

Eu queria acreditar nele, mas a adrenalina percorrendo meu corpo não deixava. Voos nunca atrasam quando a gente quer; eles só atrasam quando se tem uma conexão importante em um aeroporto do tamanho de uma pequena nação. E, segundo o GPS do celular, ainda faltavam trinta quilômetros. Estávamos ficando sem tempo. Eram 10h16.

Trevo passou por um buraco e a pilha de pertences de Rowan deslizou para cima de mim. Eu a empurrei de volta, meu coração batendo feito uma britadeira. Eu me sentia como um dos foguetes de plástico que meus irmãos e eu costumávamos soltar no feriado de Quatro de Julho. Mais alguns segundos e eu ia sair voando pelo frágil capô do carro.

— Está tudo bem, Addie. A gente vai conseguir — falou Ian, apertando a alça de teto com força.

Ele já tinha falado isso umas quatro vezes. Eram 10h18. Como é que já tinham se passado dois minutos inteiros?

— Não acredito que isso está acontecendo comigo.

As palavras jorravam da minha boca, tão frenéticas quanto eu.

Dessa vez, ninguém tentou me consolar. Estávamos todos no mesmo estado de pânico desesperado. Havíamos levado dez minutos para chegar ao tal atalho, e o que o motorista do trator tinha se esquecido de dizer a Ian foi que o "atalho" consistia em uma estrada de terra estreita e esburacada que não nos permitiu avançar numa velocidade muito maior do que a de quando estávamos atrás do trator.

— O aeroporto! — gritou Rowan.

Suspirei de alívio. Lá estava uma grande placa verde com AEROPORTO/AERFORT, a palavra em gaélico acompanhando a figura de um avião. Nós não tínhamos chegado, mas estávamos perto. Desde que eu estivesse no aeroporto uma hora antes do voo, às 11h30, tudo ficaria bem. Rowan pisou no acelerador como um piloto de Fórmula 1, mas infelizmente fez isso no instante em que passamos por um buraco. Nós batemos no chão com força e, de repente, um barulho estridente soou debaixo do carro.

— Não! — gritei.

— O quê? O que foi isso? — Ian estava tão inquieto que poderia estar dançando tango, de tanto que balançava as pernas.

Eu me virei para olhar pelo vidro traseiro, mas não consegui ver nada. Parecia que o cano do escapamento tinha se soltado, fazendo bastante barulho sempre que batia no asfalto. Os fones de ouvido de duzentos dólares não aguentariam por muito mais tempo.

— Por favor aguente, por favor aguente, por favor, por favor — rezei em voz alta.

BAM!

Um barulho metálico ressoou no carro, e vi as faíscas em nosso rastro. O carro atrás de nós buzinou e passou para a pista ao lado.

— Não! — gritei de novo.

— O quê? Addie, o que foi? — perguntou Rowan. — Caiu?

Eu desabei no banco com lágrimas nos olhos.

— Nós temos que parar.

Rowan e Ian pareceram murchar, e Rowan parou no acostamento. Pulei para fora. O acostamento era estreito demais e os carros passavam preocupantemente perto de mim enquanto eu corria até a traseira e me agachava. O escapamento estava preso por um fio, os fones de ouvido de Rowan balançando, impotentes. Eu não conseguia acreditar naquilo.

— São 10h21 — anunciou Ian, as mãos caídas junto ao corpo, a voz trêmula.

O tom infeliz em sua voz dizia tudo. Não chegaríamos a tempo.

Eu tinha perdido o voo. Caí sentada na lama. Um soluço enorme chegou até minha garganta e ficou entalado.

Ian se agachou a meu lado e deu batidinhas nas minhas costas.

— Addie, vai ficar tudo bem. Você vai pegar outro voo. Se for preciso, eu mesmo pago.

— Eu me sinto péssimo — disse Rowan, agachando-se do meu outro lado. — Eu deveria ter pensado nos tratores. Posso ajudar a pagar também.

— Não acredito — respondi com a voz fraca, as lágrimas enchendo meus olhos.

Um avião passou lá no alto, os motores rugindo de modo doloroso. Além da queda do cavalo, o coice. E eu sabia o verdadeiro motivo da minha chateação. Eu havia passado tanto tempo contando os segundos até poder desabafar com Lina, e agora esse momento tinha sido adiado. Meu segredo ardeu em meu peito. Eu não podia esperar mais um segundo.

Eu me levantei na mesma hora, deixando os dois para trás enquanto me atrapalhava com o celular. O que eu ia dizer? *Oi, Lina, você tem um segundinho? Porque não só perdi o voo como também tenho algo importante para dizer.* Contar a Lina sobre Cubby no acostamento de uma rodovia na Irlanda não era o que eu tinha em mente, mas teria que servir.

Eu não sabia nem por onde começar.

Se eu tivesse que definir um marco de quando minha relação com Cubby começou, acho que escolheria a noite em que ele entrou no meu carro.

Como de costume, estava esperando Ian terminar o treino de futebol americano. A chuva pingava alegremente no para-brisa enquanto eu abraçava meus joelhos. Por uma questão de princípio, eu me recusava a ligar o aquecedor. Já era verão, caramba. Por que Seattle continuava tão fria?

— Anda logo, Ian — murmurei, olhando para as portas da escola.

Minha colega do time de futebol, Olive, tinha me convidado para ir até a casa dela ver uma de suas famosas sessões de filmes B. Ela tinha um talento especial para dar graça aos piores filmes, e Ian ia fazer com que eu me atrasasse. De repente, um moletom do TIGERS apareceu na janela do lado do carona, e a porta se abriu.

— Até que enfim! Por que demorou tanto? — reclamei, botando o cinto de segurança enquanto ele se sentava no banco do carona. — Da próxima vez vou deixar você aí.

— Você me abandonaria mesmo?

Eu me assustei com a voz. Era Cubby. De banho recém-tomado, com as bochechas rosadas e o cabelo molhado. Ele sorriu, os olhos brilhantes encontrando os meus.

— Por que você está me olhando como se eu fosse um fantasma?

— Porque... — Minha boca tentou fazer contato com o cérebro. Porque eu penso em você o tempo todo e agora você está no meu carro. — Há, pelo visto o treino acabou.

Brilhante, Addie.

Ele ajustou o assento, reclinando alguns centímetros.

— Ainda bem que acabou. Hoje o treinador pegou pesado. — Ele recostou a cabeça, e se eu não estivesse tão chocada em tê-lo no meu carro, teria notado como parecia exausto. Ian havia comentado que o treinador estava sendo mais severo com Cubby naquele ano. Acho que ele estava sentindo os efeitos. — E Ian ainda deve demorar um pouco. O treinador queria discutir algumas estratégias. — Ele ficou em silêncio, e seu olhar era pesado e revigorante ao mesmo tempo. — Você ainda quer sair? A gente podia ir a algum lugar.

Borboletas surgiram em meu estômago. Isso está mesmo acontecendo? Sonhos se tornam realidade?

— Onde? — perguntei, tomando cuidado para manter a voz calma. Ele olhou pela janela e passou o dedo pelo vidro embaçado.

— Qualquer lugar.

Precisei de todo o meu autocontrole para não pisar fundo no acelerador. No que dizia respeito a Cubby, esse era o meu verdadeiro problema. Eu nunca parava para pensar, nunca.

— Perdi o voo. Meus pais não podem saber e Ian e eu brigamos e aí tinha dois tratores e Ian vai a um festival e eu perdi meu voo, Lina.

Em vez da explicação calma que havia planejado, falei tudo de uma vez, as palavras se embolando umas nas outras.

— Addie, calma — respondeu Lina, severa. — Você precisa falar mais devagar.

— O que houve?

Era a voz de Ren, namorado da Lina, ao fundo. Ele estava sempre ao fundo ultimamente. Será que nunca se desgrudavam? Eu queria que isso não me incomodasse tanto.

— Espera um segundo. — Ela fez "shhh" para ele. — Estou tentando entender. Addie, o que houve?

— Eu já falei. Eu... perdi o voo.

As lágrimas escorreram pelas minhas bochechas, e minha voz soava tão trêmula quanto o carro de Rowan.

Ela suspirou, enchendo meu ouvido com o chiado.

— Sim, entendi essa parte. Mas o que houve *com você*? Faz dez dias que está evitando minhas ligações, e agora está parada num acostamento tendo um ataque. Não é só por causa do voo. Ou do casamento. Por que está me evitando?

Cubby surgiu como uma marionete balançando no espaço entre nós duas. Claro que eu não tinha conseguido enganar minha melhor amiga. Lina sempre teve um sexto sentido para saber quando eu precisava dela. Às vezes eu nem tinha que ligar — ela aparecia por conta própria.

E não ia dar para me esquivar daquela pergunta. Não depois de ela me encurralar daquele jeito. Respirei fundo.

— Lina, tem uma coisa que preciso contar. Sobre esse verão. Eu ia contar assim que chegasse a Florença, mas...

— Tem a ver com Cubby Jones? — perguntou ela, impaciente.

— Eu... O quê? — Eu me encolhi. A notícia tinha chegado até a Itália? — Quem te contou?

A voz de Lina tinha ficado séria.

— Ninguém me contou nada. Você está escondendo alguma coisa desde julho. Toda vez que a gente conversava, você quase deixava escapar. E não parava de falar o nome dele, tipo, "ah, lembra daquela aula de cerâmica quando o pote de Cubby explodiu no forno?". Não é uma história tão memorável assim, Addie.

Levei uma das mãos à cabeça. Nunca tinha sido boa em mentir, muito menos para alguém que eu amava. Walter dizia que eu era a pior mentirosa do mundo. Meu pai afirmava que aquilo era um elogio.

— É, acho que eu estava tentando contar. Mas não exatamente.

Houve uma longa pausa e apertei o celular mais perto do ouvido, tentando desesperadamente interpretar seu silêncio. Será que era um silêncio crítico? Eu me virei para olhar para meu irmão. Ele e Rowan estavam apoiados no carro, derrotados, as mãos de Ian enterradas nos bolsos.

— Para qual aeroporto eu devo ir, então? Shannon ou Dublin?

Demorei um pouco para entender o que Lina estava dizendo.

— Peraí. Você acabou de perguntar para qual aeroporto *você* deve ir?

— Isso. — Ela suspirou, impaciente. — Faz mais sentido, não? Você acabou de dizer que perdeu o voo e seus pais não podem saber, então eu vou até aí.

— Você... vem pra cá? — Eu claramente tinha me perdido na conversa. — Mas como você...?

Sequei as lágrimas que teimavam em escorrer.

Lina estalou a língua, impaciente. O som parecia ter algo de italiano.

— Escuta. Eu tenho um montão de milhas, e Ren também, e nós dois já estávamos doidos para visitar a Irlanda. Vou falar para o Howard que você precisa de mim. Fique com Ian e espere. Vou chegar o mais rápido possível.

Fechei os olhos, aceitando o plano de Lina. Ficar com Ian. Lina vir para cá. Talvez meus pais não descobrissem. Talvez eu ainda jogasse futebol. Talvez eu encontrasse uma maneira de fazer Ian parar de me olhar como se eu fosse uma coisa nojenta grudada na sola do seu sapato. Era o melhor plano possível dadas as circunstâncias.

— Você tem certeza? — consegui dizer. — Vir para a Irlanda não é algo simples.

— Mas também não é complicado demais, não por uma amiga. E, Addie, vai ficar tudo bem. Seja lá o que for, vai ficar tudo bem.

Eu queria dizer a ela quanto aquilo significava para mim, mas as palavras estavam entaladas na minha garganta. Ela tinha chegado a uma solução que eu nem havia considerado. Eu me senti mal por ter duvidado dela.

— Obrigada — falei, por fim, em meio às lágrimas.

— De nada. Uma pena você não experimentar o gelato daqui, mas pelo menos estaremos juntas. É o que importa, não é?

— É, sim.

Eu abri os olhos para o sol brilhante. Uma pequena bolha rosa surgiu em meu peito. Frágil, mas ainda assim esperançosa.

— Não. De jeito nenhum. — Com essas poucas palavras, Ian apagou a fagulha de esperança em meu peito. — Esta é minha viagem. Nossa viagem. É uma oportunidade única. Nós passamos meses planejando.

Ele se aproximou do carro de modo defensivo. Rowan tinha encontrado um cabide de arame no porta-malas, que usei para prender o escapamento de novo.

— E é justamente por isso que estou presa aqui — retruquei. Toda vez que um carro passava, eu sentia como se estivesse prestes a ser sugada para a estrada. — Se você não tivesse mudado os planos, nada disso teria acontecido. — Minha voz estava alta e chorosa, mas eu não me importava. A viagem *dele* tinha me custado a Itália. — Você acha que eu queria perder meu voo?

Quanto mais eu pensava no plano de Lina, mais ele fazia sentido. Tínhamos mais chances de não sofrer nenhuma consequência se ficássemos juntos.

— Ian, pensa bem... Faz sentido. As chances de vocês não serem descobertos aumentam se estiverem juntos, não? — interveio Rowan, ecoando meu raciocínio.

Eu lhe lancei um olhar agradecido, mas sua atenção estava voltada para o meu irmão. Ian chutou o chão com raiva.

— Está bem. *Está bem.* Mas escuta o que eu vou dizer. Esta é minha viagem. Nada de brigas. Nada dos seus dramas. Nada de falar de Cubby. Entendido?

— Eu não quero falar dele! É você quem fica tocando no assunto!

Um caminhão grande passou e jogou meu cabelo para a frente.

— Opa, opa. — Rowan se colocou entre nós, as palmas erguidas. — Precisamos combinar uma coisa agora mesmo. Eu apoio o novo plano, mas não vou passar os próximos dias separando brigas. Se vamos seguir em frente, tem que haver uma trégua.

Para minha surpresa, Ian se acalmou quase de imediato, e os cantos de sua boca mostraram uma expressão arrependida.

— Você está certo. Addie, se você não mencionar Cubby, eu também não falo nada.

Sério? Assim tão fácil?

— Ok — concordei, um pouco cautelosa.

— Ok? — Rowan olhou para um e depois para outro. — Então... está tudo bem?

"Tudo bem" era um pouco de exagero, mas consegui assentir e Ian também. Podia ser uma trégua forçada, mas ainda assim era uma trégua. Teria que ser o bastante.

Estávamos de volta à estrada. O novo plano vinha sendo executado havia quinze minutos e todos ainda estavam um pouco chocados quando de repente algo ficou claro para mim: eu precisava ir ao banheiro. Imediatamente.

Eu me enfiei entre os bancos.

— Rowan, você poderia, por favor, fazer uma parada assim que possível? Preciso muito ir ao banheiro.

Ian se virou, o rosto tenso.

— Nossa próxima parada é só em Dingle.

— Fica muito longe? — perguntei, olhando para o mapa.

Dingle era uma península que se estendia como um dedo apontado pelo oceano Pacífico, a uns cento e cinquenta quilômetros de distância. Definitivamente muito além da capacidade da minha bexiga.

— Você está brincando?

Ian contraiu a boca com firmeza. Não estava brincando.

— A viagem está toda planejada. O escapamento e os tratores já nos atrasaram demais.

— Ian, isso é loucura. Da última vez que fui ao banheiro, eu ainda achava que ia para a Itália. Ou fazemos uma parada ou vou fazer xixi no banco de trás.

Ele levantou a mão com desdém.

— Por mim, não tem problema. Pode fazer xixi aí mesmo. Vai ser que nem o pote de café na viagem de carro para a Disneylândia.

— Ian! — rosnei.

O incidente do pote de café podia estar entre as histórias de viagem mais ilustres da família Bennett, mas isso não significava que eu gostava de ouvi-la o tempo todo. Por que meus irmãos não a deixavam pra lá?

— Que história é essa? — perguntou Rowan, com um indício de sorriso.

— O que você acha? — retruquei, brusca.

— O nome já diz tudo, não? — disse Ian. — Viagem de carro. Pote de café. Garota que...

— Ian! — Eu passei os braços ao redor do banco da frente para cobrir sua boca. — Se contar essa história para o Rowan, juro que nunca mais falo com você.

A risada de Ian atravessou minhas mãos, e ele as empurrou para longe, mas o clima já estava mais leve. Pelo menos aquela história idiota servia para alguma coisa.

— Na verdade, preciso ligar para minha mãe, então também gostaria de fazer uma parada. Que tal Limerick?

Rowan apontou para uma placa. LIMERICK: 20 KM

— Perfeito — falei, agradecida.

Eu conseguiria aguentar vinte quilômetros.

Acontece que vinte quilômetros em uma estrada irlandesa com grama brotando do chão eram muito mais demorados do que vinte quilômetros em, digamos, qualquer outra estrada. Quando

Rowan finalmente parou em um posto de gasolina, eu estava tão apertada que mal podia me mexer.

— Sai, sai, sai, sai! — gritei.

Ian se virou para trás, a mão apoiada no encosto do banco.

— Você tem cinco minutos. É a última parada antes de Dingle.

— Sai da frente! — implorei.

Ian saltou graciosamente pela janela do carro e foi até a loja de conveniência. Tentei fazer o mesmo, mas, antes de completar o movimento, um dos meus sapatos saiu e, quando tentei alcançá-lo, perdi o equilíbrio e caí de barriga no chão, o que não era nada recomendável com a minha bexiga cheia.

Rolei para o lado. O suéter de Rowan estava sujo de cascalho e meu cotovelo doía.

— Addie, você está bem? — Rowan contornou o carro com passos rápidos para me ajudar. — Cadê seu sapato?

— Não dá tempo! — falei.

Meu pé descalço latejou quando corri até a loja de conveniência, e minha bexiga já estava em contagem regressiva. Não havia tempo para procurar um sapato.

Lá dentro, perdi uns cinco segundos tropeçando pelos corredores de salgadinhos antes de perceber que não havia banheiro na loja. Corri até o caixa. Uma senhora com tranças enroladas na cabeça conversava com o funcionário no balcão:

— Eu falei para ela, pode se casar com ele. Mas não venha chorar para mim quando...

— Oi, querida — disse o caixa, olhando para mim ansiosamente. *Por favor, me salve*, seus olhos imploravam. — O que posso fazer por você?

— Ondeficaobanheiro?

Eu não tinha tempo para respirar entre as palavras; a situação era crítica. Ele entendeu a urgência e disparou a informação com rapidez admirável:

— Nos fundos. Por ali.

Passei correndo por Ian, que enchia uma cesta com bombas de cafeína em embalagens neon. Minha bexiga estava prestes a estourar. Cheguei ao local indicado, mas, quando puxei a maçaneta do banheiro feminino, ela não se mexeu.

— Olá? — chamei, batendo com os punhos na porta.

— Ocupado — respondeu uma voz alegre, com sotaque irlandês.

— Você pode se apressar, por favor?

Sacudi a maçaneta, desesperada. Eu ia fazer xixi na calça a qualquer momento.

De repente, a porta do banheiro masculino se abriu, e me lancei para dentro assim que um homem barbado saiu.

— Ah. Esse é o masculino, querida — avisou ele, nervoso.

— Sou americana! — respondi, como se isso explicasse alguma coisa. *Sou americana, então não preciso seguir as convenções de gênero.*

Ele pareceu aceitar essa explicação — ou achou que eu era maluca — e saiu do caminho. Tranquei a porta e me virei. Mesmo com a iluminação horrível, dava para ver que o chão estava *nojento*. Molhado e coberto de papel higiênico úmido. Por reflexo, cobri o nariz e a boca com a mão.

— Addie, você consegue — encorajei a mim mesma.

Não havia escolha. Minha única outra opção era aguentar no banco de trás de um carro minúsculo até chegarmos em Dingle.

Pulei pelo banheiro em um pé só, e, quando saí, Rowan tinha voltado para o carro, o celular grudado no ouvido. Corri de volta para a loja de conveniência, peguei a maior caixa de cereal Sugar Puffs que encontrei e fui até o balcão pagar. A situação do caixa não tinha mudado muito.

— … então eu disse: "Se você quer viver em uma pilha de lixo, tudo bem." Ela não pode esperar que a gente…

— Quer que eu mostre onde fica o leite? — O caixa tentou agarrar meu cereal, quase perdendo seus óculos de Papai Noel no processo. Havia quanto tempo ele estava preso naquela conversa?

Eu balancei a cabeça.

— Obrigada, mas estou viajando de carro. Não teria onde guardar.

Seus olhos se iluminaram com interesse.

— Eu já fiz algumas viagens de carro quando tinha a sua idade. Para onde está indo?

A mulher de tranças fez um pequeno ruído de impaciência e trocou as sacolas de mão, para deixar bem claro quanto eu estava sendo inconveniente.

— Agora estamos indo para Dingle, mas depois vamos a um festival de música.

— Electric Picnic? — adivinhou ele.

— Você já ouviu falar?

Rowan e Ian tinham dito que o Electric Picnic era famoso, mas eu não tinha como saber se era conhecido em seu universo de música alternativa ou no mundo real. Pelo visto, era no mundo real.

— Claro. Vou rezar por seus pais. — Ele deu uma piscadela. — Eu nunca fui, mas minha filha foi no ano passado. Tenho a impressão de que ouvi apenas a versão censurada do que ela fez por lá. Mas, claro, a gente sabe das histórias... — As rugas ao redor dos olhos dele se acentuaram. — Pessoas se casando fantasiadas de unicórnio, banheiras de hidromassagem improvisadas ao ar livre, *raves* na floresta, um ônibus de dois andares afundado no chão, um zoológico só de animais de fazenda com três patas... Esse tipo de coisa. Todo mundo fantasiado e aprontando.

Será que ele estava brincando? Não parecia... Além disso, quem poderia inventar uma lista daquelas de improviso? Eu arregalei os olhos, horrorizada.

— Ah, você não sabia das histórias — concluiu ele, as rugas se acentuando ainda mais.

Isso elevava a necessidade de manter segredo a níveis desesperadores. Meus pais iam surtar se descobrissem. Uma coisa era fugir para ver um monte de pontos turísticos obscuros pela Irlanda, outra bem diferente era fugir para ir a um festival insano. Se eles descobrissem, precisariam inventar um novo arsenal de castigos.

— Olha, não era minha intenção assustar você. — O caixa riu da minha expressão. — Só não faça besteira e vai ficar tudo bem. Você está indo ver uma banda específica?

Assenti, recuperando a compostura. *Não faça besteira.* Desde que Cubby Jones não estivesse por perto, eu conseguiria seguir o conselho.

— Meu irmão vai ver a banda favorita dele, Titletrack.

— Titletrack! É o último show deles — interveio a mulher, levando uma das mãos ao peito. — Você é uma garota de sorte, hein?!

Eu me virei para ela, horrorizada. *Ela* era fã?

— Eu amo a primeira música deles... — continuou a mulher.

— Aaron, como é mesmo o nome, aquela com o clipe em Burren?

— "Classic" — respondeu o caixa. — Nós daqui da área somos grandes fãs.

— Na verdade, o tema da nossa viagem é justamente a banda. Acabei de visitar Burren.

— Uma viagem de carro com temática Titletrack! — A mulher parecia prestes a desmaiar. Ela puxou uma trança. — Que ideia *maravilhosa.* Aaron! Não é uma ideia maravilhosa?

— Maravilhosa — repetiu ele, obediente.

— Pois é, meu irmão é um grande fã. Ele está... — Eu me virei para apontar para Ian, mas a loja estava vazia. — Ops, é melhor eu ir. Muito obrigada pelo conselho.

— Beba bastante água! — gritou o homem quando corri porta afora.

— Leve álcool em gel! — gritou a mulher. — E tome cuidado na península. Tem uma tempestade forte chegando. Uma das piores do verão.

— Obrigada! — gritei por cima do ombro.

No segundo em que pus os pés para fora da loja, a voz de Rowan chegou aos meus ouvidos.

— Mãe, já falei, não estou pronto para discutir isso. Você disse que eu tinha até o final do verão, ou seja, mais duas semanas. E, se quiser falar com meu pai, ligue para ele... Mãe, *chega*!

Ele desligou, então deu meia-volta, tomando um susto ao me ver.

Meu primeiro instinto foi fugir, mas fiquei parada feito uma idiota, agarrada à caixa de cereal, apoiando o pé descalço em cima do calçado. Devia parecer que eu estava ouvindo a conversa. O que era verdade. Só que não tinha sido de propósito. Mas agora eu tinha ficado curiosa. Rowan não estava pronto para discutir o quê?

— Ei, Addie — disse Rowan, a voz fraca. — Está aí há muito tempo?

Por favor, diga que não estava escrito em um balão de pensamento acima da sua cabeça. Fiz que não com a cabeça enquanto lhe entregava o cereal.

— Saí agora.

Seu rosto desmoronou em uma expressão triste. *Conserte isso*, minha voz interior exigia. Ela tinha muito a dizer sobre os sentimentos das outras pessoas. Olhei em volta, tentando pensar em uma maneira de aliviar o clima tenso.

— Lembra quando caí de barriga no chão?

Seu rosto se iluminou na hora.

— Quantas vezes por dia, em média, você se joga no chão em estacionamentos?

Eu olhei para o céu cinzento, fingindo pensar.

— Três. Hoje estou meio devagar.

Seu sorriso aumentou, então ele olhou para baixo e chutou uma pedra.

— Sabe, Addie, você não é nada do que eu esperava.

— Hum... — fiz, cruzando os braços.

Ele sorria, então imaginei que fosse algo positivo, mas não tinha certeza.

— "Hum" o quê? — perguntou ele.

Eu dei de ombros.

— Esse é um daqueles elogios que poderiam muito bem ser um insulto. Tipo: "Você fez alguma coisa diferente no cabelo? Está tão bonito." Ou seja, antes estava um lixo. — A boca de Rowan se contorceu em um sorriso. Eu estava falando demais. Voltei ao assunto: — Se não se incomoda com a pergunta, *o que* você esperava?

Sua covinha se aprofundou.

— Alguém mais comum. Dá pra ver por que Ian fala tanto de você.

Fiquei chocada.

— Ele falou de mim? Achei que vocês não conversassem sobre assuntos muito pessoais.

— Só as coisas importantes — disse Rowan. — Ele me contou que vocês dois são muito próximos. É por isso que estou um pouco confuso por vocês... hã...

Ele gesticulou com a mão.

— Por a gente brigar o tempo todo?

— Foi uma surpresa — admitiu ele, cruzando os braços e voltando a olhar para o chão. — De qualquer forma, ainda bem que você saiu, porque quero mostrar uma coisa. — Ele enfiou a mão pela janela do banco de trás e pegou o guia. — Enquanto você estava lá dentro, comparei os pontos turísticos daqui com os do mapa do Ian, e muitos são bem próximos. Alguns já estavam previstos. E adivinha? Um deles é na península de Dingle, nossa próxima parada!

Ele me entregou o guia, abrindo na página cujo título era PENÍNSULA DE DINGLE. Segurei o livro com força.

— E Ian? — perguntei, olhando de volta para a loja. — Não sei se você reparou, mas toda vez que alguém comenta sobre minha vida amorosa, a gritaria logo começa.

— É mesmo? Eu não tinha reparado. — Ele abriu um sorriso bonito e meio torto que logo foi refletido em meu rosto. — Eu cuido dele. Olha, eu até poderia seguir o guia sozinho. É só que parece um pouco... — Ele torceu a boca. — Patético. Mas, se fizermos isso juntos... Não sei se é idiotice...

— Não é idiotice — respondi na hora.

Minha cerimônia com as flores em Burren não tinha sido tão transformadora quanto eu esperava, mas era bom saber que tinha dedicado um tempo para lidar com o que aconteceu com Cubby. Além disso, Rowan estava se abrindo comigo, e eu não podia deixá-lo na mão.

Tornei meu tom mais alegre.

— Quer dizer, por que seria? Na pior das hipóteses, vamos a alguns lugares interessantes. Na melhor das hipóteses, saio da Irlanda com o coração inteiro de novo.

Até parece. Não acreditei em minhas próprias palavras nem por um segundo.

Rowan abriu um sorriso enorme.

— Obrigado, Addie. Vá procurar seu sapato que eu vou procurar o Ian. Tenho certeza de que consigo convencê-lo.

Ele saiu andando pelo estacionamento um pouco mais alegre, e eu me virei para vê-lo se afastar. Será que eu tinha conseguido encontrar a única pessoa no mundo que estava com o coração mais machucado do que o meu?

Península de Dingle

Se a Irlanda fosse um bolo, e você, uma visita receosa prestes a receber uma guloseima saindo do meu forno, eu lhe serviria uma fatia generosa de Dingle. Cítrica, açucarada e densa: essa é a Península de Dingle.

Trata-se de uma combinação de ingredientes absolutamente irresistível — colinas rochosas e crocantes com gramados macios, estradas cobertas por uma névoa leitosa, prédios coloridos como jujubas apinhados em estradas sinuosas. Tudo batido e misturado para formar uma península que você vai querer devorar com um copo de leite.

Agora, eu sei o que você está pensando, meu anjo: *O que essa perfeição idílica tem a ver com meu pobre coraçãozinho?* Ainda bem que perguntou. Você está pegando o espírito da coisa.

É sobre o ciclo, meu amor. O processo. Em algum momento (talvez até já tenha acontecido), você vai enfiar essa mágoa toda em uma caixa resistente, arrastá-la até o correio e mandá-la embora com um grande suspiro. *Ainda bem que acabou*, você vai pensar. *Que alívio.* Então vai voltar para casa, com o coração leve feito algodão-doce, apenas para perceber, com horror, que aquela caixa pesada está na sua porta da frente. Foi devolvida. Retornada ao remetente. Endereço do destinatário incompleto. *Mas acabei de me livrar dela*, você vai pensar. *Já tinha resolvido.*

Eu sei. Mas vai ter que lidar de novo. Ao contrário do que se acredita, superar alguém não é algo que se faz de uma vez só.

Pode ser útil encarar o processo de superação como uma península coberta por uma estrada longa e circular que leva você a uma infinidade de delícias e maravilhas. O luto requer que você retorne à questão, algumas vezes passando por ela incessantemente, até que não seja mais um destino, e sim apenas parte da paisagem. O truque é não se entregar ao desespero. Você está progredindo, mesmo que às vezes pareça estar andando em círculos.

DEVER DE CASA: Vá até Inch Beach, entre na água e vá o mais fundo que puder. Você vai sentir frio. E depois mais frio. Então seu corpo vai ficar dormente. E quando achar que não consegue suportar o frio nem por mais um segun-do, quero que aguente por mais um segundo. Você está sobrevivendo a este momento de desconforto? Houve outros momentos sofridos ou desconfortáveis que achou que não superaria e mesmo assim superou? Interessante, chuchu. Interessante.

— Trecho de *Irlanda para corações partidos: um guia não convencional da Ilha Esmeralda, 3ª edição*

A TEMPESTADE ATINGIU A PENÍNSULA QUANDO CHEGAMOS. E por "atingiu" quero dizer que veio para cima de nós como se fôssemos três invasores que deveriam ser forçados a recuar de volta para o continente. Não houve nenhum aviso: em um segundo não estava chovendo e no seguinte as gotas martelavam o teto do carro fazendo tanto barulho que mais pareciam estar dentro do meu crânio. A chuva escorria pelas janelas como uma cachoeira e Rowan forçava o carro contra as rajadas de vento.

— Está piorando — observou ele, nervoso.

— Ei, Rowan. Acho melhor a gente parar — falei, indicando Ian.

Meu irmão estava encolhido junto à janela, o olho roxo contrastando com o rosto pálido. Eu já tinha perdido a conta de quantas vezes vira Ian vomitar, e ele estava exibindo quatro dos cinco indícios de perigo. O vômito era iminente.

— Eu não estou enjoado, só... — começou Ian, mas nem conseguiu terminar a frase, cerrando os dentes.

— Pare assim que puder — instruí, agarrando a caixa de cereal vazia e empurrando-a para as mãos de Ian.

Ian era conhecido por passar mal em viagens de carro, mas também era teimoso feito uma mula. Ele nunca queria admitir que ficava enjoado, o que significava que vivia fazendo coisas que o deixavam enjoado. Já fazia anos que nenhum de nós aceitava se sentar ao lado dele em uma montanha-russa.

— É só uma chuvinha de verão irlandesa, pessoal. Tenho certeza de que vamos atravessá-la daqui a pouco.

Rowan tentou soar despreocupado, mas o vento soprou contra nós de novo e ele levou um susto, virando o volante de modo brusco enquanto Ian se curvava.

— Ian, está tudo bem? Você não disse que ficava enjoado.

— Eu não fico — respondeu Ian. — Devo ter comido algo estragado no casamento.

Às vezes eu achava que meus irmãos eram incapazes de admitir fraqueza.

— É mentira, Rowan. Isso acontece sempre. Uma estrada com ventos fortes no meio de uma tempestade é o pior cenário possível.

Eu me virei quando Ian fez cara feia e me aproximei da minha janela embaçada, prestando atenção na paisagem. Mesmo sem a tempestade, a Península de Dingle seria a Irlanda 2.0 — ali, o teor dramático estava ligado no máximo. Ainda estávamos em uma estrada estreita de duas pistas, mas tudo o mais parecia saído de um livro do Dr. Seuss. À nossa esquerda, os picos de montanhas verde-neon desapareciam em nuvens densas como pudim e, à nossa direita, uma faixa de chuva mais intensa pairava sobre o mar.

O celular de Ian vibrou.

— Ai, não. Mensagem da nossa mãe.

— O que ela disse?

Ele tentou virar o rosto pálido para mim, mas o movimento o fez estremecer.

— Ela quer que a gente dê notícias quando pousar. Vou responder daqui a algumas horas.

De repente, uma rajada de vento soprou contra Trevo, nos empurrando da estrada para o acostamento. Dessa vez, Rowan escolheu um palavrão ainda mais impactante.

— Rowan, tudo bem aí? — perguntei.

Ele girou o volante, tentando desesperadamente recuperar o controle, quando fomos atingidos do lado oposto por um vento ainda mais poderoso. Por um nanossegundo, Trevo se apoiou apenas nas rodas esquerdas. Ian enfiou a cabeça na caixa de cereal.

Também fiquei um pouco enjoada. Mesmo que tivesse visto Ian vomitar um milhão de vezes, eu nunca me acostumaria. Dei um tapinha desajeitado nele, olhando para o outro lado.

— Tudo bem, Ian. Está tudo bem.

— Vou parar agora.

Rowan parou no acostamento estreito, botou o carro em ponto morto e desabou sobre o volante. Ian desceu o vidro, deixando entrar um jato de chuva ao enfiar a cabeça para fora.

— Bem, isso foi traumático — comentei, respirando fundo algumas vezes.

De repente, o carro começou a vibrar.

— O que... — começou Ian, os olhos arregalados, e naquele momento um enorme ônibus de turismo surgiu na pista oposta.

— Aguentem firme! — alertou Rowan.

Puxei Ian para dentro, e todos nós nos preparamos para morrer enquanto acompanhávamos o ônibus passar raspando ao nosso lado. Um jato de água acertou o para-brisa. Nós gritamos como se estivéssemos em uma casa mal-assombrada.

— A gente vai morrer! — choraminguei, quando paramos de gritar.

A chuva entrava pela janela de Ian, e ele a fechou rapidamente.

— Mortos por um ônibus de turismo — anunciou Rowan, e suspirou.

De repente, um pensamento terrível, sem relação alguma com a tempestade, me veio à mente, e agarrei a parte de trás do banco de Ian.

— Ian, tem certeza de que a gente não vai esbarrar com a excursão do casamento? A tia Mel não falou que eles pretendiam conhecer o oeste da Irlanda?

Ian fez um pequeno X com os dedos, o que imaginei que deveria significar "não".

— Eu invadi o e-mail da nossa mãe e imprimi uma cópia do itinerário deles. Não vamos passar nem perto da excursão.

— Invadiu? Quer dizer que usou a senha dela?

Nossa mãe não sabia ou não se importava com essa história de mudar as senhas periodicamente. Archie tinha descoberto a senha dela havia alguns anos, e desde então nós usávamos essa informação para descobrir quais seriam nossos presentes de Natal.

— Imagina se a gente dá de cara com eles?

Ian balançou a cabeça.

— Impossível. Programei nossa viagem para não encontrarmos com a excursão. Além disso, não sei se essa é nossa maior preocupação agora.

Ele apontou para o céu. Seu rosto ainda estava pálido.

De repente, um fio de água gelada escorreu pelas minhas costas e eu dei um pulo.

— Que gelo! — exclamei, enquanto a água pingava pela minha janela. Pelo lado de dentro da minha janela. — Rowan! O carro está vazando.

Ele se virou no momento em que a goteira se transformou em um jorro.

— Não! Max jurou que o novo teto estava bom.

— Novo teto? Quem é Max? — perguntei, como se os detalhes pudessem remediar a chuva no banco de trás.

— O cara que me ajudou a consertar...

— A minha janela também! — interrompeu Ian com um grito, o tom idêntico ao meu.

Ele agarrou a manivela, tentando desesperadamente fechar a janela já fechada.

— Ian, isso não vai ajudar em nada! — repreendi.

Rowan ligou o carro e voltou para a estrada, mas Trevo desistiu de vez de tentar ser à prova d'água. A chuva entrava por todas as frestas possíveis. Nós disparamos por uma pequena ponte, a água jorrando a toda velocidade, até chegarmos a um minúsculo posto de gasolina com apenas duas bombas.

Ian baixou o vidro, desesperado, e enfiou a cabeça para fora, ofegante como um peixe fora d'água. Eu estava encharcada. A água empoçava o assento sob meu short e meu cabelo estava grudado na cabeça.

— Isso aconteceu mesmo? — perguntou Rowan, desabando no assento.

— Addie, como a gente conserta isso? — perguntou Ian.

Mecânica Addie ao resgate. Eu estendi a mão para cutucar o teto, e mais gotas de água caíram.

— Precisa ficar bonito? — perguntei.

Rowan batucou no painel.

— Por acaso parece que nos importamos com beleza?

— Verdade — respondi. — Precisamos de fita isolante. Uma bem grossa e forte.

Rowan assentiu com animação.

— Fita isolante. Entendido. Vou ver se tem ali na loja.

Ele pegou um gorro do porta-copos e o enfiou na cabeça enquanto corria pelo posto.

— Acabamos de quase morrer afogados em um Volkswagen — comentou Ian, tamborilando no painel. — Imagina só o obituário? Carro assassino prende trio de...

— Ian. — Estendi a mão e parei seus dedos inquietos. Eu tinha uma teoria de que Ian havia sido um beija-flor na vida passada. Ou um grão de café atlético. — O que está havendo entre Rowan e a mãe dele?

Ele olhou para trás, as sobrancelhas erguidas.

— Do que você está falando?

— Ouvi o Rowan no telefone em Limerick. Ele comentou alguma coisa sobre ter que tomar uma decisão antes do final do verão.

— Sério? — Ian enfiou uma mecha de cabelo na boca e começou a mastigar, pensativo. — Eu não sei muito sobre a família dele. Nem sabia que os pais eram divorciados até ele contar em Burren.

— Você está falando sério?

Isso era típico do meu irmão. De todos eles, na verdade. Eu queria saber tudo sobre meus amigos — até o nome do primeiro animal de estimação que tiveram e quais seus sabores favoritos de pizza. Segundo Lina, nossa primeira festa do pijama mais parecera um interrogatório policial. Já meus irmãos pareciam precisar de poucas coisas em comum para formar vínculos. *Você gosta de futebol americano e tacos? Eu também.*

Ian arrastou o dedo atrás de uma gota de chuva no para-brisa.

— Rowan e eu não falamos muito sobre esses assuntos.

Revirei os olhos.

— Porque estão muito ocupados falando sobre Titletrack?

— Não. — Ele suspirou. — Quer dizer, é claro que falamos sobre música, mas na maioria das vezes os assuntos são mais profundos, tipo com o que a gente se importa e o que está nos incomodando. Essas coisas.

Não consegui evitar um sorriso.

— Então você está dizendo que você e Rowan falam sobre sentimentos?

Certa vez Archie havia me perguntado sobre o que Lina e eu tanto conversávamos para ficarmos horas ao telefone, e eu respondi: "Sobre como estamos nos sentindo." Desde então, toda vez que ela ligava, meus irmãos debochavam mim. *Como a Lina está? Como andam os sentimentos dela?*

— É, acho que sim — admitiu Ian.

Ele me lançou um olhar que reconheci na hora. Os olhos estavam sinceros e vulneráveis. Era como ficavam antes de ele revelar algo sobre si mesmo.

— Você já desejou que alguém a visse por baixo de todas as outras camadas? Que não ligasse se você é boa em esportes, na escola ou se é popular ou sei lá o quê, e apenas enxergasse quem você realmente é?

Tive vontade de agarrá-lo pelos ombros e gritar: *Você está de sacanagem com a minha cara?* É claro que me sentia assim. Era o sentimento que definia a minha vida.

Ian se sentia assim? Isso era novidade para mim.

— Como se eu pudesse ser apenas Addie em vez de a irmãzinha mais nova de Archie, Walter ou Ian?

— Isso mesmo.

De repente, percebi uma coisa. Ian estava falando comigo como nos velhos tempos, como se Cubby não estivesse espreitando sob seu olho roxo. Escolhi minhas palavras com cuidado, sem querer estragar aquele momento.

— Mas os rótulos fazem parte de ser humano, não? Nós gostamos de categorizar as pessoas, então todo mundo recebe um rótulo, sejam certos ou equivocados.

Eu nunca havia pensado no assunto dessa maneira antes, mas era verdade. Nós rotulávamos até a nós mesmos: Ruim em matemática. Gosta de flertar. Sem noção.

— Eles nunca estão certos — rebateu Ian, com um quê de amargura na voz. — As pessoas não cabem em rótulos. E, depois que cataloga alguém, a gente para de tentar descobrir quem a pessoa é de verdade. Por isso gosto tanto de conversar com o Rowan. Somos amigos, mas completamente fora do contexto um do outro. Nunca achei que alguém que conheci pela internet pudesse se tornar um amigo tão próximo, mas eu precisava muito de um amigo e ele estava lá.

Fiquei esperando um sorriso na parte do *eu precisava muito de um amigo*, mas ele apenas baixou o olhar, balançando o joelho. Se Ian se sentia sem amigos, não havia esperança para o resto de nós. Não importava aonde a gente fosse, sempre havia alguém gritando seu nome e querendo falar sobre a temporada de futebol americano — crianças, adultos, todo mundo.

— Eu não sabia que você se sentia assim — falei, com cuidado. — Você poderia ter me contado.

Ele balançou o cabelo para a frente e para trás.

— Você estava ocupada com a Lina, o futebol e...

Com o Cubby. Ele não precisava terminar a frase. Ambos desviamos o olhar.

— Rowan me contou sobre o guia, aliás.

— E? — perguntei, tomando cuidado para manter minha voz neutra.

— E eu me importo com ele e também com você, então se acham que vai ajudar, tudo bem, concordo com o plano. — Ele se virou para trás, encarando-me com uma expressão séria. — Mas você sabe que seguir os pontos turísticos de um guia não é o mesmo que lidar com o que aconteceu, né? Não vai fazer a situação sumir.

Minha raiva se reavivou, quente, borbulhante.

— E contar para a nossa mãe vai, por acaso? Envolver nossos pais só vai piorar tudo.

— Isso é inevitável — respondeu Ian, com seu tom de irmão mais velho. — Addie, em algum momento você vai precisar lidar com o que aconteceu. Não prefere que seja nos seus próprios termos? Admita. Você está totalmente perdida.

Sim, eu estava mais perdida do que azeitona em pão doce. Mas não ia admitir.

— Eu falei quando a gente estava nas Falésias de Moher que não quero mais tocar nesse assunto — retruquei.

— Mas eu quero. Pelo menos até você fazer a coisa certa — insistiu ele.

A coisa certa. A coisa certa teria sido ouvir o aviso de Ian, confiar no meu instinto e largar Cubby no instante em que as coisas começaram a ficar esquisitas. Mas eu não tinha feito isso, não é? E era tarde demais.

— Ian, por favor, para! — gritei.

— Tudo bem.

Ele suspirou, recostando-se no banco, mal-humorado. Por que ele tinha que estragar o momento? Por um segundo, as coisas pareceram quase normais entre a gente.

Eu não precisava ler as placas para saber que havíamos chegado a Dingle, porque a descrição do guia era perfeita. Parecia *Alice no País das Maravilhas*, só que na Irlanda — uma junção de charme com um colorido mágico. Lojas com nomes como Chapeleiros Malucos e Lojinha de Queijo ladeavam a estrada nos mais variados tons neon: tangerina, rosa algodão-doce, turquesa e verde-limão. Rowan seguia pelas ruas de pedra com todo o cuidado, falando pelos cotovelos.

— Dingle é muito popular entre os adolescentes irlandeses. Todo verão eles viajam para cá para aprender a língua gaélica e danças típicas. Como a península ficou isolada do resto do mundo por um tempo, muitas pessoas aqui ainda falam irlandês.

O falatório tinha começado assim que Rowan saíra da lojinha do posto de gasolina trazendo a fita isolante e percebera a tensão entre mim e Ian. Era óbvio que ele tentava enterrar o conflito debaixo de uma montanha de palavras — mesmo que tivéssemos tentado interromper, não teríamos conseguido.

— Legal — disse Ian, quebrando um raro segundo de silêncio. A última briga havia esgotado nossa energia. Meu irmão estava sentado todo encolhido, a cara enfiada no celular, e eu estava apoiada na janela, minha raiva se transformando em tristeza.

— Hã... Vocês têm certeza de que estão bem? — perguntou Rowan para o carro silencioso.

— Está tudo ótimo. — Minha voz saiu mais ríspida do que eu pretendia, e sua expressão desanimou. Ian me lançou um olhar irritado. Pobre Rowan. Onde ele tinha se metido? Eu me endireitei, engolindo a irritação. — Foi mal, Rowan. Obrigada por contar mais sobre a história da cidade. Então, onde fica a próxima parada do Titletrack? — Eu dei uma olhada no mapa de Ian. — Slea Head?

— Ah, essa é bem legal — comentou Rowan, ajeitando os óculos com as duas mãos. — No início da carreira, o Titletrack estava em uma pequena gravadora chamada Slea Head Records. Ela não existe mais, mas o lugar que inspirou o nome, sim. Por coincidência, é um dos meus lugares favoritos na Irlanda.

— Por causa do acampamento, certo? — falei, para mostrar que estivera ouvindo seu monólogo.

— Isso.

Ele abriu um sorriso enorme.

Atravessamos a cidade até chegar a uma estrada com muito vento, que se estreitou até ficarmos espremidos entre uma colina e um penhasco. Havia uma névoa espessa adiante, e o oceano quase desaparecia a distância. Continuamos avançando pela península e, justo quando achei que íamos cair direto no mar, Rowan saiu da estrada e parou na base de uma subida íngreme, onde uma trilha estreita serpenteava até o topo.

— É aqui? — perguntei.

— É — confirmou Ian, o joelho sacudindo ainda mais do que o normal.

— Vento. Demais — grunhiu Rowan, com dificuldade para abrir a porta. Por fim, ele conseguiu e espirrou água da chuva em todos nós.

— Por favor, me diga que não vamos lá pra fora — implorei, mas Ian já estava se arrastando para o outro banco, seguindo Rowan, então fui trás dos dois na mesma hora. Não era como se dentro do carro estivesse muito mais seco.

Lá fora estava úmido e gelado, e a vista era ainda mais impressionante. A água era de um azul-turquesa intenso e brilhante, e uma densa cobertura de nuvens repousava sobre as colinas. Todas as cores pareciam saturadas, principalmente o verde. Antes da Irlanda, eu achava que sabia o que era verde. Mas não sabia. Não de verdade.

— Por aqui — instruiu Rowan, apontando para a trilha estreita e incrivelmente escorregadia.

Era íngreme e desaparecia no meio da névoa. Ian começou a subir sem hesitação, com Rowan seguindo logo atrás.

Era como escalar vidro. Meus tênis All Star, normalmente meu calçado da sorte, eram inúteis naquela situação, e acabei subindo de quatro, cravando meus dedos na lama e fingindo não reparar nas lesmas aninhadas na grama.

Lá no topo, Rowan esperava para me ajudar, e cheguei, cambaleando, na clareira coberta de grama. Ali perto, uma rocha preta lisa saía da água a um ângulo de quarenta e cinco graus, e o mar revolto se estendia à nossa frente.

— As pessoas gostam de vir surfar aqui! — gritou Rowan para nós, mais alto que o vento.

Olhei para baixo, incrédula, observando a água arremeter contra o penhasco. Ele deu de ombros.

— As aventureiras.

— Ainda bem que a tia Mel não conhecia Slea Head ou teria feito o casamento aqui — falei para Ian, mas meu irmão estava debruçado no caderno de novo, rabiscando furiosamente apesar de toda a chuva.

Aproximei-me da beirada, o vento me atingindo como um desafio.

— Cuidado — alertou Rowan.

Abri os braços, sentindo o vento lutar contra mim e me apoiar ao mesmo tempo. Rowan sorriu e imitou minha pose, e nós dois ficamos parados como duas letras T, os respingos nos atingindo com força total.

As pontas dos nossos dedos se tocaram. A chuva se acumulava nas lentes dos óculos dele.

— Eu sinto que deveríamos gritar.

— Gritar o quê?

— Qualquer coisa. — Ele respirou fundo e, em seguida, soltou um berro: — Arruuuuu!

— Arruuuu! — repeti.

Minha voz foi projetada até a água, misturando-se à de Rowan. O grito fez com que eu me sentisse viva. E corajosa. Queria me sentir assim o tempo todo.

— O que vocês estão fazendo?

Ian parou de escrever e se aproximou de mim, o vento chicoteando seu cabelo.

— Gritando!

Rowan apontou com o queixo para a névoa espessa.

— Sabe o que fica ali?

— O Monstro do Lago Ness? — chutou Ian.

— Os Estados Unidos — respondeu Rowan. — Estamos no extremo oeste da Irlanda. É o mais perto que se pode chegar dos Estados Unidos sem sair da Irlanda.

Olhei para o horizonte. Os Estados Unidos. Não era surpresa me sentir tão bem ali. Havia um oceano inteiro entre mim e meus problemas.

Ian encostou o ombro no meu — se era ou não intencional, eu não sabia —, e por um segundo nós três ficamos lá parados, o vento nos empurrando com força enquanto resistíamos. Juntos. Por um segundo, imaginei como seria se aquilo fosse a vida real. Eu e Ian enfrentando as pressões lá de casa.

Eu queria que aquilo fosse a vida real, não uma forma de escapar dela.

O verão tinha sido cheio de escapadas, principalmente à noite.

Já passava das onze quando me esgueirei pela porta dos fundos, avançando pé ante pé pelo quintal e correndo pela calçada até o carro de Cubby. Seu rosto estava iluminado pelo brilho azul da tela do celular, e a música no rádio tocava baixinho. Sentei no banco do carona, batendo a porta às pressas.

— O que seu irmão diria se descobrisse que você está saindo comigo?

A voz de Cubby era arrastada e descontraída como sempre, mas no fundo havia um leve tom de nervosismo.

— Ian? Boa pergunta. Você vai contar pra ele? — perguntei, apontando meu dedo para o peito de Cubby.

— Eu não — respondeu, sorrindo.

Ian não sabia que eu tinha saído de casa. Também não sabia do passeio pós-treino com Cubby nem como, dentro do carro, a mão dele tinha repousado no meu joelho de modo natural, como se sempre tivesse estado ali. E eu não a afastei. Eu a queria exatamente onde estava.

Havia vários motivos para eu não contar nada a Ian, mas o principal era: nos últimos anos, a voz de meu irmão mudava sutilmente sempre que ele tocava no nome de Cubby. Como se tivesse acabado de dar uma mordida em um chocolate amargo. E aquela noite não era sobre a aprovação ou desaprovação de Ian. Era sobre mim.

Sobre mim e Cubby.

— Vocês têm certeza de que querem ficar aqui? — perguntou Ian, cético.

Estávamos estacionados em frente a um prédio todo descascado, cor de tijolo, que mais parecia uma prisão do que um albergue. Havia correntes evolvendo a mobília de ferro na varanda, e as janelas eram gradeadas.

— Estão tentando manter as pessoas do lado de fora ou de dentro?

— Eu gostei — comentei. — Achei bem... acolhedor. Autêntico.

Rowan e eu nos entreolhamos. Tinha dado certo trabalho convencer Ian a passar a noite em Dingle. Ele queria seguir viagem, mas a próxima parada do guia era em um lugar chamado Inch Beach, e o tempo não estava bom para ir à praia. Também havia a questão da hipotermia, que com o passar das horas se tornava um risco cada vez maior.

Mas havia outro problema: era alta temporada em Dingle. O que significava que era quase impossível achar uma vaga — exceto no Hostel No Fim Do Arco-Íris, cujo site muito alegre e cheio de animações anunciava SEMPRE TEMOS CAMAS DISPONÍVEIS!!!! Agora, depois de ver o albergue e todo o seu charme, eu entendia por quê.

— Além do arco-íris — brincou Rowan. — Isso é tão irlandês.

Ele tirou a chave da ignição.

— Vamos lá — falei. — Qualquer coisa é melhor do que dirigir naquela tempestade.

— E você pode começar a trabalhar no seu artigo — acrescentou Rowan. — Já deve ter bastante material depois de visitar Burren e Slea Head.

— É verdade — admitiu Ian. — Seria bom já ir adiantando tudo. Assim, não fica trabalho demais no final. E preciso atualizar meu blog.

— Perfeito! Então vamos! — exclamei.

Eu tinha passado metade do dia dentro de Trevo e cada pedacinho do meu corpo doía. Estava doida para sair daquele banco de trás.

Para um lugar chamado No Fim Do Arco-Íris, o interior era surpreendentemente desprovido de cor. Tudo era marrom. Piso marrom, carpete marrom, linóleo marrom e uma luminária de latão com duas das cinco lâmpadas faltando. Até o cheiro era marrom: uma mistura de torrada queimada e carne assada.

Fui até uma mesa bamba de madeira. Estava atulhada de papéis, com uma xícara de café repousando sobre um fichário encardido com três argolas.

— Olá? — chamei.

O marrom engoliu minha voz.

— Parece não ter ninguém. Talvez a gente devesse tentar outro lugar — sugeriu Ian.

— Não tem outro lugar. Acredite, nós tentamos. — Contornei a mesa e segui por um corredor escuro. Por baixo da fresta de uma porta, vi a luz acesa. — Oi? — chamei, abrindo-a um pouco. — Tem alguém aí?

Um sujeito com cabelo cacheado, platinado e volumoso estava jogando videogame, os pés sujos apoiados na mesa à sua frente. Usava fones de ouvido bem grandes.

— Com licença? — Estendi a mão para tocar seu ombro de leve, mas um segundo antes de encostar nele, o sujeito se virou às pressas, caindo no chão com força. — Você está bem?

Eu me adiantei para ajudá-lo.

— Bem? Não muito.

Ele tirou os fones de ouvido. Devia ter uns vinte e poucos anos. De pele bronzeada, era esguio e musculoso como um alpinista. Seu sotaque não era irlandês. Talvez australiano? Britânico? Ele abriu um largo sorriso e seus dentes brancos contrastaram fortemente com o rosto bronzeado.

— Como você vai?

Como vou? Qual era a resposta correta? Bem? De carro, para o Electric Picnic?

Ele não esperou uma resposta.

— Sinto muito pelos colchões. Sei que são uma porcaria. Mas é por isso que nosso preço é tão acessível, afinal. E, vamos ser sinceros, vocês não vieram até a Ilha Esmeralda para dormir, não é? Vocês estão aqui para explorar.

Ergui as sobrancelhas, completamente aturdida.

— Acho que você está me confundindo com outra pessoa...

Provavelmente, alguém com quem ele tinha falado antes. O garoto arregalou os olhos.

— Ai, caramba. Você não está no grupo dos alemães? Esqueça o que eu disse sobre os colchões. Dormir No Fim Do Arco-Íris é como dormir nas nuvens. — A última parte foi cantarolada.

— Disfarçou bem, hein? Vem cá, você tem espaço para três pessoas?

Ele pôs a mão no meu ombro.

— Você não viu a placa? Sempre temos camas disponíveis. Já falei sobre os colchões, mas me deixe contar sobre os pontos positivos do nosso humilde estabelecimento. As noites são muito animadas por aqui. Sempre tem festa ali na frente, muita gente, bebida, tudo que você poderia querer. — Ele piscou, e não consegui saber se estava falando sério ou não. — Eu me chamo Bradley, aliás. Bem-vinda ao No Fim Do Arco-Íris, o albergue da juventude mais ocidental da Europa.

— Eu sou Addie. — Apertei sua mão. — Você por acaso escreveu o conteúdo do site?

Ele assentiu, muito animado.

— Fui eu mesmo! Fiz aquilo em quarenta e oito horas. É um lixo, mas faz boa parte do meu trabalho por mim, o que significa que posso passar minhas tardes surfando.

— Você surfa em Slea Head?

— Nem eu sou tão doido assim. — Ele cruzou os braços e me lançou um olhar curioso. — Por que você está com cara de quem veio nadando? Por acaso estava a pé na tempestade?

— De carro. Mas ele não é à prova d'água.

— Ah — disse Bradley, como se entendesse muito bem. — Eu só deveria deixar os novos hóspedes entrarem à noite, mas parece ser uma emergência. Acho que você está precisando de um bom banho quente.

— Estou mesmo — respondi, agradecida.

Ele pegou o fichário branco manchado de cima da mesa e começou a folhear páginas repletas de nomes e números de telefone. O livro de hóspedes do albergue, supus.

— De onde você é?

— Seattle. Bem, é de onde eu e meu irmão somos. O outro cara que está com a gente é de Dublin.

Ouvi um rangido alto atrás de mim, e Rowan e Ian enfiaram a cabeça porta adentro. Bradley se lançou na direção deles na mesma hora.

— Você deve ser o Irmão. E você o Outro Cara. Eu me chamo Bradley. — Ele apertou a mão deles com entusiasmo. — Mas por que vocês dois não estão tão ensopados quanto ela? Achei que o carro não fosse à prova d'água.

Rowan fez uma careta.

— O banco de trás vaza mais.

— E é lá que eu fico — completei.

— Quanto cavalheirismo — disse Bradley com reprovação, olhando de um para outro.

Ian puxou os fios do casaco, as bochechas corando de leve.

— Não era para ela ter vindo... não estávamos preparados!

— Aham, tá bom. — Bradley dispensou as desculpas com um gesto. — Agora venham assinar o livro enquanto sua irmãzinha toma um banho. — Ele se virou para mim. — O banheiro fica logo depois dos quartos. As toalhas ficam no armário ao lado.

Eu tinha disparado pelo corredor antes mesmo que ele terminasse a frase.

Apesar da limpeza questionável do banheiro, aquele foi o melhor banho que tomei na vida. Troquei de roupa e voltei para o saguão enquanto penteava o cabelo. Bradley estava folheando um exemplar da *Enciclopédia do surfe*. Quando me viu, ele bateu palmas devagar.

— Que diferença, meus parabéns. Você está *bem* menos parecida com um rato molhado.

— Muito obrigada — falei, contendo um sorriso. — Eu não sabia que parecia um rato molhado antes, mas é um elogio incrível. Você sabe onde os meninos estão?

Ele indicou o refeitório.

— O Agitadinho está lá, tentando ver se consegue um sinal de Wi-Fi melhor. Boa sorte para ele. O Tristonho está no quarto dos beliches.

Tristonho?

— O Tristonho está aqui — interrompeu Rowan, entrando.

Ai.

— Foi mal, cara. Eu quis dizer... — começou Bradley.

Rowan o ignorou.

— Addie, você está pronta para ir à Inch Beach? Parece que o tempo abriu de novo.

— Já? — Eu me virei para olhar pela janela. Um pedaço de céu azul radiante surgia entre as nuvens cinzentas. — Nossa, foi rápido.

Bradley deixou o livro de lado.

— O tempo vira de repente por aqui. — Ele se endireitou, voltando à entonação de vendedor. — E será que vocês não se interessariam em alugar bicicletas pela bagatela de três euros cada? Como cortesia, podem levar também o melhor guia turístico gratuito que Dingle tem a oferecer. — Ele abriu os braços. — Eu.

Esticar as pernas em uma bicicleta soava maravilhoso.

— É uma ótima ideia! Rowan?

Ele hesitou, evitando me encarar.

— Bicicletas seriam uma boa. Não estou com a menor vontade de voltar para aquele carro molhado. Mas... Passei algum tempo aqui na península, então acho que não precisamos de um guia de turismo.

Ele não queria uma plateia para o dever de casa. Estava mesmo levando o guia a sério.

— Ahhh — fez Bradley, olhando de mim para Rowan.

— Estamos fazendo as atividades de um guia — expliquei, minhas bochechas corando embora eu não tivesse nada a esconder.

— Ah, é assim que os jovens chamam agora, é? — Bradley deu uma piscadela. — Não se preocupem. Sei quando não querem minha presença. As bicicletas estão lá atrás no galpão. É por conta da casa. Só não contem ao meu tio Ray. E vocês vêm para a festa hoje à noite, certo? O pessoal começa a se reunir na varanda por volta das nove.

Festa? Eu tinha esquecido da festa.

— Talvez — respondeu Rowan por nós dois.

— Nós vamos, sim — respondi.

Bradley deu uma piscadela e saiu pelo corredor.

Rowan suspirou.

— Esse cara é intenso demais.

— Eu gostei dele.

Analisei a nova camiseta de Rowan. Essa tinha um gato segurando uma fatia de pizza em uma das patas e um taco na outra. O fundo era uma galáxia roxa e escura.

— Acho que gosto mais dessa do que a do gato hipnotizado — comentei.

— Obrigado. — Ele ergueu o livro familiar manchado de café. — Pronta para uma aventura?

— Está perguntando se estou pronta para voltar para o frio? — Gesticulei em direção à porta. — Por que não?

Dingle pós-tempestade tinha uma aparência completamente diferente. As nuvens pesadas haviam dado lugar a uma névoa suave, e a água ao redor das colinas estava plácida. Passamos por uma marina cheia de barcos coloridos e placas sobre um herói local, um golfinho chamado Fungie, que, segundo Rowan, visitava turistas havia décadas.

— Chegamos! — exclamou Rowan.

Descemos a estrada principal, as bicicletas ganhando velocidade enquanto seguíamos para uma pequena enseada.

— Uau.

— Concordo — disse Rowan.

A areia de Inch Beach era de um cinza profundo, e o sol a iluminava com um toque de purpurina. A maré estava baixa e o mar prateado ondulava preguiçosamente. Na água, a luz solar se fragmentava como um caleidoscópio. Meus ombros relaxaram e meus pulmões se encheram de ar fresco. Respirei fundo pela primeira vez em dias.

Próximo à areia havia uma pequena construção verde-jujuba com LOJA DO SAMMY escrito na lateral. Ao lado, havia um poema:

Cara Inch, devo deixá-la
Ainda tenho promessas a cumprir
E muito chão a percorrer
Antes de dormir

Os versos me fizeram lembrar de um trabalho que eu tinha escrito para a aula de literatura no ano anterior sobre as semelhanças entre "À beira da mata numa noite de neve", de Robert Frost, e "Vem o pássaro no passeio", de Emily Dickinson. Eu amava Emily Dickinson. Ela se atrapalhava com letras maiúsculas e pontuação, mas isso não importava porque ainda assim dava para entender exatamente o que ela queria dizer.

Estávamos indo em direção à praia quando duas crianças descabeladas saíram da loja segurando sorvetes e correndo uma atrás da outra, brincando de pique-pega. A mãe delas brincava junto, e levantou a menina no ar quando a alcançou.

— Ela lembra a minha mãe.

Indiquei a mulher com a cabeça. A menina agora estava acomodada nos ombros da mãe, e o menino corria em círculos em volta das duas.

Rowan cobriu as orelhas com o gorro.

— Como assim?

— O jeito que ela está correndo com os filhos. Minha mãe brincava bastante com a gente. Mesmo que com isso as outras coisas ficassem por fazer.

Ela nunca tinha sido aquela mãe perfeitinha, com chão da cozinha imaculado ou superenvolvida nas atividades escolares. Mas era ótima em construir cabanas de lençóis e, quando lia para a gente, fazia vozes diferentes para todos os personagens. Além disso, estava sempre presente. Quando ela voltou a trabalhar, eu tinha ficado mais abalada do que imaginava.

— Ela parece ótima — disse Rowan, enfiando as mãos nos bolsos. — Uma vez, eu estava conversando com Ian e sua mãe entrou no quarto para falar com ele sobre a escola. Deu para ver que ela se importa.

— É verdade.

Então por que você não contou a ela sobre Cubby?, perguntou uma vozinha dentro da minha cabeça. Eu ignorei.

— Então, como é a sua família? — perguntei, cautelosa. Eu teria que ser surda para não ter ouvido a ponta de inveja na voz dele.

— Ah... — disse ele, infeliz. — Somos só nós três, minha mãe, meu pai e eu, e é um desastre, para ser sincero. Às vezes eu queria que a família fosse maior só para dividir a infelicidade.

Na minha experiência, não era assim que a infelicidade funcionava. Nem a felicidade, aliás. Ambas tendiam a se expandir até que todos tivessem uma boa porção.

Enfiei o dedão do pé na areia.

— Aposto que há muitas vantagens em ser filho único.

As palavras soaram falsas assim que saíram da minha boca. Não que ser filho único não pudesse ser ótimo. Eu tinha certeza de que tinha vantagens e desvantagens, assim como qualquer estrutura familiar, mas nem conseguia imaginar como seria a minha vida sem meus irmãos. Principalmente o Ian.

— É, acho que sim — disse Rowan, sem parecer nem um pouco convencido. Ele se endireitou, olhando para o horizonte. — Está pronta?

O vento ouviu a pergunta, voou por cima da água e soprou um ar frio na gente. Eu já havia perdido as esperanças de não virar um picolé durante a viagem.

— Estou às ordens da Autora do Guia.

Caminhamos em direção à água, os dedos do pé afundando na areia fria. Quando uma onda gelada atingiu nossos tornozelos, nos entreolhamos com uma expressão chocada. "Gelada" não chegava nem perto de descrever a temperatura. Eu precisava de uma palavra mais dramática, talvez "ártica" ou "glacial". Quem sabe "ártico-glacial"?

— A gente consegue — encorajou Rowan, estendendo a mão para mim.

Antes que pudesse pensar demais, agarrei sua mão quente e reconfortante com força e avançamos para dentro da água.

— Então, de volta às instruções do guia. Qual é a sua coisa? Sabe, a que você achou que não superaria, mas superou? — perguntou Rowan.

— Perder a mãe de Lina para o câncer.

Fiquei surpresa com a facilidade com que disse as palavras, sem filtro. Geralmente, eu só falava sobre essa experiência com Lina. Até havia tentado me abrir com outras pessoas algumas vezes, mas logo descobri que a maioria delas não quer saber de verdade sobre as coisas difíceis pelas quais você passou. Só querem dar a impressão de que se importam e depois mudar de assunto o mais rápido possível. Rowan era diferente.

Ele me observou, os olhos tristes.

— Eu não sabia que a mãe dela tinha morrido. Por quanto tempo ela ficou doente?

— Só alguns meses. Foi tão desorientador. Parece que um dia ela estava explorando a cidade com a gente atrás do melhor taco de peixe, e no dia seguinte...

Não terminei a frase. A água estava fazendo meus pés formigarem. Sempre que pensava naqueles meses após o diagnóstico de Hadley, eu me lembrava dos sons. As máquinas do hospital apitando. O barulho do respirador. O silêncio do apartamento onde Lina morava nas tardes em que eu levava seu dever de casa. Eu deveria agir como intermediária, levando o dever de casa do dia e trazendo de volta os antigos, mas todos os professores já sabiam da situação, então não se importavam que eu quase não levasse nada de volta.

A água já estava acima dos joelhos.

— Eu não sei se Ian contou, mas Lina ficou um tempo lá em casa depois do funeral. Ela estava muito abalada. Até parou de comer, o que foi muito grave, porque ela ama comida mais do que qualquer pessoa que eu conheço. Acabei ficando obcecada por programas de culinária, porque a única maneira de fazê-la se alimentar era cozinhar os pratos que eu sabia que ela não conseguiria resistir.

— Você sabe cozinhar? — perguntou Rowan, interessado. — O que você preparou para ela?

Uma onda alta bateu em nossos joelhos, espirrando água salgada no meu rosto. Eu sequei os olhos na camisa. Precisei reunir todo o meu autocontrole para não dar meia-volta e sair da água.

— Cupcakes de três chocolates. Aspargos enrolados no bacon. Panquecas de mirtilo com chantilly. Macarrão com queijo gourmet. Esse deve ter sido o meu melhor prato. Tinha quatro tipos de queijo, além de bacon e azeite trufado.

Rowan gemeu.

— Não como nada além de cereal desde que saí de Dublin ontem.

— Eu achei que você amava cereal.

— E amo — disse, em tom decidido. — Só que amo bacon e azeite trufado ainda mais. — Ele olhou para a água, então apertou minha mão. — E aí? Será que já fomos longe o suficiente?

Por um segundo eu não soube do que ele estava falando, mas então percebi que a água estava na metade da minha coxa, as ondas roçando a barra do short.

— Você consegue sentir suas pernas? — perguntei.

Ele fez uma careta.

— Que pernas?

— Isso é pior que o banco de trás de Trevo.

Nós soltamos as mãos, e passei os dedos pela superfície da água gelada. Era a vez de Rowan.

— E você? Qual foi a coisa mais difícil que você superou?

— Este ano.

Ele respondeu sem hesitação. E sem fazer contato visual. O que para a maioria das pessoas significaria uma porta fechada. No entanto, eu, sendo eu, tive que pelo menos tentar girar a maçaneta.

— Este ano, por causa do término?

Ele suspirou, então mexeu o ombro como se estivesse tentando expulsar a tensão do corpo.

— Não é muito deprimente? Eu sei que você tem seus próprios problemas, não quero encher seu saco com os meus também.

— Não está enchendo meu saco — respondi, e era verdade. Eu gostava que ele sentisse que podia falar comigo. Éramos a rede de apoio um do outro. — E qual era o nome da sua namorada, aliás? Ou namorado? Desculpe...

Eu não deveria supor.

— Na verdade, era um peixinho dourado — respondeu em tom sério. — Passamos um ano juntos, mas ela esquecia quem eu era a cada poucas horas, e tínhamos que recomeçar do zero.

— Ah... — respondi, adotando o mesmo tom sério. — Parece um grande desafio.

E como era o nome do peixinho dourado?

Ele hesitou por um segundo e o sorriso desapareceu.

— São os meus pais. Eles estão se divorciando.

— Ah.

Eu não sabia o que dizer. Sua resposta não era o que eu esperava, mas não deveria ter me surpreendido tanto. Corações se partiam pelos mais variados motivos.

— Eu lamento muito.

— Eu também. — Rowan abriu um sorriso triste. — Se conseguissem superar seus problemas, acho que seriam um ótimo casal, mas...

Ele parou, tremendo de súbito. Foi quando reparei no frio. Ele abriu um sorriso torto, evitando me olhar nos olhos.

— Acho que estou prestes a sucumbir à hipotermia.

— Isso significa que temos que aguentar mais um segundo.

Você está sobrevivendo a este momento de desconforto? Houve outros momentos sofridos ou desconfortáveis que você achou que não superaria e mesmo assim superou?

— Agora! — gritei, virando em direção à praia.

Nós começamos a correr. Minhas pernas estavam tão congeladas que eu mal conseguia senti-las agitando a água, mas a mão quente de Rowan encontrou a minha de novo e, de repente, senti a mesma sensação de leveza que experimentei em Burren.

Talvez a Autora do Guia soubesse mesmo do que estava falando.

Bradley não tinha exagerado sobre a vida noturna do hostel. A música ecoava de uma pequena caixa de som, e todas as luzes estavam acesas. Havia mais gente abarrotando a varanda e os degraus do que eu tinha visto na península inteira. Alguém tinha acendido uma fogueira improvisada em uma lata de lixo e as chamas lambiam as bordas do metal.

— A infame vida noturna de No Fim Do Arco-Íris — disse Rowan.

O caminho de volta ao hostel tinha levado o dobro do tempo, pois tivemos que pedalar ladeira acima, e minhas pernas trêmulas eram um indício claro dos músculos doloridos que viriam no dia seguinte.

— Está vendo o Ian? — perguntou ele.

— Não, mas lá está nosso anfitrião.

Bradley presidia a festa sentado em uma cadeira de jardim anêmica, e usava uma camisa de botão aberta por cima de uma camiseta engraçada com Jesus em cima de uma prancha de surfe. Ele me viu e acenou, gesticulando animadamente para o lugar ao seu lado.

O lugar de honra. Parte de mim queria aproveitar a calma que eu havia trazido de Inch Beach e ir direto para a cama, mas Bradley continuou acenando para mim, muito animado.

— Vou guardar as bicicletas — sugeriu Rowan, agarrando o meu guidão. — Melhor você ir. Não queremos que o rei fique esperando.

Comecei a caminhar até Bradley, mas Ian apareceu ao meu lado de repente, agarrando meu braço. Ele estava com dois casacos de capuz e seu cabelo parecia mais despenteado do que o habitual.

— Onde você estava? — perguntou ele com urgência.

Eu me desvencilhei.

— Inch Beach. Rowan não avisou?

— Não achei que seria o dia inteiro.

— O dia inteiro? Só passamos algumas horas lá.

De repente, percebi que Ian estava se balançando para a frente e para trás, dos calcanhares até a ponta dos pés, o que significava que tinha algo para contar.

Gelei. Torci para que não fosse outra mensagem. Por favor, que não fosse outra mensagem de alguém da escola.

— Ian, o que foi? O que houve?

Ele comprimiu os lábios.

— A mamãe ligou.

— E? — Senti uma onda de alívio. Não era o fim do mundo. Podíamos lidar com isso. — O que ela disse?

— Ela queria falar com Howard.

Ops. Eu nem tinha cogitado isso.

— Certo, entendi. A gente deveria bolar um plano para a próxima vez que ela ligar.

Ele balançou nos calcanhares de novo, finalmente contando o resto.

— Fiquei nervoso e fiz Bradley se passar pelo Howard.

— O quê?! — gritei tão alto que um grupo de garotas de cabelos compridos perto da fogueira olhou para a gente. — Você pediu que Bradley fingisse ser Howard? Por favor, me diga que está brincando.

Ele agarrou o cabelo, torcendo as mechas já embaraçadas.

— Na verdade, até que não foi tão ruim. O sotaque americano foi bem mais ou menos, mas acho que ela caiu.

— Não — sussurrei. Aquilo era um desastre. Menos de um dia de viagem e Ian já estava pondo tudo a perder. Nunca íamos nos safar. — Ian, que ideia foi essa? Você deveria ter esperado para falar comigo.

Ele ergueu os braços em um gesto defensivo.

— Ela não parava de ligar. Você sabe como ela é persistente… Acho que a tal Catarina fez uma lavagem cerebral nela. Tive que improvisar. E, além disso, você disse que ia dar uma volta, não que ia ficar fora a noite toda.

O tom de acusação em sua voz era muito familiar. *Você sabe o que Cubby anda fazendo?*

— Não é culpa minha, Ian — retruquei. — Foi você quem decidiu ficar na Irlanda, não eu.

Saí de perto dele, seguindo para os degraus da varanda.

— Addie! — chamou Bradley. — Você ficou sabendo que falei com sua mãe?

— Desculpe, Bradley, agora não é um bom momento.

Entrei no prédio, irritada, fui direto para o quarto dos beliches e desabei na minha cama. Estava completamente exausta. E morrendo de fome.

Mas, em vez de sair da cama e ir atrás de comida, tirei meu celular do bolso e fiz uma busca por Indie Ian. Queria ver com meus próprios olhos do que se tratava essa viagem, que talvez custasse o fim de nossa carreira esportiva. Dois artigos apareceram: "É o fim das bandas de garagem?" e "Fui ao shopping. Veja o que aconteceu".

— Lá vamos nós — falei em voz alta.

Cliquei no primeiro artigo. Depois de duas frases, mergulhei de cabeça no mundo das bandas de garagem. O texto me surpreendeu. Era a voz de Ian, alta e clara, mas com um brilho extra, como se tivesse sido revestida de lustra-móveis e posta ao sol. Era bem escrito e inteligente, mas ao mesmo tempo acessível, cheio de personalidade e entusiasmo suficiente para fazer com que eu me importasse com o assunto.

Li o segundo logo em seguida: "Fui ao shopping. Veja o que aconteceu." Esse era sobre uma visita ao shopping perto de nossa casa, durante a qual ele ficou vagando e ouvindo a música tocada nas lojas. Quando ele fez isso? A única vez que o vi no shopping foi quando nossa mãe nos arrastou até lá no início do ano letivo.

Deixei o telefone cair na cama, meu peito pesado. Havia uma parte enorme de Ian que eu nunca soube que existia. Sobre a qual ele não me contou. Escolheu não me contar.

Você fez a mesma coisa, alfinetou meu cérebro silenciosa e dolorosamente.

Eu não havia contado a Ian sobre Cubby. Ele tinha descoberto tudo sozinho. E então me confrontou.

— Addie, ele não. Qualquer um menos ele.

A voz de Ian me deu um susto tão grande que quase caí da janela. Eram duas da manhã, poucos dias depois da nossa excursão até o troll, e ele estava sentado à minha mesa no escuro, os fones de ouvido ao redor do pescoço.

Eu me recuperei bem a tempo, entrando aos tropeços no quarto e me virando para fechar a janela. O carro de Cubby já tinha ido embora.

— De quem você está falando? — perguntei, tirando os sapatos e jogando-os no chão. Tinha passado a usar tênis de corrida à noite, pois tornava a escalada da volta mais fácil.

— Eu acabei de ver você sair do carro dele. — Ian se levantou, empurrando a cadeira de rodinhas para trás. — Addie, ele não — repetiu, o rosto suplicante.

Uma raiva começou a se espalhar bem devagar em meu íntimo, e fiquei surpresa com sua intensidade. Por que ele achava que podia me dizer quem eu deveria namorar?

— Ian, eu sei que Cubby está no seu time, mas você não pode me proibir de sair com ele.

Ele tirou os fones de ouvido do pescoço, apertando-os na mão.

— Addie, eu passo muito tempo com ele. Já ouvi o que ele fala sobre as garotas. Você não quer sair com alguém como ele. Acredite em mim.

Mas eu não queria acreditar nele. Então não acreditei.

Quase sempre posso contar com o sono para suavizar as minhas preocupações — como se fossem cacos de vidro rolando pelas ondas até se tornarem pedaços lisos e redondos de vidro do mar. Mas aquela noite parecia que era eu que estava rolando por cima deles.

O colchão era, como prometido, uma porcaria, e pouco depois de uma da manhã a festa inteira, incluindo Ian e Rowan, debandou para os beliches. Quando a manhã finalmente chegou, acordei com uma luz suave entrando pelas janelas gradeadas. Rolei para o lado. Uma orquestra de diferentes roncos e ritmos de respiração tocava no quarto. A maioria das camas ainda continha pessoas adormecidas. Mas não a de Ian.

Eu me sentei na mesma hora. As camas de Ian e Rowan estavam vazias, sem lençóis e travesseiros. Até as malas tinham sumido.

— Não pode ser — falei para o silêncio.

Eles tinham me deixado para trás. De novo. Até mesmo Rowan. Pulei para fora da cama, tropeçando em uma mochila do tamanho de uma criança que alguém tinha deixado encostada no meu beliche e batendo ruidosamente na lateral da cama de outra pessoa.

— Hã? — Ouvi uma voz assustada deitada mais acima.

— Desculpe.

Corri descalça pelo corredor em direção ao refeitório e dei um encontrão em Ian, que, claro, estava segurando uma caneca com alguma bebida quente.

— Addie! — gritou meu irmão, derramando um pouco do líquido. — Por que você está correndo?

O alívio foi tão intenso que quase desabei. Descansei as mãos nos joelhos, esperando meu coração desacelerar.

— Achei que você tinha me deixado para trás.

— Eu jamais faria isso. De onde tirou essa ideia?

Ele arregalou os olhos e bufou, achando bastante graça da própria piada.

Rindo. Ele estava rindo. Será que tinha se esquecido da briga da véspera? Ele pegou um punhado de guardanapos da mesa da cozinha e limpou os sapatos.

— Sim, muito engraçado. Engraçadíssimo.

Eu cutuquei seu ombro. O olho roxo parecia um pouco melhor. As extremidades já começavam a desbotar para um verde fosco.

— Estão rindo de quê? — perguntou Rowan, juntando-se a nós no corredor.

— De que agora tenho trauma de ser abandonada.

O cabelo de Rowan estava bem bagunçado. A camisa de gato do dia mostrava um felino de óculos redondos e uma cicatriz na testa com os dizeres HARRY PATAS.

— Isso não é novidade — interveio Ian. — Você ficava assim toda vez que um de nós mudava de escola. Achei que você fosse ter um colapso quando passei para o ensino médio.

— Ian, cala a boca! — mandei, mas relaxei um pouco. Seu tom ainda era apenas de provocação. — Por que você está de tão bom humor, afinal?

Ele ergueu o celular.

— Faltam só dois seguidores para chegar aos dez mil. Todos adoraram as fotos de Slea Head e Burren.

— Que legal! — falei, sincera.

Queria dizer como tinha gostado dos artigos, mas talvez aquela não fosse a hora nem o lugar certo, os dois sujos de café No Fim Do Arco-Íris. Eu queria que fosse um momento especial.

Ele assentiu, feliz.

— Espero que com a próxima parada eu consiga chegar lá. Vá se vestir, vamos sair em cinco minutos.

— Que tal seis? — sugeri.

Rowan sorriu para mim.

— Cinco — repetiu Ian. — Não começa.

Parque Nacional de Killarney

Está aproveitando as florestas maravilhosas da Irlanda, meu amor? Já reparou nas árvores que ficam bem juntinhas, os galhos entrelaçados em um abraço de afeição e apreciação mútuas? Não faz você se lembrar da nossa relação? De como nos compreendemos tão bem?

A mim também, chuchu. A mim também.

Pare um pouquinho e reflita. Você já pensou em quanto trabalho as árvores tiveram? Quantas etapas foram necessárias para cada uma chegar aonde está hoje? Pense em uma daquelas árvores gigantescas do lado de fora de sua janela, por exemplo. Suas ancestrais tiveram que migrar para a nossa bela ilha. Aves e outros animais carregaram avelãs e sementes de carvalho pelas pontes terrestres que antes ligavam a Irlanda à Grã-Bretanha e à Europa. Outras sementes — as leves, como as de bétula e salgueiro — chegaram pelo vento. E isso foi apenas o começo. Uma vez aqui, essas pequenas sementes ainda tiveram muito a fazer. Elas cresceram, estendendo-se em direção ao céu.

Isso me faz pensar no trabalho que você está tendo.

Que trabalho? O seu coração partido, meu amor. A dor que o coração sente. E, ao contrário de tantas outras tarefas, é uma da qual só você pode dar conta. Não há como delegar a outra pessoa ou pegar um atalho. Nós, humanos, adoramos tentar evitar o sofrimento. Queremos um atalho, uma passagem secreta, algo que nos permita avançar sem sentir dor.

Mas a dor é necessária. Faz parte da vida. Para superar um coração partido, é preciso senti-la. E não importa quantas distrações encontre — potes de sorvete, compras, cochilos —, não dá para despistar a dor. Ela não tem outros compromissos nem hora para ir embora. Vai continuar ali, lixando as unhas, esperando até você estar pronta.

É um diabinho persistente.

Então, mãos à obra, paixão. Vamos parar de afogar as mágoas na música, nos cartões de crédito ou de fuçar o perfil de certas pessoas. Vamos confrontar essa dor. Vamos admiti-la. Você tem um trabalho a fazer, e quanto mais cedo começar, mais cedo poderá voltar a saltitar pelas florestas como uma pequena ninfa do bosque.

DEVER DE CASA: Vamos lá, amorzinho? Está pronta? Eu sabia que sim. Encontre uma árvore que chame sua atenção e se acomode junto ao tronco. Então, quando estiver bem confortável, coloque em palavras aquilo que mais machuca seu coração. Não recue. Não desvie o olhar. Apenas encare a dor. "Por que fazer isso com uma árvore?", você me pergunta. Porque as árvores são ótimas ouvintes, é claro.

— Trecho de *Irlanda para corações partidos: um guia não convencional da Ilha Esmeralda, 3ª edição*

— ESTOU ODIANDO — DISSE ROWAN PERTO DA ÁRVORE.

— Eu também — concordei.

Tínhamos decidido usar a mesma árvore coberta de musgo, ele de um lado e eu do outro. E até então, o dever de casa estava fazendo meu coração doer ainda mais. O que era o objetivo, acho. Encarar o sofrimento era como olhar para o sol. Ardia.

Eu tremi um pouco, esfregando a pele arrepiada. Minhas roupas estavam encharcadas de novo. Infelizmente, uma noite na garagem do hostel não tinha sido a solução mágica que esperávamos. O banco de trás de Trevo tinha passado de molhado a úmido e, apesar de Bradley ter doado algumas toalhas para o que chamou de Operação Não Vamos Deixar Addie Parecendo um Rato Molhado, meu short tinha absorvido a água antes mesmo de chegarmos à estrada.

Eu também estava lidando com uma nova fonte de estresse. Lina havia conseguido um voo para ela e Ren, e os dois chegariam a Dublin dali a duas noites. Ren até conseguira três ingressos para o Electric Picnic, assim todos poderíamos ir juntos. Ver o e-mail me enchera de insegurança. E se eu não gostasse do Ren? Ou, pior ainda, e se ele não gostasse de mim? Será que um namorado e uma melhor amiga poderiam coexistir se não gostassem um do outro? Caso não fosse possível, quem seria dispensado?

Eu abracei minhas pernas e olhei as árvores, tentando me concentrar. A floresta estava tomada pelo musgo, cada superfície e cada galho, o que deixava a paisagem com um brilho verde suave.

— É melhor a gente terminar antes que Ian volte — falei.

Nós o havíamos convencido a dar uma volta, mas eu duvidava de que ele ficasse muito tempo longe. Meu irmão estava ansioso para chegar à próxima parada do Titletrack.

— Ok, você primeiro. Qual é a pior parte para você? — perguntou Rowan.

Era uma escolha difícil. A humilhação pública? Ter decepcionado meu irmão? Uma resposta inesperada me veio à mente.

— Eu não confiei na minha intuição. Havia vários sinais de que alguma coisa estava errada, mas ignorei todos. Estou decepcionada comigo mesma. — Eu suspirei devagar, coberta de tristeza da cabeça aos pés. — E para você? Qual a pior parte?

Rowan se remexeu, esmagando alguns galhos.

— Saber que não tenho controle nenhum sobre a situação.

— Acho que vou roubar essa resposta.

Rowan hesitou.

— Você pode me mandar calar a boca, mas o que aconteceu, exatamente? Você terminou com ele ou foi…

— Foi ele. — Eu apoiei a cabeça no tronco da árvore, meu coração apertado de dor.

Rowan apenas absorveu o meu silêncio por um tempo, então se levantou e veio se sentar do meu lado.

— Ei, Addie, sabe que pode contar comigo, certo? Caso precise conversar...

Meus olhos encontraram os dele. Eram grandes e intensos, prontos para absorver qualquer feiura que eu tivesse para mostrar.

De repente, a história horrível subiu pela garganta e foi parar na ponta da minha língua. Eu precisava conversar com alguém sobre tudo o que acontecera, mas estava repassando a história na minha cabeça fazia dez dias e tinha ficado bem claro o papel que eu havia desempenhado: o da garota ridícula que se joga aos pés de um cara só porque está desesperada para manter seu interesse. Não era muito agradável. Nem algo que fosse cativar novos amigos.

— Obrigada, Rowan, mas acho que já deu por hoje — comentei, levantando às pressas.

Quando chegamos ao carro, Ian nos olhou com desconfiança.

— Por que a cara de enterro?

Ele tinha razão. Aquela visita ao Parque Nacional de Killarney tinha piorado meu humor. Eu sempre ouvira dizer que, quando se estava de coração partido, o melhor a fazer era se distrair, e não se concentrar na tristeza. Por que a Autora do Guia insistia tanto em cutucar a ferida?

— Não estamos com cara de enterro — respondeu Rowan. — Só estamos tristes. São coisas diferentes.

— Bem, isso aqui não vai ajudar — falou Ian, jogando seu celular para mim. — Mensagem da nossa mãe. Essa mulher é incansável.

— Que ótimo — resmunguei, olhando a mensagem.

Como está a Itália? Como vão as coisas com Addie?

— Bem, pelo menos ela parece acreditar que estamos na Itália — falei.

Ian não parecia muito convencido.

— Ou está nos testando.

Escrevi para ela. **Oi, mãe, aqui é a Addie. As coisas estão ótimas!! A Itália é tão linda e QUENTE. Você tinha razão, só precisávamos de um tempinho juntos!!!! Está um clima superfraternal por aqui!!**

Eu me arrependi da mensagem no segundo em que a enviei. Parecia que tinha sido escrita por uma líder de torcida meio maníaca. Uma líder de torcida meio maníaca e obcecada com o fato de que já fazia dias que sua temperatura corporal estava abaixo do normal. Se a pequena imitação de Bradley não tivesse feito minha mãe desconfiar de que havia algo errado, a mensagem faria. Ela respondeu na hora: **Não sabia que Howard era australiano. Muito interessante!**

Ridículo. Ou aquilo era uma armadilha ou ela havia passado tanto tempo com tia Mel que seu cérebro estava derretendo. Ela sabia muito bem que Howard era americano — era um dos pré-requisitos para administrar o cemitério dos soldados americanos.

Eu estava tão distraída tentando decifrar a mensagem de minha mãe que levei vários minutos para perceber que Ian e Rowan estavam discutindo.

— Ian, estou falando sério. Não posso ser pego fazendo uma coisa dessas.

As mãos de Rowan ao volante estavam tão tensas quanto sua voz, e ele não parava de olhar de relance para o retrovisor. Eu me virei para trás, mas a estrada estava vazia, exceto por uma faixa longa de grama fofa crescendo bem no meio dela. As estradas não tinham a menor chance por aqui — a vegetação da Irlanda as engolia por completo.

— Eu não acho que devemos arriscar.

A boca de Ian se contraiu.

— Rowan, a gente levou três semanas para descobrir onde fica a Sala Vermelha. E você quer jogar todo esse trabalho fora? — Ele apontou o dedo acusadoramente. — Achei que você fosse um fã de verdade.

— Opa — falei, me empertigando.

Aquela era uma acusação grave. Mas não pareceu irritar Rowan.

Ele balançou a cabeça.

— Pare de ser infantil. Não querer visitar a Sala Vermelha e não querer me meter em problemas são duas coisas bem diferentes.

Aquilo parecia interessante. Larguei o celular de Ian e me inclinei para a frente, tentando ler a próxima parada no mapa.

— O que é Torc Manor?

Rowan inclinou a cabeça de leve para Ian.

— Devo contar a ela, ou você quer contar?

— Pode falar — disse Ian, baixando a cabeça para o mapa.

Quando ainda estávamos no hostel, ele tinha arrancado a fita isolante da janela e agora estava com a mão direita para fora, os dedos ao vento.

— Estou esperando — falei.

Rowan suspirou, então encontrou meus olhos curiosos.

— Torc Manor é uma casa de verão que pertencia ao tio do baterista. Eles gravaram um álbum inteiro na sala de estar.

— Ela é chamada de Sala Vermelha — interrompeu Ian. Sempre que ficava empolgado com uma história, precisava contá-la. — Eles tinham planejado um álbum mais animado e leve, mas a sala estava cheia de cortinas pesadas e carpete, e o tecido acabou absorvendo parte do som, deixando as músicas diferentes. Depois disso, começaram a compor músicas com um ar mais melancólico. Até recriaram aquela atmosfera em estúdios de gravação usando travesseiros e outros objetos. A sala mudou a direção musical deles.

Era o tipo de curiosidade sobre bandas que Ian adorava descobrir. Graças a ele, eu sabia muitas dessas — exemplos: Paul McCartney ouviu a melodia de "Yesterday" em um sonho, e Bill Wyman foi convidado para fazer parte dos Rolling Stones só porque tinha acesso a um amplificador. Não era de admirar que o joelho de Ian tivesse passado de um leve balançar para uma verdadeira agitação. Visitar algo tão icônico para ele quanto a Sala Vermelha seria a realização de um sonho.

AMOR & SORTE

— Ok... — Estudei o rosto sombrio de Rowan, dando tempo para que as reticências de minha resposta ficassem claras. Então o cutuquei no ombro. — E qual é o problema? Por que você está tão nervoso?

Rowan exalou com força, ajeitando os óculos.

— Não quero ser pego invadindo uma casa. As aulas vão começar em breve, e se eu arrumar problemas com a lei, serei expulso.

— "Invadir" é uma palavra muito forte — comentou Ian, um sorriso de orelha a orelha. — Eu prefiro "entrada ilegal".

Invadir uma casa? Eu parei de cutucar Rowan, transferindo meu dedo para o ombro de Ian.

— Sem chance. A prioridade número um é impedir que nossos pais descubram nossa viagem alternativa. O que significa não fazer nada que possa atrair a atenção da polícia.

— Ninguém vai chamar a polícia. — Ian puxou um tufo de cabelo. — Por que vocês dois estão sendo tão dramáticos? Só vamos dirigir até lá, tirar algumas fotos e sair. Os donos nunca vão nem saber que estivemos ali.

— Até as fotos da casa deles aparecerem na internet e eles se lembrarem de como você os incomodou com seus e-mails durante um mês inteiro. — Rowan tirou os olhos da estrada e deu algumas batidinhas no queixo, fingindo estar pensativo. — O que dizia mesmo no último e-mail deles? Ah, sim. Acho que palavras exatas foram: "Se você se aproximar de nossa propriedade, não hesitaremos em notificar as autoridades."

— Mas eles não disseram quais autoridades — contrapôs Ian, ainda sorrindo. — Talvez estivessem falando dos responsáveis pela distribuição de água na cidade. Ou da maior autoridade em mudanças climáticas do país.

Ai, Ian.

Aquele plano — independentemente dos detalhes — era a cara do meu irmão. Uma pitada de perigo, duas de fatos desconhecidos sobre música, três de rebeldia. Com mais um punhado de jalapeños e alguns marshmallows, era a receita típica de Ian. Nada do que eu dissesse ia fazer diferença. Era melhor poupar minhas energias — eu poderia precisar delas para sair correndo. Dei de ombros, tentando mandar para Rowan uma mensagem telepática de que não havia esperança, mas seus olhos estavam fixos na estrada.

— Procure pela cerca quebrada e coberta de musgo alguns quilômetros depois da placa torta com o limite de velocidade — disse Ian, lendo as instruções em seu celular. Ele pôs a cabeça para fora da janela e seu cabelo estufou como um dente-de-leão gigante ao vento. — Addie, você viu aquela placa lá atrás? Parecia meio torta?

— Era um anúncio de Guinness — falei.

— Mas, Ian, e aquela outra fã que foi presa? — Rowan não conhecia Ian havia tempo suficiente para entender o que estava enfrentando. — Não foi há tanto tempo assim. Você sabe que os donos estarão de sobreaviso. Devem estar dormindo com espingardas debaixo dos travesseiros.

— Uma fã foi presa?!

Eu dei um peteleco na parte de trás da cabeça de Ian. Será que a parte do seu cérebro que era fã daquela banda tinha eliminado completamente a parte responsável pelo bom senso?

O sorriso de Ian só cresceu.

— Isso já faz um ano, e aquela garota vivia perseguindo eles. Você não pode entrar na casa de um estranho quando tem alguém em casa.

— Mas pode entrar quando não tem ninguém? — perguntei, querendo esclarecer a questão.

— Ah, ela fez mais do que entrar. — Rowan tirou os óculos e esfregou os olhos como se fosse um homem de negócios velho e cansado. Como se tratava de Rowan, no entanto, era um homem de negócios velho, cansado e até bem bonitinho. — Ela preparou um sanduíche de presunto com banana na cozinha e comeu enquanto rolava pelo carpete. Os donos estavam dormindo no andar de cima e ela acabou acordando os dois.

— Eca! Presunto com banana? Isso tem relação com a banda ou é algum sanduíche típico irlandês?

— Com certeza não é irlandês — respondeu Rowan, abrindo um sorriso irônico. — Você não ficou sabendo? A gente se alimenta só de batatas e ensopado de carne.

Ian juntou as mãos em súplica e projetou o lábio inferior, fazendo um beicinho.

— Qual é, pessoal. Prometo não fazer um sanduíche nojento e rolar no carpete. Ninguém vai ver a gente. Ninguém vai ficar sabendo.

Eu balancei a cabeça, enojada.

— Ian, esse truque do beicinho parou de funcionar faz uns dez anos.

O beicinho ficou ainda maior.

— Essa técnica é bem-sucedida em pelo menos setenta e três por cento das vezes. Como acha que passei em espanhol no ano passado? A *señora* Murdock não resistiu.

Eu estava impaciente.

— Não tente mudar de assunto. Rowan está dizendo que não quer ir para Torc Manor, então não vamos para Torc Manor.

— Aquela era a placa torta com o limite de velocidade! — gritou Ian, quase saindo da janela. — Estamos quase lá. Rowan, precisamos ir.

— Tudo bem. — O olhar de Rowan alternava entre meu irmão e a estrada. — Mas escute bem: eu não posso ser pego. Não posso *mesmo*. Meus pais já estão muito estressados. Não posso piorar as coisas.

— É isso aí! — gritou Ian.

Rowan pisou no freio, e Ian quase caiu pela janela. Meu irmão aproximou o rosto da cerca alta coberta de hera. Uma grande placa dizendo PROIBIDA A ENTRADA ficava ao lado de outra ainda maior com os dizeres CUIDADO COM O CÃO.

Eu apontei para a imagem na placa.

— Que gracinha de cachorro feroz rosnando.

Ian acenou com desdém.

— Essa placa é mentira. Em geral as pessoas que penduram isso só têm um peixinho dourado.

— Rowan tem um peixinho dourado — falei.

A boca dele se contorceu, contendo um sorriso.

— *Tinha*, Addie. Tinha.

— Olha, a gente só precisa seguir o plano e vai dar tudo certo. Nós já sabemos que a sala fica no térreo, de frente para o quintal. Devo levar uns dez segundos para encontrar. Rowan, você só precisa dirigir até lá e esperar. Eu faço o resto.

Quando Ian ficava assim, não havia o que fazer. Eu não seria capaz de impedi-lo. Rowan também não, e nem todas as placas do mundo. Nossa melhor opção era fazer exatamente o que ele queria: entrar lá, tirar uma foto e sair correndo.

— Tudo bem. — Rowan suspirou, revirando os olhos para o teto.

Ian saiu, saltitante, e pegou seu caderno.

— Valeu, cara. Eu te devo uma.

Rowan pôs o carro em marcha a ré.

— Deve mesmo.

— E eu? — perguntei, puxando as pernas para fora da pequena fenda atrás do banco do carona. Ao longo do dia, eu havia chegado a um estado mental preocupante, e agora aceitava minhas pernas dormentes como algo normal.

Ian deu tapinhas na minha cabeça.

— Valeu, Addie. Hã... também te devo uma?

Eu empurrei a mão dele.

— Não, estou perguntando o que você quer que eu faça enquanto tira fotos da sala dessas pessoas. É para eu ir junto?

— Não. É melhor você ficar onde está. Tome conta das coisas de Rowan.

Ele tentou dar mais tapinhas na minha cabeça, mas desviei.

Eu estava prestes a insistir que queria ir junto, mas, quando me endireitei, Ian já estava fazendo seu aquecimento, um ritual que eu havia testemunhado milhares de vezes. Primeiro amarrava e desamarrava os sapatos — uma, duas, três vezes —, então estalava o pescoço, terminando com uma sacudida de ombro firme.

Observá-lo me acalmou. Se alguém conseguiria fugir de um cão raivoso, seria ele. Se não fosse o quarterback do time, seria o running back. Era o jogador mais rápido da equipe.

Havia também o fato mais ou menos reconfortante de que Ian tinha muita sorte. Por exemplo, caso os proprietários nos vissem e decidissem atirar em nosso carro com um lança-chamas, Trevo escolheria aquele exato momento para acertar um buraco na pista e Ian seria projetado para fora do carro na hora certa, aterrissando na grama macia e sobrevivendo àquela provação completamente ileso. Já Rowan e eu acabaríamos carbonizados.

— Cadê ele? Já faz uma eternidade — murmurou Rowan.

Nossos olhos se voltaram para o relógio do painel. Não chegava a ser uma eternidade, mas já tinha passado muito dos dois minutos que Ian prometera antes de desaparecer pela janela. Agora nós dois o imitávamos, cheios de tiques nervosos.

Torc Manor estava se esforçando muito para ser uma casa charmosa, e os ingredientes estavam todos lá: um telhado bem inclinado, janelas brancas, canteiros de flores bem-cuidadas. Porém, quanto mais tempo passávamos ali na frente, mais eu percebia que havia algo estranho no lugar. Lençóis grossos e brancos cobriam as cadeiras do pátio, e as árvores na propriedade cresciam em um emaranhado selvagem, tapando o céu com seus galhos e fazendo a tarde parecer muito mais escura do que de fato estava.

Pelo menos Ian tinha razão sobre não haver ninguém em casa. Não havia sinais de vida — nenhum carro na garagem, nenhum sapato na porta e nenhum barulho. Até mesmo pássaros e insetos estavam quietos.

De repente, Rowan se abaixou.

— Você viu aquilo?

Meu coração disparou quando segui seu olhar até a janela do andar de cima. Mas as cortinas estavam fechadas, e não vi sinal de movimento.

— O quê?

— Achei que tinha visto alguma coisa. Um clarão branco. — Ele pigarreou. — Desculpe, estou sendo um idiota. Não lido bem com estresse.

De repente Ian se materializou ao lado da janela do carro, me dando um susto tão grande que bati o braço no peito de Rowan, acertando-o com um baque surdo.

— Ai!

— Desculpe, Rowan.

Aquele não era um incidente isolado. A Addie Assustada era uma Addie Desastrada. Certa vez, durante uma cena particularmente tensa de um filme, eu tinha derramado pipoca em uma fila inteira de espectadores. Agora, quando ia ao cinema, eu precisava pegar punhado por punhado do colo de um acompanhante.

Ian cruzou os braços, um sorriso satisfeito no rosto.

— Por que está tão nervosa? Eu já falei, não tem ninguém.

Olhei para a casa outra vez. Eu ainda sentia que alguém estava nos observando.

— A gente pode ir embora? Este lugar é esquisito.

Ian balançou a cabeça.

— As janelas dos fundos são altas demais. Eu preciso que venha comigo para eu levantar você.

Meu instinto dizia para assumir o volante e tirar a gente dali, mas a razão me disse para aceitar o plano de Ian e acabar logo com aquilo. Além disso, gostei de ele estar me pedindo ajuda. Foi como nos velhos tempos, pré-Cubby.

— Precisamos ser rápidos.

Ian me arrastou até os fundos da casa. O gramado ali atrás era muito bem cuidado, com um pequeno muro de roseiras podadas. O vento soprava pelas árvores, produzindo um uivo baixo e estridente.

— Eu acho que é aquela ali — disse ele, apontando para uma grande janela.

— Vamos olhar.

Ele se ajoelhou para que eu pudesse subir em seus ombros, então, em um movimento um pouco instável, ficou de pé. Eu me inclinei para a frente, tomando cuidado para não tocar a janela imaculada.

— Incrível — falei, por fim. — Você encontrou a Sala Vermelha na primeira tentativa.

— É sério? Como ela é?

Ele se agitou, animado, e precisei agarrar seus cabelos para não cair.

— É... vermelha.

Cortinas vermelhas pesadas caíam até o tapete bordô, e os sofás e as cadeiras com estofado também em tons de vermelho completavam a decoração. Até o retrato sobre a lareira mostrava uma ruiva segurando um ramalhete de papoulas.

Ele me passou o celular, mas por causa da luz e por estar bem próxima ao vidro, eu só conseguia ver meu próprio reflexo.

— Você consegue chegar um pouco para a direita? O reflexo está atrapalhando.

Ian se moveu, tropeçando em uma mangueira de jardim, mas recuperou o equilíbrio rapidamente. Dessa vez a imagem ficou perfeita. Tirei várias fotos, capturando o máximo possível de ângulos.

— Vão ficar ótimas.

— Addie, muito obrigado. É uma grande ajuda!

A empolgação em sua voz diminuiu o abismo entre nós.

— Eu li seus artigos — falei, agarrando aquela pequena ponte que nos conectava.

Ele parou de se balançar na hora, e os ombros ficaram tensos. Minha opinião ainda importava para ele.

— E?

— Achei incríveis — respondi, sem rodeios. — De verdade. Você nasceu para escrever sobre música.

Ele apertou meu tornozelo.

— Obrigado, Addie. Isso significa muito para mim. Eu queria mostrar para você faz um bom tempo, mas no começo foi legal manter um segredo, porque assim a pressão era menor. E aí no verão... — Ele hesitou.

Um silêncio longo e desconfortável preencheu o ar, e de repente me senti desesperada para manter o clima de camaradagem. Estava com saudade da nossa amizade sem complicações.

— Ian, talvez você esteja certo. Talvez eu deva mesmo contar para a nossa mãe.

As palavras saíram da minha boca rápido demais e não pude impedi-las. *Ah, não.* Por que eu disse isso?

— Sério? — A voz de Ian ecoou pela casa, seu alívio pesado como uma âncora. — Você nem imagina como fico feliz em ouvir isso. Contar para ela é a coisa certa a fazer. Isso é ser adulta, sabe? Você precisa assumir seus erros.

Erros. A palavra provocou uma onda de contrariedade. Mas eu não podia me dar ao luxo de sentir raiva; precisava me concentrar em diminuir suas expectativas.

AMOR & SORTE

— Ian, escuta…

Eu apoiei meus dedos no vidro e respirei fundo. Mas antes que pudesse dizer a próxima frase, algo chamou minha atenção e olhei para cima. Uma mulher estava parada diante da janela, uma veia latejando na testa pálida, o rosto tão perto de mim quanto meu reflexo. Sua boca se abriu em um grito mudo.

— Aaaaaah! — gritei, jogando o corpo para trás.

— Addie!

Ian tentou me equilibrar, balançando para a frente e para trás, mas caí de costas, batendo com a cabeça em algo duro. Uma pedra? Minha visão foi tomada por pontinhos escuros.

— Addie, você está bem? Por que gritou?

Ian estava agachado ao meu lado, os olhos tomados pelo pânico.

— Porque… — Meu cérebro estava confuso demais para explicar.

De repente, a porta da varanda se abriu com um estrondo, e recuperei a capacidade de pensar rapidinho.

— Brutus, Marshall! Peguem eles!

O som de patas correndo irrompeu pelo pátio, seguido por latidos.

— Addie, a gente tem que dar o fora!

Ian me levantou pelo braço e me arrastou atrás dele enquanto disparava na direção do carro.

Rowan estava falando ao celular e seus olhos se arregalaram quando nos viu.

— O que houve? O quê…?

— Tira a gente daqui!

Ian me empurrou para dentro do carro, depois pulou atrás de mim, e Rowan derrubou o celular, acelerando enquanto dois dos maiores cachorros que eu já tinha visto na vida atacavam os pneus traseiros.

***

Embora os cachorros tivessem parado nos limites da propriedade, Rowan passou os dez minutos seguintes dirigindo feito louco, dando guinadas bruscas e ultrapassando todos os carros possíveis. Minhas mãos não paravam de tremer. Ver a mulher na janela me fez lembrar da brincadeira da Loira do Banheiro. Na época do ensino fundamental, um grupo de meninas apagava todas as luzes do banheiro feminino e depois entoava o nome para o espelho na esperança de que seu fantasma aparecesse. Nada de assustador havia acontecido, exceto pela aparição ocasional do velho zelador, que entrava para nos expulsar. Eu sempre quis saber o que faria caso um rosto aparecesse no espelho, e agora tinha a resposta: iria me encolher e esperar Ian me salvar.

— Siga o meu dedo com os olhos — ordenou Ian, movendo o dedo indicador da esquerda para a direita. — Está sentindo tontura? Náusea?

— Ian...

Eu afastei a mão dele com um tapa. Ele estava seguindo o protocolo de concussão. Todos os atletas da escola tinham sido obrigados a participar de um seminário em março.

— E sensibilidade à luz?

Meu irmão acendeu a lanterna do celular bem nos meus olhos, e eu bloqueei o brilho com minhas mãos às pressas.

— Ian! A concussão é o de menos. Assim você vai acabar me deixando cega. — Eu o empurrei de volta para o banco da frente e toquei a parte de trás da minha cabeça com todo o cuidado. — Dói, mas é só isso. — Eu estremeci, sentindo o galo se formando. — Não tenho uma concussão.

— Bom. — Ian assentiu, apontando para seu olho roxo. — Estamos quites?

Dei de ombros, e Trevo pulou ao passar em um quebra-molas.

— Ela não me viu, certo? — Rowan continuava perguntando. — A gente tem certeza de que essa mulher não me viu, né?

O celular dele continuava tocando desde que o deixara cair, e Rowan enfiou uma das mãos entre os assentos, tateando para encontrá-lo.

— Rowan, como isso seria possível? Você ficou no carro! — respondeu Ian em tom alegre. Pelo menos ele estava feliz, as fotos o deixaram animado. — Addie, ficaram incríveis.

Eu sabia que sua felicidade não se devia apenas ao meu incrível talento como fotógrafa — era também por causa do que eu tinha dito antes de mergulhar de cabeça no canteiro de flores. *Talvez eu deva mesmo contar para a nossa mãe.* Por que eu tinha dito aquilo? Só pioraria as coisas. Hesitante, toquei a parte de trás da cabeça, estremecendo mais uma vez.

— Você derruba pessoas em estacionamentos e sobrevive a ferimentos na cabeça. — O tom de Rowan era divertido, sua preocupação com a possibilidade de ter sido visto enfim desaparecendo. — Addie, tenho um novo apelido para você, e acho que é perfeito. — Ele fez uma pausa dramática, e seu olhar encontrou o meu no retrovisor. — Rainha Maeve.

— Quem é essa? — perguntei.

— Uma rainha irlandesa bem famosa. Parte mito, parte verdade. Ela era uma guerreira. Vou procurar uma foto.

Ele silenciou uma nova chamada e, depois de uma rápida busca, passou o celular para mim. Ian chegou mais perto para olhar. Uma mulher loira de cabelos compridos estava sentada em um trono, como se alguém estivesse tentando — sem sucesso — entretê-la. Seu pé estava apoiado em um escudo de ouro.

— Ela parece… legal — falei, tentando disfarçar quanto me sentia lisonjeada. Sempre tinha me identificado com personagens assim. As princesas delicadas nunca despertaram meu interesse. Quem queria passar o dia sentada em uma torre?

Rowan pegou o telefone de volta.

— Eles a enterraram de pé, então ela está sempre pronta para encarar seus inimigos. A melhor parte é que o túmulo dela não para de crescer, porque quem sobe a colina onde ela está enterrada sempre leva uma pedra e acrescenta à pilha. — Ele virou para me olhar rapidamente e disse: — Assim, ela fica cada vez mais forte.

Eu adorei a ideia.

Quando estava prestes a agradecer, o celular de Rowan começou a tocar de novo. Ele apertou com raiva o botão de silenciar.

— Quem é que não para de ligar? — perguntou Ian, o nariz a poucos centímetros das fotos.

— Minha mãe.

As palavras saíram da boca de Rowan em um tom veemente demais para podermos ignorar. Era o mesmo que ele usara ao telefone no posto de gasolina em Limerick.

Ian e eu nos entreolhamos.

— Está tudo bem? — perguntou ele.

Rowan balançou a cabeça de modo brusco.

— Eu não sou amigo dela. Sou filho. Ela precisa parar de tentar jogar seus problemas em mim.

Ele pisou fundo no acelerador, e de repente nós parecíamos prestes a decolar, a paisagem passando em um borrão.

Ian e eu trocamos outro olhar preocupado. A velocidade não parava de aumentar. Ainda estávamos dentro do limite do aceitável, mas a qualquer instante poderíamos chegar perto da velocidade da luz.

Bati de leve em seu ombro.

— Hã… Rowan. Você está indo bem rápido. Quer descansar um pouco? Eu posso dirigir.

— Também posso — ofereceu Ian, as mãos se torcendo nervosamente. — Não tenho como prometer que não vou bater de frente com um muro, mas posso tentar.

— Esquece, gente, eu sou o único com habilitação para dirigir aqui.

Rowan tirou um pouco o pé do acelerador, mas ainda estava bem acima do limite de velocidade. Sua mão agarrava o celular com força.

— Rowan, deixa eu guardar isso para você. — Estendi o braço, tirando o telefone de suas mãos com toda a delicadeza. — Acho que você e seu celular precisam dar um tempo. — Joguei o aparelho discretamente para Ian, então apoiei a mão no ombro de Rowan. — Ei, não sei bem o que está acontecendo, mas você não está sozinho. Pode contar com a gente. — As palavras eram quase idênticas às que ele tinha me dito em Killarney.

Após um longo silêncio, Rowan se curvou para a frente, a velocidade diminuindo aos poucos. Ian me lançou um olhar de aprovação.

— Foi mal, gente. Meus pais estão me pressionando muito. Tem sido um ano muito difícil. Eu só... — Sua voz vacilou.

Ian olhou para mim de novo, e a mensagem era óbvia: *Ajude o Rowan.*

— Hã... — Eu olhei para baixo, e acabei avistando o guia. — Que tal a gente adicionar mais uma parada do guia? Há um castelo entre Killarney e Cobh. É um pouco fora do caminho, mas parece muito interessante.

— O Castelo de Blarney? — A voz de Rowan se animou na hora. — Excelente ideia. Uma pausa faria bem.

— Hã... — interveio Ian. — É claro que quero que você tenha sua pausa, mas estou preocupado que outra parada nos faça chegar atrasados em Cobh. Mandei e-mails durante um mês até a dona do pub me responder, e mesmo assim ela disse que só tinha uma hora disponível. Não quero arriscar.

Por que Ian estava sendo tão insensível? Será que não percebia como Rowan estava desesperado?

— Ele precisa mesmo de uma pausa — falei, lançando um olhar fulminante para Ian. — Vai ser rápido. Aliás, quantos irlandeses você ficou importunando pela internet durante o verão? Coitados. Quando ficava obcecado, Ian era implacável.

— Só dois — murmurou meu irmão, as pontas das orelhas ficando vermelhas.

— A gente tem tempo de sobra. E mais cedo você falou que me devia uma. — Rowan olhou para Ian com expectativa.

Ian hesitou, uma mecha de cabelo desaparecendo em sua boca antes de ele ceder.

— Está bem. Se formos rápidos, vai dar tudo certo. Só não quero que a situação dos tratores se repita.

Rowan e eu compartilhamos um sorriso vitorioso pelo retrovisor.

Pedra Blarney

Chega um momento na vida de toda viajante de coração partido em que ela se vê pendurada de cabeça para baixo no topo de um castelo, os lábios encostados em uma rocha toda babada, e pensa: *Como é que vim parar aqui?*

Deixe-me tranquilizá-la: isso faz parte do processo e é perfeitamente normal.

Que lugar é esse? O Castelo de Blarney. E a rocha toda babada? A Pedra Blarney, um pedaço de calcário com uma história sórdida e uma propensão a atrair mais de trezentos mil visitantes por ano. Reza a lenda que qualquer um que beije a pedra mágica ganhará "o dom da eloquência" — a habilidade de usar a lábia para escapar de qualquer situação.

Eu não estou totalmente convencida sobre essa história de ganhar lábia, mas sei de duas serventias para a Pedra Blarney: transmitir herpes labial e ilustrar a rejeição. Vamos começar pela rejeição?

Como você é um ser humano e está vivo, vou presumir que já passou pela sua própria versão do momento na Pedra Blarney. Uma ocasião em que ficou vulnerável, pendendo por um fio, mas, em vez da abençoada reciprocidade pela qual seu coração ansiava, tudo o que encontrou foi uma pedra babada que *não* lhe concedeu proeza oratória.

Já passei por isso. Sei muito bem como é. Também sei que é tentador acreditar que você foi a única pessoa que já passou por essa situação. Mas não foi. Não mesmo. Na verdade, a dor da rejeição é tão comum que serviu de inspiração para cerca de metade das obras de arte da história (e, eu diria, dos atos de loucura também). E, no entanto, quando acontece com *você*, parece algo inédito. Como se o mundo tivesse inventado a pior coisa possível especialmente para você.

Isso é amor. Universal e, ainda assim, tão *pessoal*. Eu entendo. Qualquer um que diga que nunca passou por isso está mentindo ou é um robô, e todo mundo sabe que mentirosos e robôs são péssimos amigos. Além disso, os robôs às vezes se revoltam. Deveríamos falar mais sobre isso.

DEVER DE CASA: Você já sabe o que vem pela frente, não é, chuchu? Suba até o alto do castelo, se jogue no buraco e beije a maldita pedra. Aceite os germes compartilhados. Eles estão lá para lembrá-la de que você não está sozinha.

— Trecho de *Irlanda para corações partidos: um guia não convencional da Ilha Esmeralda, 3ª edição*

COMO DE COSTUME, A IRLANDA NÃO ESTAVA NEM AÍ PARA a nossa pressa. Havia várias obras na estrada para Blarney — operários de construção civil gritavam alegremente uns com os outros enquanto enchiam as pistas de cones de trânsito aparentemente desnecessários. No castelo, não foi muito diferente. Estava lotado de turistas e tomado pelos inúmeros meios de transporte que usaram para chegar até ali.

Depois de longos vinte minutos presos em uma fila de ônibus de turismo onde reinava o mau humor, Ian ergueu as mãos em um gesto impaciente.

— Que tal eu estacionar e vocês irem fazer sua atividade?

— Você não quer ver o castelo? — perguntei, virando o rosto para dar uma olhada no lugar.

O ponto turístico conseguia passar a impressão de ser ao mesmo tempo imperioso e decrépito, como uma velhinha esbelta usando uma coroa.

Ian enfiou a cabeça para fora da janela.

— Já vi.

Rowan riu.

— Tudo bem, Ian. Pode assumir o volante.

Rowan e eu pulamos para fora e Ian passou para o banco do motorista.

— Cuidado com as rotatórias — falei.

— Rá rá, muito engraçado. Eu não vou ter andado nem meio metro até vocês voltarem. — Ele baixou a voz, dirigindo-se a mim. — Não demorem, está bem?

— Pode deixar.

Rowan e eu saímos juntos, seguindo as placas que indicavam que a Pedra Blarney ficava no topo do castelo. Nós nos espremos entre a multidão de turistas tirando fotos para chegar à escada em espiral.

Fui na frente, e devo ter subido rápido, porque quando cheguei lá em cima tive que esperar vários minutos até Rowan finalmente surgir atrás de mim. A respiração dele estava irregular, e o suor brilhava em sua testa.

— Não era uma corrida, Maeve — disse ele, passando o braço pelo meu ombro e fingindo desmaiar.

Gostei de ouvir meu novo apelido outra vez.

— Trabalhei no condicionamento físico durante o verão.

Eu não pude esconder o orgulho em minha voz. Tinha faltado apenas dois dias de treino o verão inteiro. O plano era estar o mais preparada possível para os olheiros das faculdades.

— Vamos esclarecer uma coisa: você sabe que acabou de subir correndo cem lances de escada só para esperar na fila e beijar uma pedra babada, certo?

— Não... *Nós* acabamos de subir correndo cem lances de escada só para beijar uma pedra babada — corrigi. No início da fila, um funcionário abaixava com todo o cuidado uma mulher, seu tronco desaparecendo no buraco. — Olha só que divertido. A gente fica pendurado de cabeça para baixo.

— Você gosta de emoções fortes, hein? — comentou Rowan, os olhos cinzentos brilhando.

— Adoro.

Meus irmãos diziam que eu era viciada em adrenalina, e não em um tom muito elogioso. Mas era a verdade. Lugares altos, montanhas-russas... Quanto mais intenso, melhor.

Rowan fez uma careta.

— Não esperava menos de você. Mas, sinto muito, Maeve, o que estou tentando dizer é que não há um "nós" nessa empreitada. Meus lábios não vão chegar nem perto da Pedra Blarney.

— Por quê? Por causa da altura?

Fiquei na ponta dos pés para enxergar por cima do muro. Tirando as Falésias de Moher, aquela era a melhor vista panorâmica da viagem. Dava para ver o mar com diferentes tons de verde lá embaixo, as pessoas espalhadas parecendo confetes coloridos. A vista despertava sentimentos parecidos com os das falésias — eu me sentia livre, desconectada de todo o peso que me esperava lá embaixo.

Rowan também ficou na ponta dos pés, embora conseguisse ver por cima do muro sem problemas.

— O problema não é a altura, Maeve. — Ele ajustou os óculos.

— Olha, lamento ter que ser eu a lhe dar essa notícia, mas a população local não tem pena da Pedra Blarney. Fazem xixi nela, cospem, todo tipo de coisa. Confie em mim, você não quer beijar aquilo.

Eu balancei o dedo para ele, enquanto a brisa soprava pelo topo do castelo.

— Vou ter que reler o guia para você? É justamente por causa dos germes compartilhados que estamos aqui. Além disso, cresci dividindo o banheiro com três irmãos. Ter nojo de xixi não era uma opção.

Rowan ergueu as sobrancelhas, achando graça, como eu sabia que ele faria. Eu gostava de surpreendê-lo. E, além disso, era a mais pura verdade. Uma vez, quando ainda estava no ensino fundamental, tinha ficado tão farta que peguei uma canetinha e desenhei várias setas com os dizeres MIRE AQUI no assento do vaso sanitário. Minha mãe passou uma hora gargalhando.

— Rainha Maeve, sua valentia não tem limites. Se você vai beijar uma pedra cheia de xixi, eu também vou. Você tem minha lealdade eterna.

Rowan se curvou em uma reverência.

— Muito obrigada, sir — respondi, fazendo uma mesura também.

Quando finalmente chegou nossa vez, até meu instinto audacioso começou a vacilar. A pedra ficava mesmo em um buraco, e tudo o que havia entre nós e o gramado lá embaixo eram três barras de metal.

O funcionário acenou para mim.

— Pronta para receber o dom da lábia, querida?

Ele usava boné, e seu colarinho estava levantado, indo de encontro aos bigodes brancos.

— Pronta — respondi, decidida, ignorando o frio na barriga.

Rowan me lançou um sorriso tranquilizador.

Eu me sentei no chão, chegando para trás até ficar bem na beiradinha do buraco, que parecia uma caverna gigantesca às minhas costas. Dava até para sentir uma brisa soprando por ele.

— Muito bem. Deite, ponha as mãos nas barras, um pouco mais para trás... mais um pouco... — instruiu o homem em tom ritmado, como se já tivesse feito aquilo um milhão de vezes.

Segui as instruções até estar de cabeça para baixo, as mãos dele segurando minha cintura com firmeza. O sangue desceu para minha cabeça e me lembrei das palavras da Autora do Guia. *Como você é um ser humano e está vivo, vou presumir que já passou pela sua própria versão do momento na Pedra Blarney. Uma ocasião em que ficou vulnerável, pendendo por um fio, mas, em vez da abençoada reciprocidade pela qual seu coração ansiava, tudo o que encontrou foi uma pedra babada...*

O rosto de Cubby reapareceu em minha mente e uma pontada de dor se espalhou do meu peito para o resto do corpo. Em vez de sufocar os sentimentos, no entanto, fiquei parada ali com eles. Pendurada com eles, melhor dizendo. Assim como havia feito em Killarney. Mais uma vez, a dor não desapareceu, mas foi como se estivesse se movimentando, revelando algo que estivera escondido. Meus sentimentos — meu coração partido, minha vergonha, minha mágoa, tudo isso — não eram eu. Eram coisas que eu precisava superar, mas, assim como um par de tênis ou uma camiseta, não faziam parte de mim. Não me definiam.

— Beije a pedra, querida — disse o homem com paciência, despertando-me de minha epifania.

Ah, é. Tasquei um beijo rápido na pedra. Parecia mesmo babada. E era estranhamente fortalecedora. Eu a beijei de novo, dessa vez por Rowan.

— Sucesso! — Rowan agarrou minha mão para me ajudar a levantar. — Você está bem?

— Um pouco tonta.

Eu não tinha certeza do que fazer com minha descoberta. Não era como se eu pudesse despir meu sofrimento como uma camiseta suada. Mas será que poderia encará-lo de uma maneira nova? Como algo que não me definia?

Olhei para Rowan.

— Você não precisa beijar a pedra. Eu beijei por você.

Ele sorriu.

— Agora você realmente ganhou minha lealdade eterna.

Ele manteve um braço ao redor dos meus ombros para me estabilizar enquanto voltávamos para a escada.

Quando chegamos lá embaixo, eu estava prestes a tentar colocar minha revelação em palavras quando ouvi uma voz em meio à multidão. Era o tipo de voz impossível de ignorar. Feminina. Mandona. Americana.

Meus pés pareceram grudar no chão. Não podia ser...

— Pessoal, escutem bem. Os cinegrafistas vão subir primeiro. O resto de vocês vai em fila única, certo? Só preciso de uma tomada boa e depois passamos para a próxima atração. Já estamos com o cronograma atrasado, então preciso que sejam rápidos.

— Não... — sussurrei.

— O que foi?

Eu senti mais do que vi Rowan se virar para mim. Não conseguia me mexer. A poucos metros de distância, atrás de um banco de metal comprido, estava minha tia Mel, com a maquiagem elaborada que usava nas gravações.

— Não — repeti mais alto.

Tia Mel se virou para a esquerda, ajustando o blazer de caimento perfeito, e uma segunda onda de pânico tomou conta de mim. Vi Walter. E minha mãe. Walter devia ter sentido que estava sendo observado, porque de repente virou o rosto, e seus olhos encontraram os meus. Um único pensamento surgiu em minha mente. *Corra.*

Não tive tempo de avisar Rowan. Comecei a correr e dobrei uma esquina do castelo com tanta rapidez que derrapei na lama. Precisava de um esconderijo decente, algum lugar onde pudesse parar e pensar. Algum lugar...

Como aquele. Avistei uma pequena abertura na base do castelo e me lancei em direção a ela, tropeçando nos dois degraus que levavam a um pequeno cômodo. Era quase do tamanho de um closet, e estava escuro como uma caverna, exceto por um fino feixe de luz que entrava por uma fenda na parede. Caí de joelhos, a adrenalina correndo pelas minhas veias. E agora? Eu precisava avisar Ian.

— Addie?

Meu coração bateu mais rápido. Felizmente, era só Rowan parado na porta com uma expressão séria.

— Eu sei que não nos conhecemos há muito tempo, mas existe uma coisa chamada decência. Você não pode sair correndo e abandonar seu parceiro de viagem sem explicação.

Decência? Parceiro de viagem? Rowan parecia um professor rabugento quando ficava com raiva. Antes que pudesse catalogar mais esse traço como "fofo", agarrei sua manga e o puxei para dentro, e colidimos quando ele tropeçou nos degraus. O teto era muito baixo para ele, que acabou tendo que se curvar um pouco.

— Minha mãe está lá fora. Todo o grupo do casamento está aí — falei, quase gaguejando.

Ele ficou de queixo caído — eu nunca tinha visto isso acontecer de verdade antes — e se virou, ainda boquiaberto, para a porta.

— Onde ela estava? Ela viu você?

— Não, mas Walt viu. Temos que encontrar Ian e dar o fora daqui.

Eu me agachei no chão, tentando acalmar as pernas trêmulas.

— Vou mandar mensagem para ele agora mesmo.

Quando Rowan estava tirando o celular do bolso, uma segunda voz explodiu na caverna-closet, fazendo com que eu perdesse o equilíbrio e Rowan derrubasse o telefone.

— Addie?

Eu me pus de pé na hora. Nunca tinha visto os olhos de Walt tão arregalados, e ele piscou, hesitante, para se acostumar com o escuro.

— Achei que estava ficando maluco. Eu vi você, mas você deveria estar na Itália e… — Seu olhar se voltou para Rowan, que ainda estava tateando o chão em busca do celular, e de repente o rosto de Walt assumiu uma expressão de irmão mais velho. — Quem é esse cara?

— Walt!

Eu me joguei no meu irmão assim que ele partiu para cima de Rowan, e o encurralei contra a parede. A situação estava saindo do controle.

— Opa-opa-opa. — Rowan tropeçou para trás, segurando o celular na frente do corpo como se fosse um escudo. — Eu sou amigo dela.

— ESCUTEM AQUI! — gritei a plenos pulmões. Foi um pouco arriscado, mas funcionou.

Eu me afastei de Walter, agora que ele havia parado.

— Walt, este é Rowan. Ele é amigo de Ian. Pode ficar tranquilo.

— Mas... Mas você não está na Itália. — A voz de Walt ficou tão aguda que chegou ao nível dos apitos para cachorros. Se pudesse ouvir a própria voz, ele teria morrido de vergonha. — Nossa mãe acha que você está na Itália. *Todo mundo* acha que você está na Itália.

— E tem que continuar achando. Ela não pode saber que estamos na Irlanda. Você precisa guardar segredo.

Eu me inclinei para enfatizar o que dizia e fui atingida por uma nuvem de perfume. Walt tinha muitas qualidades. Era um amor de pessoa, descomplicado e também podia ser muito atencioso. Mas tomava um verdadeiro banho de perfume. O que era um problema, já que ele adorava usar perfume o tempo todo.

— Addie, que ideia é essa? — Sua voz subiu mais uma oitava, fazendo minha ansiedade aumentar. Se não o distraísse, ele ia sair correndo e estragar tudo.

Hora de mudar de assunto.

Balancei as mãos na frente dos meus olhos lacrimejantes.

— Walt, seu perfume! Eu achei que nossa mãe tivesse proibido você de trazer.

— Só dei duas borrifadas! — protestou ele. — Duas borrifadas e depois andei pela terceira. É assim que deve ser. Por que vocês não entendem isso?

Rowan se animou, entendendo o meu plano.

— Esse cheiro tem que ser da linha do John Varvatos. É o quê? Artisan Acqua?

A mudança foi instantânea.

— Artisan Blu — disse Walter, a boca exibindo um sorriso relutante. — Você usa?

Varvatos ao resgate. Rowan assentiu com entusiasmo enquanto a tensão na caverna-closet desaparecia.

— Eu já reparei que às vezes preciso diluir um pouco o meu porque é um dos aromas mais fortes. Talvez você devesse tentar.

Rowan era mestre em apartar discussões. Minha mãe ia adorá-lo. Eu só esperava que ela não estivesse prestes a conhecê-lo.

Walt baixou as mãos, a voz mais calma.

— Addie, por que você não está na Itália?

Insira uma explicação plausível/convincente/nada suspeita aqui. Só havia um pequeno problema: eu não conseguia pensar rápido. Talvez se eu começasse a falar, alguma ideia brilhante surgisse.

— A gente ficou aqui por causa de Ian. Ele… Hã… — Tentei pensar em alguma desculpa, mas nada surgiu.

— Eles resolveram ficar porque Ian está fazendo uma pesquisa para sua redação de admissão para as faculdades. — Rowan ao resgate mais uma vez. — Sou um mentor de estudantes do Trinity College. Ian me contratou para ajudá-lo a escrever a redação perfeita. No momento, estamos pesquisando alguns pontos turísticos famosos.

Nada mal. Pena que Walt nunca ia cair nessa. As pessoas acabavam comprando a encenação de Walt, que gostava de se passar por um surfista relaxado, mas era pura encenação mesmo. Apesar de sua falta de noção na hora de passar perfume, Walt não era nada bobo. Só tirava nota alta e ia completar a faculdade de engenharia química antes do tempo.

— Mas Ian não precisa de uma redação para entrar na faculdade — rebateu Walt, flexionando o bíceps esquerdo sem nem perceber. — Ele pode repetir o último ano e ainda assim conseguiria qualquer bolsa de futebol americano em Washington. Por que perderia tempo escrevendo uma redação?

Defendi Ian na mesma hora, minha voz saindo em um grunhido:

— Talvez ele goste de escrever. — *Era disso que Ian estava falando.* Sempre que alguém discutia seu futuro, automaticamente o imaginava com um capacete e ombreiras. De repente, uma nova ideia surgiu na minha cabeça. E poderia funcionar. Suavizei o tom na mesma hora. — Ian está tentando entrar em Notre Dame ou Penn State. Eles são mais rigorosos, então a redação é importante.

— Penn State? — Walt assobiou, admirado. — É verdade, ele pode precisar de algo a mais para ser aceito lá.

— Exatamente! — Minha voz saiu empolgada demais.

— Mas... por que isso é um segredo? — perguntou Walt, a voz se enchendo de desconfiança outra vez.

Ele olhou Rowan de cima a baixo, e Rowan se endireitou, erguendo o queixo de leve, talvez em uma tentativa de parecer mais profissional.

— Ele quer fazer uma surpresa para nossos pais — acrescentei na mesma hora. — Imagina só como nosso pai ficaria empolgado se Ian jogasse pela Penn State? E foi tão difícil para Ian conseguir um bom... conselheiro estudantil. Ele teve muita sorte em achar Rowan.

Walt ainda não parecia completamente convencido, mas assentiu devagar.

— Tudo bem, não vou falar nada. Seu segredo está a salvo comigo.

— Obrigada, Walt, de verdade. Agora, acho melhor voltar para o grupo. É bom não perceberem que você sumiu.

Ele suspirou, cansado.

— Por favor, me lembre de nunca mais viajar com a tia Mel. Os últimos dois dias foram um pesadelo. — Ele ergueu o queixo na direção de Rowan. — Prazer em conhecê-lo, cara. Cuide bem do meu irmão e da minha irmãzinha.

— Ela sabe se cuidar muito bem, mas pode deixar — disse Rowan.

Walt me deu um abraço rápido e perfumado e saiu da caverna-closet.

— Não foi tão ruim, né, Maeve?

Rowan desmoronou junto à parede de novo. Eu desabei ao lado dele.

— Obrigada por pensar na coisa da faculdade. Acho que pode ter funcionado.

Podia até ter funcionado a curto prazo, mas sem dúvida não duraria muito tempo. Guardar segredo não fazia parte do DNA de Walt. Eu tinha acabado de ativar uma bomba-relógio.

Esperamos o máximo que minha adrenalina permitiu — cerca de sete minutos —, enquanto Rowan mandava uma mensagem para Ian, e então trocamos o casaco azul-marinho que eu estava usando pelo moletom com capuz dele, para que eu pudesse esconder o rosto. Nas circunstâncias atuais, era o melhor disfarce disponível. Saímos da caverna-closet com todo o cuidado e voltamos correndo para o carro. Eu rezava fervorosamente para que ninguém do grupo estivesse prestando muita atenção nos jardins.

Quando chegamos, vimos que Ian estava uma pilha de nervos, tão agitado que mal conseguiu descer o vidro. Nós dois ficamos abaixados dentro do carro enquanto Rowan tentava sair do estacionamento o mais rápido possível.

— Não era para eles estarem aqui hoje, só amanhã — disse Ian. — Eu conferi o itinerário.

— Parece que eles não estão seguindo o itinerário.

— Não acredito que você viu o Walt — resmungou Ian. — Tinha que ser logo ele?

Era exatamente o que eu estava pensando.

— Talvez fique tudo bem. — Eu estava tentando imitar a instrutora de ioga que às vezes vinha aos nossos treinos antes de um jogo importante para nos ajudar a fazer visualizações. Sua voz suave e melódica sempre me acalmava. — Rowan inventou uma ótima desculpa sobre você ter ficado na Irlanda para trabalhar em uma redação para a faculdade. Além disso, Walt prometeu que não ia contar para a mamãe.

— Addie, é o Walter.

Eu abandonei a voz de professora de ioga.

— Eu sei. Mas o que você quer que eu faça?

— Ei, se esqueceram da trégua? Nada de brigas!

Rowan estava debruçado no volante, olhando preocupado para a rua. Estávamos parados diante de uma faixa de pedestres, com uma enxurrada de pessoas bloqueando a passagem.

— Eu não estou conseguindo acreditar no que aconteceu, só isso. — Ian parou de balançar tanto a perna e se recostou na janela, desanimado.

De repente, meu celular apitou e ele se virou para trás.

— É nossa mãe, não é? Walt não aguentou nem dez minutos.

— Não é ela — respondi, o alívio logo sendo substituído por confusão. Era uma das minhas colegas de time, Olive, escrevendo tudo em maiúsculas, como sempre.

**IAN FOI MESMO EXPULSO DO TIME????
SÓ SE FALA DISSO E TODO MUNDO ESTÁ SURTANDO!!!!**

O quê?

Ergui a cabeça, encontrando o olhar nervoso de Ian.

— Quem é? — perguntou ele, a voz tensa.

— É... a Lina — respondi, decidindo mentir. Olive se orgulhava de sempre estar por dentro das fofocas, mas aquela não podia ser verdade. E mencionar algum boato idiota provavelmente só ia deixar Ian mais zangado. — Ela só está confirmando o voo.

A faixa de pedestres finalmente foi liberada e Rowan avançou.

— Amanhã à noite, não é? E eles vão pegar um trem até o festival?

Assenti, confusa demais para responder em voz alta. Como teria surgido aquele boato? E é claro que as pessoas estavam surtando. Ian era o craque, o jogador mais importante. Se fosse expulso, sem dúvida haveria protestos nas ruas.

Esfreguei a tela com o polegar e um pensamento desconfortável me veio à mente. Uma das frases favoritas dos meus pais: *Onde há fumaça, há fogo.*

Havia algo por trás daquele boato. Mas o quê?

Assim que saímos de Blarney, a estrada ficou mais sinuosa, e Ian voltou a se encolher junto à porta do carro. Eu o observava com atenção desde que tinha recebido a mensagem de Olive. Parte de mim queria enfiar o celular na cara dele e perguntar o que era aquilo, mas a outra parte tinha medo do que isso desencadearia.

A voz de Rowan quebrou o silêncio.

— Addie, você sabe o que significa essa luz no painel? Acabou de acender.

Parei de ler o guia e cheguei mais para a frente. O medidor de temperatura estava no vermelho, e uma pequena luz laranja brilhava ao lado. Quase desejei não saber o que aquilo significava.

— É uma má notícia, não é? — quis saber Ian, observando minha expressão.

— O carro está superaquecendo.

Eu me estiquei para olhar o capô. Pelo menos ainda não havia fumaça saindo. Ainda.

— É grave? — perguntou Rowan, batendo o polegar nervosamente no volante.

— Só se você quiser continuar tendo um motor. — Sua completa falta de entendimento sobre carros era quase adorável. *Quase*, porque não parava de nos criar problemas. — Pare o carro, mas não desligue o motor.

Ian afastou o rosto enjoado da janela, a voz vacilante.

— Addie, a gente não tem tempo de fazer uma parada. Minha entrevista é em uma hora.

— A gente também não tem tempo de o carro quebrar no meio da estrada. Precisamos parar. Agora.

— Então anda logo com isso, vai. — Ian suspirou, admitindo derrota.

Eu era a especialista em carros e ele sabia disso. A última palavra era sempre minha. Até mesmo nosso pai, que amava carros, tinha começado a me pedir conselhos sobre sua velha BMW.

Rowan parou ao lado de algumas árvores. Eu me agachei perto do capô e vi um pequeno fio de líquido que não parava de vazar. Aproximei a mão e uma gota de gosma verde aterrissou na minha palma.

— Que maravilha — murmurei, limpando a mão no short.

Ian e Rowan se agacharam também, um de cada lado. Meu irmão cerrou os punhos, nervoso.

— O que houve? O que é essa coisa verde?

— É o anticongelante. Max deve ter enchido demais o radiador, o que causa muita pressão e provoca um monte de vazamentos, aí o motor não consegue mais se resfriar.

— Eu vou matar aquele cara — anunciou Rowan, dando um soco na própria mão. — E então vou pegar meu dinheiro de volta e matá-lo de novo.

— O que a gente faz agora? Amarra um cabide no radiador? Tapa o buraco com chiclete? — perguntou Ian, ansioso, puxando as pontas do cabelo. — Porque perder a entrevista não é uma opção. Miriam é muito importante no mundo da música. Ela ter concordado em me ver foi...

— Ian, eu entendo — interrompi, tentando pensar em uma solução rápida.

Certa vez, tinha visto o apresentador de um programa sobre carros quebrar um ovo em cima de um radiador fumegante para que o calor o cozinhasse, tapando o buraco. Mas nós não tínhamos um ovo, e de qualquer maneira isso provavelmente ia sujar o motor inteiro.

— A que distância estamos de Cobh?

Rowan levou a mão à testa para proteger os olhos do sol e examinar a estrada.

— Uns vinte quilômetros?

Eu dei um pulo. Nunca era uma boa ideia dirigir com um motor superaquecido, mas se ficássemos esperando o reboque, Ian com certeza perderia seu compromisso. Será que valia a pena arriscar?

Olhei para os punhos cerrados de Ian. Era Trevo ou ele: um dos dois ia explodir. Folheei mentalmente o *Mecânica de automóveis para leigos* que ficava na minha mesa de cabeceira. Era o único livro que eu sabia quase todo de cor, ele sempre me acalmava. Sim, eu era muito esquisita.

— Ian, ligue o aquecedor. Vamos esperar uns minutos. Rowan, preciso que você deixe o capô aberto e arranje um pouco de água. Vou encher o radiador e a gente fica de olho no medidor durante o trajeto. E Ian, encontre uma oficina em Cobh. A gente precisa ir direto pra lá.

Seu sorriso foi tão grande que iluminou a estrada inteira.

— Pode deixar.

Cobh

Cobh pronuncia-se COUVE. Ou, como gosto de chamá-la, a cidade do ESCUTE SEU TIO, É SÉRIO.

Sim, há uma história por trás desse nome, meu docinho. Mas, antes, vou contextualizar um pouco.

Cobh é um lugar de despedidas. Sabe a doca perto da água? Foi de onde partiram 2,5 milhões de irlandeses. Foi também onde ocorreu uma despedida bem famosa: a do *Titanic*. Já ouviu falar dele? O navio inafundável fez sua última parada em Cobh, deixando e pegando alguns passageiros antes de seguir rumo às águas gélidas do Atlântico e à infâmia. Vou lhe contar sobre um dos passageiros sortudos.

Francis Browne era um jovem seminarista jesuíta com um tio que gostava de dar bons presentes. Seu tio, Robert (bispo da catedral pontuda que você vê no centro da cidade), enviou-lhe de aniversário uma passagem para uma viagem de dois dias a bordo do *Titanic*. O plano era embarcar em Southampton e desembarcar em Cobh, onde Francis ia saborear uma fatia de bolo de chocolate e passar um tempo com o bom e velho tio Rob.

Era um ótimo plano. E um passeio emocionante. Além de tirar mais de mil fotografias, Francis fez vários amigos. Uma rica família americana ficou tão encantada com o rapaz que se ofereceu para pagar sua viagem até os Estados Unidos em troca de sua companhia durante o jantar. Viva! Como era muito obediente, Francis enviou uma mensagem ao tio pedindo permissão para permanecer a bordo e recebeu uma resposta bastante seca: SAIA DESSE NAVIO.

Francis e suas famosas fotografias saíram do navio. Sem dúvida foi a decisão mais importante de sua vida.

Contei toda essa história em preparação para a mensagem bastante concisa e importante que tenho para você, minha pequena marinheira: SAIA DESSE NAVIO.

Que navio? Você sabe que navio, meu amor. Aquele que você construiu antes que a água esfriasse e a navegação se tornasse difícil. O que estocou com otimismo e empolgação e *olha só o que vem por aí — isso é tão emocionante*! Quando o coração se deixa envolver, o cérebro também quer participar, e começa a criar futuros hipotéticos cheios de ondas e marés favoráveis. E quando esses futuros não se concretizam? Bem, esses navios não vão embora sozinhos. Temos que fazer um esforço consciente para levantar âncora e deixá-los partir.

Então saia desse navio, meu anjo, e deixe-o seguir pelo mar. Caso contrário, você corre o risco de que a embarcação que um dia a carregou se torne a que vai afundá-la. A terra firme não é tão ruim. Eu juro.

DEVER DE CASA: Pegue uma folha de papel resistente e desenhe seu navio, chuchu. E também seus planos, seus sonhos, tudo isso. Não quero nem saber se você não sabe desenhar. Apenas ponha tudo no papel. E então vamos planejar nossa festa de despedida. Use as INSTRUÇÕES BÁSICAS PARA BARQUINHO DE PAPEL no fim deste guia para criar uma pequena embarcação. Dobre o futuro que imaginou, transformando-o em um barco, e coloque-o na água. Deixe o mar fazer o resto.

— Trecho de *Irlanda para corações partidos: um guia não convencional da Ilha Esmeralda, 3ª edição*

CHEGAMOS EM COBH QUASE DERRETENDO. PARA AJUDAR a resfriar o motor de Trevo, foi preciso ligar o aquecedor no máximo. Quando finalmente chegamos à oficina, suávamos em bicas. E fiquei ainda mais agitada quando o mecânico — um sujeito chamado Connor, com um leve cheiro de atum — me olhou e decidiu que eu não fazia ideia do que estava falando.

— Pode deixar que vou dar uma olhada — disse ele.

— Tem um furo no radiador — insisti. — Eu já encontrei.

Ele deu um sorriso condescendente.

— Veremos.

Antes que eu pudesse explodir, Ian me puxou para a porta.

— A gente se fala mais tarde.

Seguimos às pressas pelas ruas à beira-mar, carregando nossa bagagem pelas fileiras de casas coloridas com varais cheios de roupas nos quintais. Barcos flutuavam nas docas como patos de borracha gigantescos, e uma catedral de pedra pontuda se erguia, alta e imponente, com o campanário perfurando as nuvens.

A igreja estava cercada de visitantes e, quando nos aproximamos, os sinos começaram a tocar, sua música surpreendentemente alegre para uma estrutura tão sombria.

— Nossa.

Eu parei e estiquei o pescoço para ver melhor a torre do sino.

— Ei! — Ian gritou mais alto que o barulho e voltou para agarrar meu cotovelo. — Esses sinos significam que estamos atrasados. Você pode olhar a igreja mais tarde.

— A gente vai ter que voltar para a nossa atividade depois de qualquer forma — comentou Rowan, apontando para o porto.

— Está bem. — Suspirei, ajustando a mochila em meu ombro e começando a correr.

O pub Au Bohair era inconfundível. A estrutura de dois andares havia sido pintada de um surpreendente azul Tiffany e ficava entre uma loja de chapéus cor de limão e uma padaria cor de cereja. Apesar de ainda estar cedo, a atmosfera era festiva, como se fosse dia de jogo, com música e pessoas espalhadas pela calçada, uma nuvem de fumaça de cigarro pairando no ar. Quando alcançamos a multidão, Ian correu até um homem parado na porta vestindo um macacão jeans surrado.

— Você sabe onde posso encontrar a Miriam?

— Miriam Kelly? — Ele abriu um grande sorriso, revelando dentes amarelos como sabugo de milho. — À esquerda do palco. Ela está sempre lá. Tome cuidado para não incomodá-la durante uma passagem. Já cometi esse erro.

Ian assentiu, nervoso, me entregando a alça de sua mala.

— Addie, você pode...?

Ele disparou pela porta sem concluir a pergunta, desaparecendo entre as pessoas.

— Claro, imagina! — gritei para as costas dele.

Não era como se eu já tivesse minha própria mala para carregar. O homem olhou para mim e sorriu, achando graça.

— Eu ajudo você — ofereceu Rowan, pegando o guia debaixo do meu braço e desaparecendo tão rapidamente quanto Ian.

— Sério? — murmurei, agarrando as malas.

Desajeitadamente, entrei no pub, atropelando os pés das pessoas com as rodinhas e fazendo os clientes quase derramarem suas bebidas. Foi só quando me espremi no meio do salão que parei para olhar em volta. Havia mesas de madeira por toda a parte e as paredes estavam quase totalmente cobertas por pôsteres de bandas. Um bar bem abastecido ficava em um canto, e clientes ocupavam cada centímetro livre.

— Ian!

Ele e Rowan estavam na ponta dos pés, olhando sedentos para o palco. "Palco" talvez fosse um exagero. Na verdade, não passava de uma pequena plataforma de madeira, a cerca de meio metro do chão, que de alguma forma conseguira acomodar um grande emaranhado de músicos, seus inúmeros instrumentos emitindo uma melodia decididamente irlandesa.

Abri caminho até os dois.

— Seria bom ter uma ajudinha aqui.

Nenhum deles demonstrou ter me ouvido. Estavam ocupados demais babando como dois fanáticos.

— É o primeiro palco do Titletrack — falou Rowan, os óculos praticamente embaçando de emoção. — Este lugar é incrível. Tão, tão incrível.

— Não acredito que a gente está aqui — disse Ian. — Estamos no lugar onde o Titletrack se apresentou pela primeira vez.

Eu me enfiei entre eles para chamar a atenção.

— Lembram de quando vocês dois me deixaram com todas as malas?

— Esse aí é o meu futuro jornalista de música? — perguntou uma voz rouca atrás de nós.

Nós nos viramos e demos de cara com uma mulher baixinha e gorducha, usando óculos de armação grossa e um vestido marrom folgado, o cabelo puxado para trás em um nó apertado.

— Hã... Você é a...? — Foi tudo o que Ian conseguiu dizer.

— Miriam Kelly. — Ela o puxou para um abraço, dando algumas batidinhas entusiasmadas nas costas dele. — Você conseguiu chegar! Achei que tivesse me dado um bolo.

Ian pigarreou, tentando sem sucesso superar o choque de descobrir que a mulher mais importante da música irlandesa parecia o tipo de pessoa que assava pão de banana e fazia crochê nas horas vagas.

— Hã... — repetiu ele.

De repente, seu sorriso sumiu, e ela apontou um dedo para Ian com a expressão séria.

— Então, me diga: é mesmo o fim das bandas de garagem?

— Você leu o artigo dele! — exclamei, reconhecendo o título.

Ela voltou os olhos brilhantes para mim.

— Claro. Este rapaz deixou cinco mensagens de voz e enviou uma quantidade absurda de e-mails. Ou eu chamava a polícia ou marcava uma reunião. Você deve ser a irmã mais nova.

— Isso, sou Addie — falei, aceitando seu aperto de mão firme.

— E este é Rowan, nosso amigo. Ele também é um grande fã do Titletrack.

— É uma honra conhecê-la. — Rowan a cumprimentou também, com um sorriso de orelha a orelha. — Uma honra.

— Um irlandês entre os americanos. Gostei. — Ela se virou para mim. — Addie, seu irmão é um ótimo escritor. Fiquei muito impressionada.

— Ficou? — O rosto de Ian se iluminou feito um bolo de aniversário, e ele cambaleou para trás. Nunca tinha visto um elogio atingi-lo tão forte, e olha que quando estava em campo as pessoas não paravam de louvar seus feitos. — Obrigado — disse, em um fio de voz.

Miriam deu um tapinha nas costas dele.

— E adorei ver que você é tão jovem. Quando se tem a minha idade, a gente percebe que a idade não tem nada a ver com capacidade. Quando uma pessoa é boa, ela simplesmente é boa. Por que esperar até ficar mais velha? E depois que tiver envelhecido, por que parar? Pelo menos esse é o meu lema.

Que Titletrack que nada. A gente deveria começar um fã-clube *dela*.

Miriam continuou:

— Quero que vocês peguem uma mesa. Passei o verão inteirinho na estrada, mas hoje eles me deixaram voltar à cozinha e fiz meu famoso guisado de carne com Guinness. Bruce Springsteen disse que mudou sua vida.

— Bruce Springsteen? — Ian parecia prestes a desmaiar.

Ela bateu um dedo no queixo, pensativa.

— Ou foi o Sting? Engraçado, às vezes confundo os dois. Vou dizer para o pessoal na cozinha que você chegou. Volto já, já.

Ela se afastou, sem parecer reparar no choque que causara.

— Ian, isso foi incrível! — exclamou Rowan, entusiasmado.

Meu irmão se virou para mim, os olhos arregalados.

— Acabei de falar com Miriam Kelly.

— Não, você acabou de ser *elogiado* por Miriam Kelly — corrigi, o orgulho borbulhando no meu peito.

Sempre que Ian estava feliz, sua felicidade me contagiava.

Miriam havia levado Ian até uma mesa próxima ao palco, então Rowan e eu escolhemos outra mais perto da porta, em uma tentativa de dar a Ian um pouco de privacidade para a entrevista.

— Então, por que Miriam é tão importante? — perguntei, de olho em Ian.

O rosto dele continuava muito vermelho, e até agora já havia derramado ensopado na camiseta e derrubado a caneta no chão duas vezes. Se fosse se tornar um jornalista de música, teria que aprender a não ficar embasbacado diante de pessoas famosas.

Rowan assentiu.

— Ela é uma espécie de diretora de talentos informal. No começo, apenas convidava bandas para tocarem aqui no pub, mas depois que ajudou alguns dos maiores artistas da Irlanda a começarem a carreira, as gravadoras passaram a contratá-la como olheira. Há quinze anos, ela ouviu o Titletrack em uma competição universitária e convidou a banda para tocar aqui no verão. Foi assim que eles conseguiram os primeiros fãs.

Enfiei minha colher na tigela de ensopado.

— Ela também é uma ótima cozinheira — falei.

O ensopado favorito de Springsteen era uma mistura de cenouras, batatas e molho com duas grandes bolas de purê de batatas por cima. Era tão saboroso e quentinho que eu queria me enfiar na tigela.

— Ei, você já leu o dever de casa do guia? — perguntou Rowan, empurrando o livro para mim. — A gente precisa fazer um barco de papel e depois colocar na água.

— Você vai participar dessa ou vai amarelar de novo? — provoquei, abrindo na seção sobre Cobh.

— Olha, desde que não envolva fluidos corporais, estou dentro.

— Faz sentido.

Eu me recostei na cadeira, feliz. Estava relaxada e de barriga cheia pela primeira vez em dias. A música ao vivo tinha sido substituída por um álbum do Queen que reconheci de quando meu pai limpava a garagem, mas o que eu mais ouvia era a voz de Ian. Ele jogava a cabeça para trás, gargalhando.

Quando tinha sido a última vez que o vira rir tanto? Nos últimos anos, ele havia ficado mais solene, o que provavelmente tinha a ver com o futebol americano. Era de se esperar que, sendo o craque do time, ele receberia tratamento especial, mas, pelo contrário, os técnicos pareciam pegar mais pesado com ele. E meu irmão levava os jogos a sério. Eu nem precisava consultar o calendário para saber quando seria o próximo jogo porque ele sempre ficava quieto e mal-humorado alguns dias antes.

Pensar em futebol americano me lembrou da mensagem de Olive. Olhei para o meu celular, um nó se formando em minha barriga. **IAN FOI MESMO EXPULSO DO TIME????** Eu não podia continuar ignorando aquela mensagem. Se havia boatos sendo espalhados sobre Ian, ele merecia saber. *Mas e se não for apenas um boato?*, perguntou meu cérebro baixinho. Eu o silenciei na mesma hora. Claro que era só um boato. Ian teria que botar fogo na escola para fazerem algo tão drástico quanto expulsá-lo do time.

De qualquer forma, eu precisava conversar com ele assim que tivesse uma oportunidade. A última coisa de que nosso relacionamento precisava era outro segredo.

Olhei na direção de Ian e ele olhou para mim, acenando para irmos até lá. Na mesa deles, a tigela do meu irmão ainda estava pela metade, as linhas de seu caderno preenchidas pela caligrafia apertada. Seu rosto brilhava de empolgação.

— Adivinhem só? Miriam disse que podemos ficar aqui esta noite.

— Você está falando sério? Onde? — Rowan se virou como se esperasse que uma cama aparecesse no meio do bar.

Miriam sorriu, empurrando a cadeira para trás.

— Lá em cima. Temos alguns quartos para alugar, em geral para os músicos. Acho que Jared passou quase um mês inteiro no quarto principal. O que me lembra, ele ainda não me pagou, aquele pilantra. Acho que agora tem dinheiro mais que suficiente, não é? Vou dar uma ligadinha para ele.

— Jared? — Rowan ficou boquiaberto. — Jared, o vocalista? Ele ficou aqui? E você tem o número dele?

— Claro que sim. — Ela deu de ombros, olhando para Ian. — Me avise quando terminar seu artigo. Posso até encaminhar para ele, se você quiser.

— Você... — Ian engasgou com as próprias palavras, o rosto passando para um vermelho intenso. — Eu...

Ele engasgou, e bati nas costas dele.

— Ian, respire.

Miriam ergueu as sobrancelhas.

— Ian, você vai ficar bem. Quando estiver no ramo há tanto tempo quanto eu, vai descobrir que os músicos são só humanos. Humanos interessantes, é verdade, mas, mesmo assim, humanos.

— Ela se virou para mim. — Por falar em pessoas interessantes, quero saber mais sobre você, Addie.

Meu rosto tentou imitar o de Ian. A atenção de Miriam era um pouco intensa demais.

— O que tem eu?

Ela me cutucou com o dedo.

— Ouvi dizer que você é uma *excelente* mecânica. Isso é um talento. Não da minha área, mas não deixa de ser um talento. Ian me contou que não teria chegado aqui sem você.

A felicidade aflorou em meu peito.

— Ian, você disse isso?

Ele deu de ombros, um pequeno sorriso no rosto.

— Bem, é verdade, não é?

Rowan se juntou a ele.

— Se não fosse por Addie, ainda estaríamos arrastando o escapamento pela Irlanda. Ela nos salvou hoje de novo. Logo que saímos de Blarney, meu carro começou a superaquecer e ela conseguiu nos trazer até a oficina mecânica aqui da rua.

Miriam suspirou.

— Deixe-me adivinhar, a oficina de Connor Moloney? Odeio dizer isso, mas aquele homem é tão inútil quanto um bule de chocolate. — Ela cruzou os braços. — E aí, mecânica. O que tem a me dizer?

O que eu tinha a dizer?

— Hã, eu gosto de carros, só isso.

— E você é boa — insistiu ela.

— Eu a chamo de Maeve — acrescentou Rowan. — Porque, na primeira vez que a vi, ela pulou em cima de Ian em um estacionamento. Addie é uma rainha guerreira.

Agora eu estava vermelha de verdade.

— Desculpe a pergunta, mas *por que* estamos falando sobre isso?

— Porque precisamos! — Miriam ergueu o braço. — Precisamos de mais rainhas guerreiras por aqui. Especialmente as que fazem jus a seu poder. — Ela se aproximou, estudando minha expressão envergonhada. — Addie, você sabe o que eu faço, certo? Minha carreira?

Eu assenti, desconfortável.

— Sei… Você descobre músicos talentosos.

— Errado. — Ela apontou para mim, a voz ficando mais alta e entusiasmada. — Eu os *empodero*. Encontro pessoas que estão por aí, cantando suas músicas, ponho um microfone na frente delas e faço o resto do mundo ouvir. E sabe de uma coisa? Quero fazer isso por você, Addie.

Do que ela estava falando?

Antes que eu tivesse tempo de entender, ela se levantou e me deu o braço, arrastando-me para o palco.

— Ei, Miriam, eu não canto. Nem toco nenhum instrumento.

Nem subo em palcos. A menos que estivesse em campo, odiava ser o centro das atenções. Tentei me desvencilhar, desesperada, mas ela me puxou para cima do palco sem dificuldade, posicionando um microfone na minha frente. Ian e Rowan observavam de olhos arregalados, mas nenhum deles tentou me salvar. Traidores.

— Pat! O microfone! — gritou Miriam.

Um dos atendentes se abaixou atrás do bar e, de repente, o microfone começou a funcionar. Miriam praticamente o enfiou na minha cara.

— Vamos lá, Addie. Conte para essa plateia simpática o que você fez.

Olhei para ela, horrorizada. É verdade que o pub não estava tão lotado quanto antes, durante a apresentação dos músicos, mas ainda havia muitas pessoas, e todas ergueram os olhos, com um sorriso no rosto. Sem dúvida já estavam acostumadas com as maluquices de Miriam.

— Vamos lá — insistiu ela, me cutucando. — Fale para o pessoal qual é o seu nome e como você é incrível. Fazer uma declaração pode ser algo muito poderoso.

Eu preciso mesmo fazer isso? Assim que o pensamento surgiu em minha mente, o braço de Miriam se apertou ao meu redor como uma jiboia. Ela não ia me deixar sair do palco de jeito nenhum. Pigarreei.

— Hã, olá, gente. Meu nome é Addie Bennett.

— Rainha Maeve! — gritou Ian da plateia, as mãos em concha ao redor da boca.

Corei do topo da cabeça até os dedos dos pés. Quando isso terminasse, ia matar meu irmão.

— Então… Miriam quer que eu conte para vocês que nos últimos dois dias estivemos viajando pela Irlanda. Nosso carro não para de quebrar, mas eu consegui consertar. E… é isso.

Empurrei o microfone para as mãos de Miriam e tentei descer do palco, mas ela agarrou as costas da minha camisa.

— Só um minutinho, Addie. Sabe o que eu gosto de ver? Uma mulher que conhece sua força. Uma mulher que admite ser inteligente e criativa, uma mulher capaz de *fazer coisas acontecerem*. Addie, você é uma mulher poderosa. — Ela pegou minha mão e a levantou sobre nossas cabeças, como se estivéssemos celebrando uma vitória. — Vamos lá, Addie. Diga.

Eu me encolhi.

— Dizer o quê?

Rowan e Ian sorriram um para o outro. Estavam adorando cada segundo daquilo.

— Diga "eu sou a heroína da minha própria história".

— Eu sou a heroína da minha própria história — falei rapidamente.

— Não, não, não. Mais alto. Abra o diafragma. Sinta as palavras.

Será que ela não percebia a ironia de obrigar alguém a se declarar uma pessoa poderosa? *Acabe logo com isso*, falei para mim mesma.

Respirei fundo e gritei no microfone:

— Eu sou a heroína da minha própria história!

— Sim! Mais uma vez! — gritou Miriam.

Dessa vez eu realmente me soltei:

— EU SOU A HEROÍNA DA MINHA PRÓPRIA HISTÓRIA!

— Boa garota. — Miriam deixou meu braço cair, seu rosto brilhando de suor.

Na verdade, tinha sido bom gritar. Provavelmente seria ainda melhor se eu acreditasse naquelas palavras.

— Bem, aquilo foi esquisito — consegui dizer, arrastando minha mala e a de Ian até a escada. Assim que Miriam me liberara do palco, Ian disparou na frente, querendo ver nossos quartos.

Rowan sorriu.

— Você subiu no palco e gritou para um bando de estranhos que é uma heroína. O que há de esquisito nisso?

Eu tentei bater nele, mas segurando as malas era impossível. Rowan tomou uma delas, arrastando-a para a escada.

— Vou dar uma passadinha na oficina, para ter certeza de que Connor vai conseguir arrumar o carro até amanhã de manhã. Dá para acreditar que o Electric Picnic é amanhã?

— Não — respondi. Eu não conseguia acreditar. Os últimos dias tinham se arrastado ou passado voando? — Vou ficar por aqui. Talvez seja melhor Connor e eu não nos encontrarmos de novo.

Ele abriu um sorriso.

— Que pena. Eu estava torcendo para ver a heroína Maeve em ação outra vez.

— Rá rá.

Segui Ian escada acima, o peso das malas me fazendo esbarrar nas paredes. Por fim, cheguei lá em cima e larguei tudo no chão.

— Isso é inacreditável!

Segui a voz de Ian, que vinha do outro lado da porta.

O teto do quarto era inclinado, e havia duas camas de solteiro encostadas na parede oposta. A luz fraca entrava por uma única janela octogonal.

Meu irmão estava deitado na cama mais próxima.

— Em qual delas você acha que Jared dormiu? Esta daqui?

— Não faço a menor ideia — falei, desviando os olhos. A devoção de Ian ao Titletrack era quase vergonhosa.

Fugi para o quarto ao lado, demorando mais do que o necessário para ajeitar minha mala ao lado da cama. A mensagem de Olive ardia em meu bolso. Eu precisava falar com Ian. Urgentemente.

Quando entrei no quarto principal de novo, meu irmão tinha mudado de cama e estava com os braços debaixo da cabeça, um sorriso sereno no rosto. Eu estava mesmo prestes a fazer aquilo? *Eu sou uma heroína*, pensei com amargura.

— Obrigado por trazer a gente até aqui — disse Ian antes que eu pudesse abrir a boca. — Significa muito para mim.

— Ah, imagina — falei, ocupando a outra cama. — Então, Ian, preciso falar com você sobre uma coisa.

— Eu também! — Ele rolou de bruços, pegando seu caderno.

— Eu queria dizer que você deveria contar para a nossa mãe sobre o Cubby o mais rápido possível. Talvez até antes de voltarmos para casa. Se quiser, posso distrair Archie e Walter no aeroporto enquanto você conta.

— *O quê?*

Senti a ponte entre nós desmoronar de uma só vez. Agora ele não apenas estava insistindo que eu contasse, mas estava querendo ditar a hora e o lugar também.

Ian se sentou.

— Acho que você deveria contar sobre o Cubby antes de…

— Ian, eu ouvi — falei, levantando e me apoiando na porta do armário atrás de mim. — Mas ainda não estou preparada para contar pra ela. Não tão cedo.

Ele fechou o caderno com força.

— Mas você disse que eu estava certo. Quando estávamos em Torc Manor.

— Eu disse que *talvez* você estivesse certo. Nunca prometi que ia contar.

Ian ficou de pé também e começou a andar de um lado para outro, furioso.

— Você está de brincadeira comigo, Addie! Por que não?

— Porque não estou pronta. Só vou contar se eu quiser. — E, mesmo sabendo que as próximas palavras causariam uma explosão, não pude deixar de dizê-las. — Além disso, o que aconteceu com Cubby não é da sua conta.

— Não é da *minha* conta? — Ele parou de andar, os olhos faiscando de raiva. — Addie, eu adoraria que isso fosse verdade, mas nós dois sabemos que não é. Passou a ser da minha conta no segundo em que entrei no vestiário.

Senti um nó na garganta. O vestiário. Toda vez que tentava imaginar a cena de Ian, *meu irmão*, a única pessoa que tinha feito Cubby parar, entrando no vestiário, minha mente fechava as cortinas diante da imagem.

— Como eu ia saber que Cubby faria aquilo? — Minha boca estava seca.

Ian apontou para mim.

— Porque eu avisei. Eu disse que ele não era boa coisa. — Era a mesma briga que vínhamos tendo durante todo o verão. Ela me deixava completamente exausta. — Addie, me escute, só desta vez. Você não pode mais guardar segredo sobre o que aconteceu. Você precisa contar à mamãe assim que puder.

— Pare de tentar mandar em mim! — explodi, meu coração martelando no peito. — E quem é você para falar sobre segredos, *Indie Ian*? — cuspi o nome, e meu irmão semicerrou os olhos.

— Não tente virar o jogo.

— Por que não? — Eu abri os braços, mostrando o quarto. — Amigo irlandês secreto. Carreira de escritor secreta. Planos secretos para a faculdade. — Eu deveria fazer uma pausa para me controlar, mas estava com muita raiva. Enfiei a mão no bolso e botei o celular quase na cara dele. — E isto aqui. Que história é essa?

Ian arrancou o telefone da minha mão, e seus ombros se curvaram ao ler a mensagem de Olive.

— Como ela descobriu? — perguntou ele, baixinho.

Suas palavras me atingiram com um baque, e minha mente virou um turbilhão.

— Peraí, você está dizendo que é verdade? Você foi expulso do time? Por que não me contou?

Ele jogou o celular na cama.

— Porque foi por sua causa, está bem? Eu fui expulso do time por *sua* culpa.

Não.

Saí do quarto com as mãos tremendo; subitamente tinha uma montanha pesando no meu peito.

A voz era dele suplicante.

— Addie, eu fui expulso do time. Nossos pais ainda não sabem, mas não posso guardar esse segredo pra sempre. Você precisa contar para a mamãe. Precisa contar sobre a foto e sobre como Cubby estava mostrando ela...

— Ian, *para!* — gritei, tapando os ouvidos.

Meu corpo deu meia-volta sozinho, e de repente eu estava correndo, descendo os degraus a toda. E Ian estava indo atrás de mim.

Só parei de correr quando cheguei ao porto. Meu peito arfava, as lágrimas quase me impediam de respirar. Desabei com tudo em um banco de ferro, as costas pressionando as placas frias.

A coisa que não deveria ter acontecido naquele verão, nem comigo nem com ninguém, tinha sido a seguinte. Depois de Cubby insistir por várias semanas, eu havia mandado para ele uma foto minha nua da cintura para cima. Eu não estava completamente confortável com isso porque, em primeiro lugar, as piadinhas incessantes dele estavam começando a fazer com que eu me sentisse pressionada, e, em segundo, não importava quanto eu tentasse ignorar o aviso de Ian, ele não parava de zumbir na minha cabeça. *Já ouvi o que ele fala sobre as garotas. Você não quer sair com alguém como ele.*

Mas Cubby e eu tínhamos passado o verão juntos. Isso não significava que eu o conhecia melhor do que Ian? Que eu podia confiar nele? E, além do mais, talvez essa fosse a maneira de deixarmos para trás os encontros às escondidas tarde da noite e começarmos a andar juntos pelos corredores da escola. Talvez fosse preciso um voto de confiança.

Então, eu tinha enviado a foto. Mesmo com as mãos tremendo. Mesmo com o zumbido na minha cabeça cada vez mais alto.

Dois dias depois, Ian voltou para casa do acampamento de futebol americano e quase derrubou a porta do meu quarto, com lágrimas de raiva nos olhos. *Você sabe o que Cubby anda fazendo?*

Ele está mostrando a sua foto para todo mundo. Por que você não me ouviu?

Na hora, eu fiquei atordoada demais para perguntar o que acontecera depois, mas agora eu sabia. Depois que pegou Cubby mostrando minha foto para o time inteiro, meu irmão brigou com ele.

Nenhuma surpresa. E por isso ele tinha sido expulso do time de futebol americano. Eu não tinha a intenção de envolver meu irmão — não tinha a intenção de deixar minha vida afetar a dele —, mas isso não fazia a menor diferença, porque família era assim. Querendo ou não, suas ações sempre afetavam os outros. Respirei fundo, trêmula. Eu precisava contar por que não lhe dera ouvidos. O motivo real. Ian merecia saber.

Alguns segundos depois, ouvi seus passos atrás de mim, como era de se esperar.

— Addie... — começou ele.

Mas me virei e forcei as palavras a saírem antes que eu mudasse de ideia:

— Ian, você sabe como é difícil ser sua irmã mais nova?

Ele congelou, uma expressão pensativa tomando seu rosto.

— Como assim? Tirando esse verão, sempre achei que éramos bons amigos.

— É verdade. — Eu balancei a cabeça, tentando encontrar as palavras. Ele se sentou ao meu lado no banco. — O que eu quero dizer é... Você sabe como é difícil ser a irmã de *Ian Bennett*?

Ele balançou a cabeça de modo quase imperceptível.

— Não estou entendendo.

— Você é a estrela da escola. O melhor jogador do time de futebol americano. O atleta mais bem-sucedido em um lugar *cheio* de atletas bem-sucedidos. — Minha voz vacilou, e escolhi um ponto no mar para olhar fixamente, estabilizando minha visão. — Você é bom nos estudos, nos esportes, escreve bem... e é claro que você tinha razão sobre Cubby. Estava completamente certo. E lá no fundo eu sabia disso o tempo todo.

Ian passou as mãos no cabelo, uma expressão confusa no rosto.

— Então por que...

Eu o interrompi de novo. Precisava mesmo que ele ouvisse.

— Ian, eu fiquei com Cubby o verão inteiro porque queria que alguém me visse. Que alguém me *enxergasse* de verdade. E não me comparasse a vocês três. — Eu respirei fundo. — Eu só queria ser mais do que a Bennett número quatro, a filha medíocre.

— Medíocre? — Os olhos de Ian se arregalaram de descrença. — Por que você nunca me disse que se sentia assim?

— Por que eu faria isso? É tão óbvio que chega a ser ridículo. — Um pássaro saltou feliz perto de nós, com uma batata frita presa no bico. — E, Ian, eu sinto muito por ter enviado a foto, mas...

— Opa, opa, opa. Espere um pouquinho aí. — Ian ergueu as mãos. — Acha que estou bravo porque você mandou a foto? — Ele me encarou, o joelho quicando. — Addie, não é nada disso. Enviar ou não uma foto é decisão sua. É o seu... corpo.

Nós dois fizemos uma careta desconfortável. Aquilo estava muito fora dos assuntos normais de irmão e irmã. Pelo menos para nós dois.

— Desculpe — disse ele rapidamente, as bochechas ficando vermelhas. — Eu não sei se estou me expressando direito, mas o que quero dizer é que não fiquei com raiva por você ter mandado a foto. Cubby ter mostrado ela para o time inteiro não foi culpa sua. Ele é o responsável por isso. — Ian chutou uma pedra solta. — Fiquei com raiva por você não ter confiado em mim quando avisei que deveria manter distância dele. Passei anos convivendo com Cubby. Vi como ele mudou, e eu só queria proteger você.

Lágrimas surgiram em meus olhos e eu me encolhi, apoiando os cotovelos no joelho. Parecia que o nó em meu peito nunca ia desatar.

— Ian, sinto muito por ter feito você ser expulso do time — sussurrei.

Ele suspirou devagar.

— Acho que agora é a minha vez de esclarecer uma coisa. Não fui totalmente sincero lá no quarto. Eu estava com raiva e só queria convencer você.

Eu me empertiguei na hora.

— Então você ainda está no time?

Meu irmão balançou a cabeça.

— Não, estou fora com certeza. Mas a culpa foi minha, não sua.

— Então não teve nada a ver com a foto?

— Bem... — Ele hesitou. — Eu não diria isso. Mas não foi só por causa da briga com Cubby. Quer dizer, eu realmente perdi o controle naquele dia. Mas foram as outras brigas que me fizeram ser expulso.

— Brigas? — Eu o encarei, surpresa. — No plural? Quantas?

Ian hesitou outra vez.

— Não tenho certeza. E vou ser sincero: no começo eram por sua causa, quando alguém dizia alguma gracinha pra me irritar. Mas depois eu surtei. Não suportava mais os outros jogadores, e qualquer coisa me deixava furioso. O treinador me deu vários avisos, até que...

Ele se moveu, ajeitando a postura.

— Mas não tem problema eu ter sido expulso, porque odeio futebol americano. Sempre odiei, sempre vou odiar.

— O quê? — Eu desviei os olhos do mar. Gostar mais de escrever do que de jogar não era o mesmo que odiar futebol americano. E como ele poderia odiar o esporte sendo tão talentoso? — Você odeia os treinos ou...?

Ian balançou a cabeça, fazendo o cabelo cair no rosto.

— Não, eu odeio o esporte em si. Tudo sobre ele. — Seus olhos encontraram os meus. — Eu odeio os treinos, odeio os jogos, os preparativos, as comemorações, os uniformes... Eu odeio que as pessoas me tratem de maneira diferente, como se eu fosse especial, só porque sou bom nisso. E já me sinto assim faz muito tempo. Quando descobriram que eu levava jeito, foi como se tivessem colocado uma fantasia de jogador de futebol americano em mim e ninguém conseguisse enxergar nada além disso. Todos só queriam que eu me encaixasse nesse estereótipo, mas ele nunca... me serviu.

Eu nunca tinha considerado a possibilidade de Ian não gostar de futebol americano. De repente, tudo fez sentido: ele sair correndo dos treinos, o mau humor antes dos jogos, o modo como evitava o assunto quando o resto do mundo só queria falar nisso. Tinha estado bem debaixo do meu nariz esse tempo todo.

— Ian, eu não fazia ideia. Deve ter sido...

— Horrível? — completou ele, as sobrancelhas franzidas.

— Horrível — repeti. — Por que não me contou?

Ian balançou a cabeça.

— Eu não queria decepcionar você. Todo mundo fica tão animado por eu ser quarterback, e você sempre foi aos meus jogos e... — Ele suspirou alto. — Eu quero ser como você, Archie e Walter. Quando estão em campo, é como se virassem quem realmente são. Vocês se divertem tanto. Eu nunca senti isso.

— Mas você se sente assim escrevendo. E com Titletrack.

— Isso aí — disse ele. — É por isso que esta viagem era tão importante para mim. Eu imaginei que, se conseguisse escrever algo incrível e meu artigo fosse pulicado em uma revista importante, nossos pais ficariam menos chateados comigo por desistir do futebol americano.

Eu pressionei meus lábios, mal contendo um sorriso.

— Então o que você está dizendo é que precisa contar algo para os nossos pais?

Ele grunhiu, mas um sorriso surgiu em seu rosto.

— Eu sei. Não fica pegando no meu pé, não. Só preciso de mais um tempo.

— Você está brincando, né? É claro que vou encher seu saco. Pelo menos tanto quanto você encheu o meu.

— Aí estão vocês! — Rowan apareceu de repente ao lado do banco, assustando nós dois. — Eu não fazia ideia de onde vocês tinham se metido. Acabei perguntando a um bartender e... — Ele parou ao ver minhas bochechas ainda úmidas de lágrimas.

— Opa, o que houve? Aconteceu alguma coisa?

— Mais ou menos — respondi. Rowan estava com o guia na mão, e vê-lo me deu uma ideia. — Ei, Ian, quer fazer o dever de casa de Cobh com a gente? Eu acho que pode ajudar.

— Boa ideia — concordou Rowan. — Aposto que você vai gostar.

Ian puxou o cabelo para trás, prendendo-o com um elástico que tirou do pulso.

— Sei lá... Preciso falar com uma árvore? Ou beijar alguma coisa?

Eu balancei a cabeça.

— A gente precisa desenhar algo que não se realizou da maneira que sonhávamos. Depois é só fazer um barco com o papel e colocá-lo no mar.

Ele soltou um "Hum...", mas, pelo jeito que olhou o livro, ficou claro que estava interessado.

— Eu estava atrás de você porque queria fazer a atividade antes que escurecesse. Até perguntei lá no pub se eles tinham papel, mas só consegui arrumar isso aqui.

Rowan me entregou alguns panfletos velhos anunciando o show de um violinista local.

— Serve.

Entreguei um papel para cada um e depois nos afastamos um pouco, sentando no chão com os panfletos à nossa frente. Não levei muito tempo pensando no que desenhar. Cubby e eu, andando pelo corredor da escola, o braço dele nos meus ombros, sussurros admirados vindos de todas as direções.

O desenho em si ficou péssimo, apenas um pouco mais sofisticado do que bonequinhos de palito, mas pôr aquilo para fora fez com que eu me sentisse diferente por dentro. Mais uma vez, a dor persistia, mas parte do peso tinha sido transferida para a ponta do lápis, materializando-se em algo que eu podia ver. Algo que eu podia mandar embora.

Caminhamos juntos até a beira do mar, seguindo as instruções da Autora do Guia para construir o Barco do Fim do Amor. Enquanto colocava meu barco na água, eu me deixei imaginar como as coisas poderiam ter sido diferentes. Como teria sido se Cubby se importasse comigo como eu me importava com ele. Então deixei o barco partir, observando as ondas o carregarem para longe, onde seria dissolvido pelo sal.

E depois que ele se foi? Ian e Rowan ainda estavam ao meu lado. Firmes. Significou mais para mim do que eu esperava.

Houve uma tempestade no meio da noite, um tamborilar suave que se infiltrou em meus sonhos e pintou o céu do fim da manhã com um tom pêssego brilhante. Antes de me levantar da cama, fiquei de barriga para cima e olhei para as rachaduras no teto, experimentando minha nova sensação de leveza.

O nó continuava no meu peito, mas Ian e eu estarmos apoiando um ao outro fazia tudo parecer mais fácil.

Eu me vesti e fui para o quarto dos meninos. Encontrei os dois esparramados na cama, Rowan vestindo uma camiseta rosa com um gato montado em uma orca e Ian debruçado em seu mapa.

Eu apontei para a camisa de Rowan.

— Quantas dessas você tem?

— Um número insuficiente. E bom dia para você também — disse ele, sua covinha me fazendo sorrir.

Apontei para o mapa de Ian.

— Mais uma parada antes do Electric Picnic?

Ele sorriu, pulando da cama.

— O Castelo de Cashel. Ainda não consigo acreditar que o show é *hoje*.

— Não acredito que a *Lina* chega hoje. — Eu ainda estava nervosa, mas agora que a tensão entre mim e Ian havia diminuído, contar tudo para Lina parecia mais fácil.

Rowan checou o celular.

— Connor disse que podemos pegar o carro depois das dez. Alguém quer tomar café da manhã primeiro?

— Sim! — respondemos Ian e eu em uníssono.

Miriam tinha saído cedinho para ir a uma reunião em Dublin, então, depois de nos despedirmos dos funcionários, arrastamos as malas até a rua principal e paramos em um café azul-cobalto com os dizeres BERTIE'S: CHÁ DE GRAÇA EM TODOS OS PEDIDOS escritos em letras douradas na janela. O pequeno sino da porta tocou quando entramos, e pedimos ovos e torradas para a mulher atrás do balcão.

Eu queria aproveitar a vista do mar o máximo de tempo possível, então, enquanto esperávamos pela comida, escolhi uma mesa perto da janela, segurando a caneca quente de chá de hortelã com ambas as mãos.

Lá fora, turistas passavam na calçada, e eu os observava distraidamente, pondo açúcar em minha xícara e pensando em Lina, ignorando a conversa de Rowan e Ian. Fazia mais de três meses que eu não a via. Como seria nosso reencontro? Nossa amizade continuaria igual a antes da mudança dela? Ou teríamos que nos acostumar uma com a outra de novo?

Nossos pratos tinham acabado de chegar quando, de repente, um dos pedestres me tirou do meu devaneio de hortelã. Ele era alto com ombros largos, usava fones de ouvido enormes e caminhava de um jeito descontraído que me lembrava...

— Walter! — exclamei.

Ele olhou para a janela e parou, encarando Ian.

— NÃO. — Ian deixou a colher cair em sua xícara, respingando chá para todo lado.

Meu instinto era me esconder debaixo da mesa, mas o olhar de Walter passou de Ian para mim e, de repente, estávamos fazendo contato visual. E ele parecia furioso.

— Isso não pode estar acontecendo de novo — resmungou Rowan. — Esta ilha é pequena demais.

— Quem é esse? — perguntou nossa garçonete, com um jarro de água na mão. Walter encostou o rosto na vitrine, sua respiração embaçando o vidro. — Ele é perigoso?

— Só um pouco — murmurei, ficando de pé.

Walter tirou os fones de ouvido e marchou para a entrada, os lábios já se movendo em uma bronca que tivemos o privilégio de ouvir no segundo em que ele abriu a porta.

— ... dois são inacreditáveis! — gritou ele. — Aqui estou eu, fazendo o meu melhor para esquecer que Addie apareceu do nada no Castelo Blarney, e agora vocês estão aqui TOMANDO CAFÉ DA MANHÃ. — Rugiu as últimas palavras como se fosse uma das maiores afrontas que alguém já havia cometido contra ele.

Segredos e Walt não eram uma boa combinação.

— Senhor, acalme-se — ordenou a garçonete, segurando a bandeja como um escudo. — Posso oferecer uma xícara de chá? Talvez um dos nossos sabores mais calmantes? Camomila? Lavanda com limão? É por conta da casa.

— Ele não é muito fã de chá, mas obrigada — respondi educadamente.

— Walt, fique calmo — mandou Ian, afastando-se da janela. — Cadê a nossa mãe?

Walt arrancou os fones de ouvido do pescoço.

— O que vocês estão fazendo aqui?

Eu gesticulei para Ian.

— Rowan e eu explicamos tudo no Castelo Blarney. Estamos trabalhando na redação de Ian.

Ele balançou a cabeça com uma expressão enojada.

— Nem vem. Conversei com Archie e ele também achou que essa história tem cara de mentira. Ninguém precisa ir para outro país fazer pesquisa só por causa de uma redação para a faculdade. O que significa que você é um mentiroso — disse Walter, apontando para Rowan. — Aposto que você nem usa as colônias de John Varvatos, não é?

Rowan fez uma careta, mas não respondeu.

— Você contou pro Archie? — perguntou Ian com raiva, os pés agitados. O mapa estava aberto na mesa, e ele o empurrou para o lado com um movimento rápido.

Walter franziu a testa.

— Claro que sim. Eu precisava contar para *alguém*.

Lancei um olhar nervoso para a janela. Ele não tinha respondido à pergunta de Ian sobre o paradeiro da nossa mãe.

— Cadê a mamãe? — insisti.

— Na catedral. Eu a convenci a me deixar ficar de fora dessa vez.

A catedral ficava a apenas dois quarteirões de distância. Quão perto passamos de dar de cara com eles?

Walt voltou seu olhar furioso para Ian.

— Agora, pela última vez, o que vocês estão fazendo na Irlanda?

A garçonete se desequilibrou ao ouvir o tom dele, e olhei preocupada para o meu prato de ovos mexidos. O café da manhã estava arruinado. E Walt não acreditaria mais em nossas mentiras. Hora de abrir o jogo.

Suspirei.

— Ian, conte logo pra ele.

Ian pegou um maço de guardanapos e limpou o chá derramado.

— Estamos indo para um festival de música chamado Electric Picnic para ver minha banda favorita, Titletrack, fazer sua última apresentação. Esse era meu plano desde o início. Addie acabou descobrindo, por isso que está aqui também.

Walt ergueu as sobrancelhas.

— Eu sabia! Eu sabia que você estava mentindo. Então esse seu mentor internacional aqui é...

— Sou amigo do Ian — disse Rowan. — E fã do Titletrack. E uso mesmo os perfumes de John Varvatos. Artisan Acqua é meu favorito.

Walt o encarou com desconfiança. Ele precisava parar de levar suas fragrâncias tão a sério.

Ian recomeçou a falar:

— Walt, o plano é o seguinte: depois do festival, vamos nos encontrar com vocês em Dublin para pegar o voo...

— Pode parar! — Walter balançou os braços e recuou em direção à porta. — Não me conte mais nada. Apenas tome cuidado e pare de dar de cara com a gente.

— Combinado — respondi, ansiosa.

— Vocês obviamente não estão seguindo o itinerário — insistiu Ian. — Para onde vão agora?

— Eu não sei. Algum castelo?

— Castelo de Cashel?! — Ian bateu com o punho na mesa. — Mas é para onde a gente vai agora!

Rowan balançou a cabeça.

— É um ponto turístico muito popular. Não estou surpreso.

— Bem, vocês não vão mais para o castelo — disse Walt, o pomo de adão subindo e descendo. — Porque se aparecerem por lá, acabou. Mal estou me aguentando agora.

— Walt, por favor. — Eu juntei as mãos em súplica. — Você precisa guardar segredo. Não posso ser expulsa do time de futebol. É só não contar para mais ninguém.

Dos irmãos, Walt e eu éramos os que mais amavam esportes. Ele tinha que entender.

— O que você acha que venho fazendo desde o Castelo de Blarney? Estou tentando ajudar vocês. — Walt tropeçou até a porta, checando a rua antes de abrir. — Eles devem passar mais uns vinte minutos na catedral. É melhor vocês darem o fora daqui. Rápido.

Ele saiu para a calçada, batendo a porta.

— O que a gente faz agora? — perguntei, afastando-me da janela.

— Bem, nós não vamos mais para o Castelo de Cashel. — A expressão de Ian era de pura decepção. — Era bem importante para o artigo.

Rowan empurrou os óculos para cima, acomodando-os melhor no nariz.

— Na verdade... Talvez eu conheça um lugar ainda melhor que o Castelo de Cashel. Precisaremos fazer um pequeno desvio, mas fica perto de Stradbally. E, se os boatos forem verdadeiros, este lugar pode ter relação com Titletrack.

— É mesmo? Onde fica? — perguntei.

Ele sorriu para mim.

— É segredo.

Anel de Fadas Secreto

Não estou exagerando quando digo "secreto", chuchu. A próxima parada é um verdadeiro achado. Um lugar diferente de qualquer outro. Uma experiência que você vai poder levar na bagagem de mão e tirar ali de dentro quando o idiota do assento 23A começar a se gabar sobre todos os lugares obscuros que visitou. (Não que alguém tenha perguntado.)

Em geral, sou adepta do método "saia andando até encontrar algo interessante", mas neste caso improvisar não vai ser suficiente. Não quando há magia envolvida. Siga o mapa da próxima página e depois volte para cá.

Conseguiu? Eu sabia que ia conseguir. Você é um poço de capacidade.

Agora, antes de começar a caminhar por aquele aglomerado despretensioso de árvores ao leste da estrada, vou definir algumas regras básicas. Etiqueta de fadas para iniciantes. E não quero soar dramática, mas seguir ou não estas regras pode mudar seu destino.

Então... já sabe, né. Obedeça as regras.

Regra nº 1: Tome cuidado

As fadas precisam de um lugar para dançar e tomar seus chás de fada. E quando se trata de fadas irlandesas, bem, elas também precisam de um lugar para tramar a ruína de qualquer um que já tenha lhes olhado torto. O que me leva à próxima regra.

Regra n° 2: Não irrite as fadas

Fadas irlandesas têm a fama de serem um pouquinho vingativas. No nível "vou roubar o seu bebê e queimar o seu celeiro". Fadas irlandesas não brincam em serviço, então você também não deve brincar. Fale baixo, não pise nas flores e faça o possível para ter apenas pensamentos bons.

Regra n° 3: Deixe um presente para as fadas

Eu sugiro algo pequeno que seja bonito ou delicioso. Moedas, mel, dedais, tacos de peixe, o primogênito do seu vizinho... Qualquer um desses seria uma excelente opção.

Regra n° 4: Faça um desejo

Visitar a casa de uma fada e não fazer um desejo é como ir a um baile da escola e se recusar a dançar. Não só é algo sem precedentes como também é uma tremenda falta de educação. Além disso, não se esqueça de que as fadas da vida real agem menos como as fadas madrinhas das histórias e mais como *guias para os seus sonhos* — elas ajudam você a descobrir o que seu coração realmente quer e dão uma ajudinha para realizar esse desejo. Então fique atenta, chuchu. Talvez ouça algo surpreendente.

AMOR & SORTE

DEVER DE CASA: Escreva seu desejo aqui. Prometo não olhar.

_____

_____

_____

_____

— Trecho de *Irlanda para corações partidos: um guia não convencional da Ilha Esmeralda, 3ª edição*

O MOTOR DE TREVO ESTAVA MEGAGELADO, FEITO UMA Guinness, e o escapamento preso por algo um pouco mais confiável do que um cabide. Tínhamos corrido para a oficina, juntado nosso dinheiro para pagar o conserto e então saído de Cobh feito mafiosos transportando bebida ilegal. A pressa era tanta que eu até pulei o discurso de *eu avisei que era o radiador* que tinha preparado para Connor.

Depois de esbarrarmos em Walt uma segunda vez, havia ficado claro que não era mais uma questão de *"será* que nossa mãe vai descobrir tudo?"*, mas sim de *"quando* nossa mãe vai descobrir tudo?". Eu me agarrei com todas as forças ao meu último fiapo de esperança. Talvez Walt não contasse nada para ela. Mas ele estava prestes a explodir — qualquer um podia ver isso. Toda vez que um veículo surgia atrás de nós na estrada, eu me virava, esperando ver o ônibus da excursão de tia Mel na nossa cola, minha mãe enfurecida no banco do motorista.

— Você acha que ela já sabe? — perguntei, observando as árvores passarem. — E agora? — repeti, depois de uma pausa.

— Addie... — resmungou Ian, mas por trás da voz tensa havia um tom de divertimento.

Às vezes, o humor era a única forma de lidar com os problemas. Ainda mais quando se estava prestes a ter sua viagem de carro secreta pela Irlanda descoberta e, por conta disso, seria obrigada a abrir mão da coisa mais importante da sua vida.

Olhei para o cabelo desgrenhado de Ian. Bem, talvez o futebol não fosse a coisa *mais importante* da minha vida. Mas isso não mudava o fato de que tínhamos começado a viagem com a esperança de que nossos pais nunca a descobrissem, e agora só queríamos manter segredo por mais algumas horas para que pudéssemos ir ao show.

Nossa, a que ponto havíamos chegado.

Pensar em Lina e Titletrack ajudava um pouco: eram a luz no fim do túnel. Meu estômago se contorcia de expectativa.

— Eu ainda acho que Walter não vai dedurar vocês — opinou Rowan.

Ele estava dirigindo uns vinte quilômetros acima do limite de velocidade, disparando reto em vez de fazer as curvas, mas este era o terceiro dia de viagem, então nem pisquei. Na verdade, Rowan era um motorista muito atento, e a segurança que ele me passava em outros momentos acabou sendo transferida para quando estava ao volante. Ian, por outro lado, estava pálido de novo.

Apontei para ele.

— Melhor você pegar mais leve, Rowan. Ian não está com uma cara boa.

— Estou bem — insistiu Ian, mas depois, em um raro momento de honestidade, ele voltou atrás. — Não, você está certa. Não estou bem. — Ele encarou o amigo. — Ainda não entendi o que este lugar do guia tem a ver com o Titletrack.

Rowan abriu um sorriso triunfante.

— Você vai ver.

Qualquer que fosse a relação, Rowan estava muito orgulhoso por tê-la encontrado. A luz do sol às vezes entrava pela janela, e toda vez que batia no seu rosto, uma constelação de sardas surgia na ponta de seu nariz. Era estranhamente hipnotizante.

Encontrar o anel de fadas não era um processo simples. Em vez de dar a informação de um jeito convencional, a Autora do Guia usava marcos tipo "a pedra que é a cara do David Bowie em 1998" e "um celeiro de cor irresistível" para nos orientar. Nós tivemos que ir e voltar algumas vezes pela estrada e pesquisar fotos do David Bowie na internet antes de fazermos qualquer progresso significativo.

Por fim, paramos o carro e atravessamos a estrada até um aglomerado de árvores que não parecia nada promissor. A essa altura, Ian estava uma pilha de nervos. Uma pilha de nervos prestes a vomitar. Tomara que todos os retornos que tínhamos feito valessem a pena.

— O que é um anel de fadas, afinal? — perguntou Ian, saindo da estrada e pisando na lama.

— Os anéis de fadas na verdade são fortes circulares — disse Rowan. — São ruínas de fazendas medievais. As pessoas cavavam fossos e usavam a terra para fazer barreiras em volta. Estão por toda a Irlanda. Mas por um bom tempo ninguém sabia o que eram, então criaram explicações mágicas.

Eu já estava convencida.

— Vamos!

Marchei em direção à floresta como se soubesse o que estava fazendo. Hesitei por um segundo antes de pisar na lama. Tinha a consistência de manteiga de amendoim amolecida. Meu All Star não ia sobreviver àquela aventura.

Ian grunhiu, seguindo em frente. Rowan se aproximou de mim.

— Você sabe o que estamos procurando, certo? É uma formação circular elevada, feita de pedra ou…

— Que nem aquela? — Eu apontei para um aclive arredondado coberto de grama e musgo, e nós apertamos o passo.

Mas encontrar o anel de fadas e chegar ao anel de fadas eram duas coisas muito diferentes. O aclive tinha cerca de um metro e meio de altura e lembrava um escorregador.

— Como nós vamos... — Rowan começou a perguntar, mas Ian, atrás de nós, disparou e escalou a barreira com quatro passadas largas. — Daquele jeito, talvez.

— Uau. Que lugar é este?! — gritou Ian lá de cima.

— Ian, pare de gritar! — avisei, quebrando minha própria regra. — Você vai irritar as fadas.

— Você acha que tenho medo de fadas quando a nossa *mãe* está por aí? — retrucou ele, mas acabou baixando a voz de modo reverente. — Mas é sério. Que lugar é este?

Rowan e eu nos entreolhamos, então tentamos subir. Mas, como de costume, Ian havia feito aquilo parecer mais fácil do que de fato era. Perdi o equilíbrio e caí de bunda na lama duas vezes.

— Precisa de ajuda, Maeve?

Olhei para cima e vi Rowan se controlando para não rir.

— Você está *rindo de mim*?

— De jeito nenhum. Tenho medo demais de você para fazer uma coisa dessas. Só estava aqui pensando se já vi alguém falhar tantas vezes em subir uma colina de um metro e meio.

— É culpa dos meus tênis. Era para eu estar andando de lambreta pela Itália, não fazendo trilha na lama.

Tentei subir a colina de novo, dessa vez permitindo que Rowan me ajudasse. Depois que me equilibrei, cheguei mais perto dele.

— Fale a verdade: este é realmente um lugar significativo para o Titletrack ou você só estava tentando consolar o Ian?

— É verdade.

Rowan era uma das raras pessoas que ficavam ainda mais fofas de perto. Seus olhos acinzentados eram salpicados de azul, e havia uma constelação de sardas em seu nariz.

— Gente! Olhem só isso.

Eu desviei o olhar de Rowan, esquecendo as sardas na hora. Ao nosso redor, árvores altas e bonitas protegiam o anel de fadas, seus galhos formando um gigantesco guarda-chuva. Mas o que mais me impressionou foi a luz. Os raios de sol tinham que atravessar tantas camadas de folhas que, quando chegavam ao anel, lançavam sobre ele um brilho caloroso e mágico.

Se as fadas moravam em algum lugar, tinha que ser ali.

Sem quebrar o silêncio, Rowan e eu descemos com cuidado e entramos no círculo. Ali embaixo, tudo parecia mais silencioso. O vento soprava suavemente pela grama. Bugigangas pequenas e brilhantes cobriam um toco de árvore acinzentado no centro do círculo: três dedais dourados, um isqueiro prateado, dois grampos de cabelo com pérolas e muitas moedas.

— Nossa — sussurrou Rowan.

Ele enfiou a mão no bolso, pegando um punhado de moedas e um chiclete com embalagem prateada.

As fadas da vida real agem menos como as fadas madrinhas das histórias e mais como guias para os seus sonhos — elas ajudam você a descobrir o que seu coração realmente quer e dão uma ajudinha para realizar esse desejo. Então fique atenta, chuchu. Talvez ouça algo surpreendente.

Eu mexi no bolso e encontrei um punhado de moedas que havia sobrado depois de pagar pelo café da manhã. Entreguei uma a Ian.

— Temos que fazer um pedido, e depois deixar uma moeda ali no centro como oferenda.

— Que nem o Jared fez — anunciou Rowan, triunfante.

Os olhos de Ian se arregalaram, e não porque a voz de Rowan estava acima dos decibéis aprovados pelas fadas.

— *Jared* esteve aqui?

Rowan assentiu, finalmente se permitindo sorrir.

— Hoje de manhã eu estava lendo mais sobre os primeiros dias do Titletrack e me deparei com uma entrevista antiga na qual Jared contava sobre a visita que fez a um anel de fadas perto de Cobh. Na verdade, ele estava a caminho de Kinsale, que fica mais ao sul, mas por acaso parou em Au Bohair para almoçar e conheceu a Miriam.

Eu pulei de alegria.

— Ele parou para fazer um desejo, e foi aí que tudo começou. Você acha que esse é o anel de fadas que ele visitou?

Rowan deu de ombros.

— Não dá para ter certeza, mas ele disse que era perto de Cobh, e esta é a única estrada principal que leva a Dublin. E agora vou contar a minha parte favorita da história. Em vez de pedir para se tornar um músico famoso, ele disse que pediu às fadas "a próxima coisa de que precisava". Apenas *horas* depois, conheceu Miriam, e o resto é a história que a gente conhece.

— Rowan, isso é perfeito! — gritou Ian, sem se preocupar com os delicados ouvidos das fadas. Ele apontou para o centro do círculo: — Este é o verdadeiro início do Titletrack. Bem aqui.

Rowan abriu os braços, orgulhoso.

— Não falei que ia ser legal?

Eu apertei o braço dele.

— Bom trabalho, Rowan.

— Então, hora de fazer nossos pedidos — anunciou Ian. — Se funcionou para o Jared, vai funcionar para a gente. Rowan, você achou este lugar, então pode ir primeiro.

Rowan caminhou até o toco acinzentado e, com todo o cuidado, pôs seu chiclete ao lado de um grampo de cabelo. Ao fazer isso, algo em sua postura mudou. Tornou-se mais receptiva. Houve uma pausa longa e silenciosa, então ele fez seu desejo em uma voz baixa e clara:

— Eu queria que minha mãe e meu pai desistissem um do outro.

De repente me senti uma invasora, espiando um momento particular. Ian e eu nos entreolhamos. Será que Rowan precisava de um tempo sozinho? Comecei a recuar, mas a voz de Rowan me interrompeu.

— Eles sempre brigaram, a minha vida inteira. — Ele se virou para nós, o rosto impassível. — Brigas sérias. Até em público. Uma vez saímos para jantar e a discussão ficou tão feia que alguém chamou a polícia. — Rowan estremeceu de leve. — Fiquei tão aliviado no Ano-Novo, quando me contaram que iam se divorciar, porque pensei: *Finalmente. Acabou.* Mas não acabou. Eles não moram mais na mesma casa, mas ainda estão tão unidos pela raiva quanto estavam pelo casamento. E agora eu estou sempre no meio, não consigo escapar. — Rowan apontou para o carro. — Eles querem que eu escolha com quem vou morar durante o ano letivo. É por isso que todas as minhas coisas estão no Trevo. Ainda não decidi. As duas opções parecem péssimas.

Senti um aperto no coração.

— Rowan...

Não terminei a frase, não sabia o que dizer. A luz do sol se derramava sobre ele, iluminando todas as camadas de sua tristeza. Eu nunca tinha pensado nas relações desse jeito, que o ódio podia ser um elo tão forte quanto o amor. Meu coração doía por ele.

— Eu sinto muito, Rowan — disse Ian. — Não sabia que você estava passando por tudo isso. Eu teria tentado ajudar.

— Você ajudou, mesmo sem saber. — Rowan enfiou a ponta do tênis no chão. — Eu precisava de alguém que me conhecesse fora do contexto familiar. E me desculpem por ter reclamado tanto das suas discussões, mas elas me afetavam muito por causa disso tudo. Sei que a mãe de vocês pode ser rígida, mas dá pra ver que vocês cuidam uns dos outros e que sua família se ama de verdade. — Ele olhou para nós dois, seus olhos sinceros e vulneráveis. — Eu queria ter o que vocês têm.

Instintivamente fui até ele e o abracei.

— Rowan, você tem a gente. Estamos aqui e estaremos aqui quando precisar de nós.

Ian foi para o outro lado de Rowan, e encaramos o toco de árvore. Com todo o cuidado, coloquei uma moeda ali.

— Meu desejo é para o Rowan — falei, medindo as palavras. — Eu desejo que ele seja feliz e que saiba que não está sozinho.

— Eu também — disse Ian, pondo sua moeda ao lado da minha. — Meu desejo é para o Rowan.

Rowan não nos agradeceu. Nem precisava. Durante aqueles últimos três dias surreais, Rowan tinha nos apoiado, mantendo-se tranquilo mesmo com nossas brigas e comentários ressentidos. Aquela era nossa forma de agradecer.

Por fim, Rowan quebrou o silêncio.

— Eu acho que ajudou. Então, alguém aí quer ir ao Electric Picnic?

— Pode ser — respondi com indiferença, e Ian sorriu. — Não tenho nada melhor pra fazer.

Estávamos saindo do barranco enlameado quando meu celular vibrou. Ian ficou tenso.

— Ah, não. O Walt deu com a língua nos dentes?

Eu aproximei a tela do meu rosto. Era Olive.

ADDIE, VOCÊ TÁ BEM? AGORA TODO MUNDO ESTÁ FALANDO DE CUBBY E UMA FOTO SUA.

Não. Eu congelei, desejando que as letras se reorganizassem, que formassem uma mensagem diferente. Minha respiração acelerou, minhas mãos começaram a suar.

O "todo mundo" de Olive era maior do que o das outras pessoas. Ela tinha uma daquelas raras personalidades que conseguiam circular por todos os grupos, tão à vontade com as outras meninas do time de futebol quanto com a equipe de debate. Quando ela dizia "todo mundo", era todo mundo *mesmo*.

O rosto de Ian ficou vermelho enquanto analisava minha expressão.

— Addie, o houve? É a nossa mãe?

Passei o telefone para ele e seu rosto ficou tenso ao ler a mensagem.

— Ah, não.

Chorei por quase meia hora. As lágrimas simplesmente não paravam de cair. Rowan e Ian se revezaram me lançando olhares preocupados, mas eu mal notava.

Todo mundo sabia. *Todo mundo*.

Pior, e se todos tivessem visto?

Ian e Rowan não paravam de me perguntar se eu estava bem, mas era como se eu estivesse dentro de uma bolha, completamente sozinha. Por fim, Ian canalizou sua energia em obter mais informações com um de seus ex-colegas de time.

— O treinador descobriu, Addie — contou ele, nervoso.

Ian estava me olhando como se eu fosse frágil. Quebrável. Ele não percebia que eu já estava quebrada?

— Como? — Minha voz estava irreconhecível.

— Não sei. *Eu* não contei. Nem mesmo quando ele tentou arrancar de mim e de Cubby o motivo da briga. Mas agora ele sabe. E...

— E o quê?

Parecia que minha garganta estava cheia de algodão. Eu mal conseguia falar.

O joelho de Ian pulava do assento.

— Tem gente dizendo que o Cubby vai ser suspenso do time. Talvez até expulso. São apenas boatos, mas acho que foi assim que a coisa veio à tona.

A coisa.

Essa coisa era *eu*. Meu coração e meu *corpo*, tudo exposto ao julgamento dos outros. Até que ponto isso ia se espalhar? Quanto tempo até minha mãe descobrir? E meu pai? Eu me encolhi no canto de Trevo, tão infeliz que minhas lágrimas secaram. Ian e Rowan tentaram me consolar, mas não adiantava. Eu já conseguia ouvir os sussurros nos corredores. Já sentia os olhares de garotos que tinham visto mais de mim do que eu queria mostrar. Os professores iam descobrir. Meu treinador também. Eu sentia vontade de vomitar. Piorou quando meu celular começou a apitar com mensagens das outras meninas do time, algumas preocupadas, outras apenas curiosas. É verdade?

Silenciei as mensagens e enfiei o celular sob a pilha de cacarecos de Rowan. O que mais eu podia fazer?

Quanto mais nos aproximávamos de Stradbally, mais meu corpo se encolhia. Eu soube que estávamos chegando quando as vias ficaram engarrafadas e pequenas setas brancas nos direcionaram para uma estrada de terra iluminada por luzinhas coloridas.

Devagar, nos aproximamos do terreno onde aconteceria o festival em uma longa fila de carros, com pessoas gritando umas com as outras e música no último volume saindo de cada veículo. Isso me fez lembrar do estacionamento da escola todas as manhãs antes de o primeiro sinal tocar. A sensação de estar lá foi tão forte que eu mal conseguia respirar.

— Chegamos — anunciou Rowan, encontrando meus olhos. Seu entusiasmo estava noventa e oito por cento menor do que deveria estar.

Até Ian parecia mais dócil, o corpo visivelmente mais calmo.

Meu irmão olhou para mim e então apontou para um campo aberto cheio de abrigos improvisados — barracas, caravanas, tendas —, todos amontoados como um circo gigante.

— Bem legal, né? — perguntou, a voz suave. — E lembra que a Lina vai chegar daqui a pouco. Tudo vai melhorar.

Ou piorar, pensei, meu estômago se revirando. Apenas algumas horas antes, eu me sentia bem com a ideia de contar tudo para Lina, mas as mensagens de todos lá da escola tinham mudado isso.

Os nomes das áreas de acampamento brilhavam sob a luz do sol. Eles eram acompanhados por desenhos de pessoas famosas: Oscar Wilde, Janis Joplin, Andy Warhol e Jimi Hendrix. Um homem com um colete vermelho nos conduziu para uma vaga e Ian pulou para fora de Trevo, esticando os braços.

— Não acredito que finalmente chegamos.

— Parece que a viagem durou muito mais de três dias — acrescentou Rowan.

Tive que concordar. O Hostel No Fim Do Arco-Íris e a Inch Beach pareciam ter acontecido em outra vida.

Também saltei do carro e, ainda meio atordoada, acompanhei os dois até a barraca para pegar meu ingresso. Lá dentro dos portões, minha primeira impressão foi *caos*. O terreno estava lotado, havia pessoas andando e pedalando para todo lado em algumas das roupas mais estranhas que eu já tinha visto. Havia muitos rostos pintados e figurinos que iam desde capas de couro até tutus de bailarinas. E havia música por toda parte, diferentes melodias se misturando como uma trança apertada. Até Rowan e meu irmão pareceram estar tentando absorver tudo aquilo.

Por fim, Ian se virou para nós e sorriu.

— Eu acho que deveríamos dar uma volta para nos familiarizarmos com o lugar e depois tentar descobrir onde o Titletrack vai tocar. Que tal? — Ele me lançou um olhar esperançoso. Na verdade, o que estava sugerindo era: *vamos distrair a Addie.*

— Parece ótimo — respondi, tentando imitar a esperança em sua voz.

Eu tinha passado por tanta coisa para chegar até ali; o mínimo que podia fazer era tentar me divertir.

Apesar das fantasias e da superlotação, o Electric Picnic começou bastante normal, com todos os elementos habituais de um festival: palcos, barracas de comida, oito bilhões de banheiros químicos, crianças gritando em brinquedos, tendas de tarô... Mas, quanto mais caminhávamos, mais eu sentia que havia entrado em um parque temático.

A primeira coisa realmente estranha com que nos deparamos foi o ônibus afundado. Um ônibus vermelho de dois andares enterrado na lama, a metade inferior quase completamente engolida por uma vala. Depois havia um jukebox humano, que consistia em uma estrutura do tamanho de um elevador que abrigava uma banda inteira atendendo a pedidos de canções. Então três caras de vinte e poucos anos passaram correndo vestidos com trajes de sumô enlameados.

— Vocês viram isso? — quis saber Rowan, olhando-os com uma expressão incrédula. O que passou por último usava um tutu brilhante na cintura.

— E *aquilo*? — perguntou Ian quando avistou um homem andando em uma bicicleta feita com peças de piano.

— É como se a gente tivesse entrado em um universo paralelo — falei, torcendo para que aquilo tudo fosse suficiente para me distrair do celular vibrando em meu bolso.

O cheiro de canela flutuou até nós e Rowan farejou o ar.

— Estou faminto. Seja lá o que isso for, eu quero. Alguém mais está com fome?

— Eu — respondi, para a minha própria surpresa.

Normalmente eu perdia o apetite quando estava chateada, mas a comida do festival parecia boa. Além disso, minha mãe alegava que a maioria das dificuldades da vida poderia ser superada com a ajuda de manteiga e açúcar. Eu estava disposta a tentar.

— Podem ir comer alguma coisa — disse Ian, pegando seu caderno na mochila. — Vou tentar encontrar o palco onde o Titletrack vai se apresentar. Quero tirar algumas fotos.

— Tudo bem. Quer que eu compre alguma coisa pra você? — perguntei.

— Não. Encontro vocês aqui! — gritou Ian, afastando-se, ele e seu coque se misturando à multidão de amantes da música.

Rowan e eu vagamos pelos food trucks e por fim escolhemos um com waffles lindos, que deixavam os meus no chinelo. Pedi uma Nuvem de Chocolate — um waffle belga coberto por uma mistura de chocolate branco e ao leite — e Rowan pediu o Porco Voador, uma combinação de bacon, caramelo e um levíssimo *crème fraîche*.

Nosso pedido demorou e, quando enfim ficou pronto, nos sentamos em uma mesa de piquenique vazia e comemos devagar, em silêncio, pelo qual me senti grata. A maioria das pessoas provavelmente tentaria conversar para me deixar menos mal, mas Rowan não; ele apenas me fez companhia, oferecendo pedaços de bacon de vez em quando. No momento em que acabamos, o dia estava começando a parecer cansado, as bordas do céu assumindo uma tonalidade dourada.

Eu tamborilei os dedos na mesa.

— Cadê ele?

— O Ian? — perguntou Rowan, lambendo um pouco de *crème fraîche* dos dedos.

— Já passou um bom tempo. Ele devia estar de volta a esta altura.

Olhei para a multidão. A direção em que ele desaparecera estava escura e razoavelmente vazia, então era óbvio que o palco do Titletrack não ficava por ali.

— Ele deve ter perdido a noção do tempo — sugeriu Rowan, chegando mais perto. — Não sei se você reparou, mas seu irmão fica muito animado quando o assunto é música.

Uma risada escapou pelo meu nariz.

— É mesmo? Nunca notei.

Sua covinha apareceu.

— Ah, aí está ela, Maeve.

— Ela quem?

Presumi que ele estivesse se referindo a alguma outra pessoa de fantasia estranha, mas quando levantei os olhos vi que estava me observando.

— A sua risada. — Ele olhou para baixo, brincando com o guardanapo. — Ei, Addie, sei como é quando o seu mundo desaba...

Rowan fez uma pausa, e eu segurei o garfo com mais força, na esperança de que ele dissesse algo como: *Seus amigos terão amnésia coletiva e ninguém vai se lembrar da foto*, ou então *na verdade sou um viajante do tempo que veio salvá-la do seu passado*, mas o que ele falou foi:

— Hoje está sendo um dia ruim, mas não vai ser assim para sempre. Eu prometo.

Assenti em silêncio, meus olhos se enchendo de lágrimas. Sabia que ele estava certo, claro. Acontecimentos ruins derrubavam as pessoas o tempo todo, mas elas se levantavam e seguiam em frente. Só que agora havia uma montanha no meu caminho, além de um monte de mensagens vibrando no meu bolso, e eu não fazia ideia de como escalar até o topo.

Eu me ajeitei no banco, lágrimas prestes a jorrar como uma tempestade irlandesa. Mas então Rowan segurou minha mão, seu toque tão quente e reconfortante quanto em Inch Beach.

— Sabe aquilo que você falou no anel de fadas? Sobre você e Ian estarem do meu lado? Isso vale para você também. Sei que não tenho como resolver as coisas, mas estou aqui para o que der e vier.

Seus olhos atrás dos óculos eram sinceros, e um ponto de calma de repente surgiu no meu peito, espalhando-se aos poucos. A vida podia ser bem imprevisível — eu deveria estar comendo espaguete na Itália, mas estava terminando um waffle na garoa fria da Irlanda, na companhia de um novo amigo com quem eu sabia que podia contar.

— Obrigada, Rowan. Isso significa muito pra mim.

Ele viu algo às minhas costas, e sua mão imediatamente soltou a minha.

— Ian voltou.

Dei um pulo, mas, antes que pudesse me virar, um furacão de cabelos cacheados me atingiu com tanta força que quase caí.

— Lina! — gritei, e em resposta ela me abraçou, quase me estrangulando, meu rosto afundado nos seus cachos com cheiro de limão. — Lina, não estou conseguindo respirar!

— Ops. Foi mal.

Ela deu um passo para trás, e ri de tão aliviada que estava em vê-la. A sensação era quase insuportável de tão intensa.

— Lina, você está linda! — falei.

Era verdade. A Itália parecia ter feito bem para ela. Sua pele estava bronzeada e, em vez de tentar domar o cabelo como sempre fizera, ela o deixara solto em cachos volumosos e definidos. Talvez tivesse sido a familiaridade selvagem de seus cabelos que me afetou, mas de repente comecei a piscar para conter as lágrimas. *Por favor, não posso começar a chorar nos primeiros segundos depois de vê-la.*

— Não acredito que estou aqui. Que lugar é este? Lá na entrada, vi dois caras correndo dentro de uma bola de plástico gigante.

AMOR & SORTE

— Lina deu um passo para trás, reparando em Rowan. — Você é o Rowan?

— É, sou eu — disse ele, apertando a mão dela.

Esperei que Rowan fizesse a cara que todos os garotos faziam quando conheciam Lina — com aquele cabelo e os olhos enormes, ela era uma visão e tanto —, mas ele apenas sorriu educadamente e então olhou para mim.

— Já entendi por que vocês são amigas. As duas gostam de entradas dramáticas.

Lina sorriu e pôs o braço no meu ombro.

— A gente se esforça.

Ian apareceu de repente, envolvido em uma conversa com um cara da altura de Lina, com o cabelo escuro e encaracolado todo bagunçado.

— Ian nos encontrou perto do bosque das fadas — explicou Lina.

— Você que é o Ren? — perguntei ao recém-chegado.

Seu nariz era excepcionalmente italiano e, quando ele sorriu, um pequeno espaço entre os dentes da frente me deixou à vontade na mesma hora. Ren me puxou para um abraço.

— É tão bom conhecê-la. Ouvi muitas coisas sobre você.

Eu sabia o que ele queria dizer, mas ainda assim fiquei um pouco tensa. *Não essas coisas*, lembrei a mim mesma. Ele não estava falando das mensagens ou de Cubby. Mas era tarde demais. O pânico percorreu meu corpo e, de repente, fiquei tonta. Por tanto tempo, contar para Lina o que acontecera tinha sido apenas uma projeção futura, e agora o momento havia chegado.

Claro que ela reparou no meu desconforto na hora.

— Addie? Está tudo bem?

Era melhor contar logo. Acabar com aquilo de uma vez. Engoli em seco.

— Lina, podemos conversar em parti...

— Acabei de encontrar um museu sobre o Titletrack no meio do mato — interrompeu Ian, aproximando-se de mim. — Não sei quem é o responsável, mas vocês precisam ver isso.

E, antes que eu pudesse protestar, Ian começou a nos arrastar na direção de onde tinha vindo, Rowan e Ren logo atrás de nós. Tentei firmar os pés no chão, mas ele era forte demais.

— Ian, para! Preciso falar com a Lina. Preciso contar a ela sobre...

Não terminei a frase, esperando que meu irmão entendesse a indireta. Em vez disso, ele apertou o passo, e começamos a correr.

— Desculpe, mas isso não pode esperar. O show começa em menos de uma hora.

Os cachos de Lina estavam balançando ao nos acompanhar, e ela virou o pescoço para trás.

— Todo mundo aí?

— *Ma certo* — respondeu Ren.

Foi então que percebi que Ian não estava me puxando sozinho — Lina também estava. Ela parecia tão empenhada em chegar ao museu quanto Ian.

— O que está acontecendo? — exigi saber. — Por que estamos correndo?

— Apenas confie na gente — falou Lina, apertando meu braço, e então todos os quatro olharam para mim com grandes sorrisos, idênticos ao do gato de Alice no País das Maravilhas.

Isso estava oficialmente ficando esquisito.

Ian finalmente parou sob a copa de várias árvores decoradas. CDs antigos pendurados por fitas balançavam na brisa suave da noite, e luzinhas coloridas envolviam os galhos. Velas tinham sido acesas em um toco de árvore que me lembrou o do anel de fadas.

— O que é isso? — perguntei, parando de correr.

— Desculpe, Addie. Sei que você estava muito animada para visitar o museu do Titletrack, mas não é bem isso que temos aqui. — Ian sorriu para mim, então se virou para Lina. — Você trouxe as vestimentas cerimoniais?

— Claro.

Ela desenganchou o braço do meu e, em seguida, deixou sua mochila volumosa cair no chão, pegando quatro pedaços compridos de tecido branco e jogando-os para os outros.

Fiquei olhando enquanto os quatro começaram a torcer o tecido em togas.

— Isso são lençóis? O que está acontecendo?

Ian deu um nó no ombro dele.

— Estamos vestindo os trajes cerimoniais.

— Que história é essa de cerimônia?

— E isso é pra você. — Lina puxou um xale cor de ameixa comprido do fundo da mochila e o colocou sobre meus ombros com todo o cuidado, passando o meu rabo de cavalo.

Eu agarrei a ponta do xale e a segurei contra a luz. Ele era coberto por mandalas intrincadas.

— Onde eu já vi este xale antes?

— Era da minha mãe. Ela usava sempre que havia uma exposição de suas obras em alguma galeria. Dizia que com ele se sentia uma rainha.

Meu coração começou a bater mais rápido.

— Lina, isto é especial. Você tem certeza de que quer que eu use?

— Na verdade, quero que você fique com ele.

Ela endireitou o xale em meus ombros, e mordi o interior da bochecha, contendo meu protesto. Cada pedacinho de mim queria recusar o presente, mas não consegui… Era valioso demais.

— Obrigada — agradeci, a voz vacilante.

— De nada. Agora vamos começar. Acompanhante?

Lina gesticulou para Rowan, que foi para meu lado na mesma hora e me escoltou até o toco de árvore iluminado.

— Rowan, pode me dizer o que está acontecendo? — sussurrei. — Você sabia disso?

Sua covinha se iluminou sob as luzes coloridas.

— Desculpe, Maeve, mas jurei guardar segredo. O que posso dizer é que não é um museu do Titletrack.

Ian gesticulou para o toco de árvore.

— Pessoal, cada um pegue uma vela para Addie poder ficar de pé ali.

O cabelo dele parecia ainda mais despenteado do que o normal, o capuz do moletom aparecendo por cima da toga.

Eu balancei a cabeça.

— Ah, não. Não vamos repetir o que aconteceu em Au Bohair.

O toco estava completamente envolvido por luzinhas coloridas e, apesar de estarmos mais afastados, ainda havia muita gente nas redondezas, e algumas pessoas já paravam para nos ver.

— Relaxa. Você não precisa dizer nada. Nós é que vamos falar. Então suba logo — disse Ian com firmeza.

— Por quê?

Ele suspirou alto.

— Você pode, por favor, não discutir comigo? Só dessa vez? Por favor?

Foi o "por favor" extra que me convenceu. Subi no toco e depois me virei para encará-los. Eles formaram um semicírculo ao meu redor, as velas projetando sombras estranhas em seus rostos. Parecia que eu estava prestes a passar pela iniciação de um culto. Ou ser sacrificada.

— O que está acontecendo?

Eles compartilharam um sorriso conspiratório. Então, Ian acenou para Ren.

— Ok, mestre de cerimônias. Pode começar.

Ren pigarreou e em seguida sua voz se projetou pelas árvores:

— Senhoras e senhores, irlandesas e irlandeses. Temos diante de nós uma linda donzela...

— Ren, não improvise — interrompeu Lina. — Siga o roteiro. Aquilo que combinamos.

— *Nessun problema*. — Ele pigarreou de novo. — Em um belo dia de verão, algumas pessoas que amavam uma garota queriam que ela soubesse que sempre poderia contar com elas. Então realizaram a primeira cerimônia da rainha Maeve. Aqui mesmo em Stradbally, diante de uma multidão.

A parte da "multidão" era verdade. A plateia estava crescendo a cada segundo, sem dúvida esperando por um show. Ren gesticulou de modo teatral, a voz chegando ao topo das árvores.

— E assim, como a rainha Maeve de tempos passados, nós a pusemos em um lugar alto e vamos honrá-la com uma pedra de cada vez.

Foi então que reparei na pilha de pedras a seus pés e percebi o que pretendiam. Estavam recriando a tumba crescente da rainha Maeve — a história que Rowan havia contado quando me deu o apelido.

— Espera aí. Quem teve essa ideia? — perguntei.

— Ian — respondeu Lina.

Ele balançou a cabeça.

— Todos nós merecemos algum crédito. Rowan deu o apelido, eu pensei na cerimônia, Lina trouxe todos os suprimentos e Ren é o mestre de cerimônias.

— Ian me ligou pouco antes de sairmos para o aeroporto — completou Lina. — Eu só tive quinze minutos para me preparar.

— Minha mãe ajudou — acrescentou Ren. — Ela tem um número surpreendente de luzinhas de Natal.

— Isto é... — Eu mordi o lábio, sem saber o que dizer. Meus olhos estavam marejados. — Então, o que eu faço?

— Só precisa ficar aí parada. — Ren se virou para Lina. — Sua vez, *principessa*.

Lina pegou a pedra mais próxima, tropeçando em sua toga ao chegar mais perto.

— Uma boa amiga é como um trevo de quatro folhas. Temos sorte de encontrar. — Ela fez uma pausa, pesando a pedra em sua mão. — Essa frase não é minha. Vi em uma camiseta no aeroporto. — Lina se virou um pouco, dirigindo-se ao grupo. — Para quem ainda não sabe, minha mãe morreu no ano passado. A doença foi muito repentina, e também muito rápida. — Sua voz fraquejou, mas ela olhou nos meus olhos e continuou, falando um pouco mais baixo: — Você se lembra, no fim, de quando minha mãe não conseguia mais respirar sozinha e os médicos sabiam que seria apenas uma questão de horas?

Assenti. Aquela memória estava gravada na minha mente. Nunca me esqueceria do momento em que atendi o telefone. Lina chorava tanto que eu não conseguia entender uma palavra do que dizia. Só que eu precisava ir para o hospital. Rápido. O velho nó tomou minha garganta.

Lina respirou fundo, fazendo a chama da vela oscilar.

— Eram quatro da manhã, e embora eu soubesse que o momento estava próximo, de repente senti como se tudo tivesse acabado de acontecer. Como se o diagnóstico e os tratamentos e tudo o mais não passassem de uma piada de mau gosto. Minha avó estava lá, chorando tanto... E minha mãe estava conectada a um monte de monitores. Foi o momento em que entendi de verdade que estava prestes a perdê-la. — Lágrimas escorriam pelo seu rosto, mas Lina não se deu ao trabalho de enxugá-las. Ren pôs a mão no ombro dela. — Mas você sabe o que mais me marcou aquela noite?

Balancei a cabeça, sem confiar na minha voz.

— Você. Menos de dez minutos depois do telefonema, você estava vindo correndo pelo corredor até o quarto dela. Todas as enfermeiras estavam gritando para você parar, mas você não quis nem saber, continuou correndo direto para mim. E saiu de casa tão rápido que nem calçou os sapatos. — Ela fez uma pausa, os olhos brilhando. — Sempre vou me lembrar disso. Você a toda descalça pelo corredor, as enfermeiras gritando. Essa é você de verdade, e nunca vou me esquecer de que, quando mais precisei da minha amiga, você literalmente não hesitou nem um segundo. Só apareceu. — Ela deu um passo à frente, pondo a pedra na base do toco. — Salve a rainha Maeve. Minha melhor e mais rápida amiga.

Nós duas estávamos chorando, as lágrimas escorrendo pelas bochechas. Eu nunca tinha pensado que aquela noite terrível pudesse conter algo além de dor. Algo que Lina levaria consigo como um conforto.

— Minha vez. — Ren pegou uma pedra e deu um passo à frente, apertando o ombro de Lina. — Todo mundo aqui já comeu jujuba?

A mudança repentina de assunto me fez rir. Algumas pessoas de fora do nosso semicírculo assentiram, e mantive os olhos em Ren, tentando não me distrair com a plateia, que agora tinha três fileiras. Lina uma vez confessara que Ren tinha uma aparência que ia conquistando aos poucos — quanto mais você o conhecia, mais bonito ele ficava. De repente, entendi exatamente o que ela queria dizer.

Ren continuou:

— Bem, eu amo jujubas. Sempre que vou aos Estados Unidos, como sem parar. E todo mundo sabe que há uma ordem especial para comer jujubas. Tipo, você esvazia um pacote e come todas as vermelhas primeiro, depois as verdes, as laranja e as roxas, deixando as amarelas só para quando está realmente desesperado?

Onde ele queria chegar com aquilo? Eu olhei para Lina, mas ela apenas sorriu.

— Enfim, o que estou tentando dizer, Addie, é que você é uma jujuba vermelha. Todo mundo sabe disso. Aliás, esquece o que eu disse. Você é ainda melhor. Você é um pacote daquelas edições limitadas em que só vinham as vermelhas. E eu sei disso porque, quando Lina precisou de você, você estava lá. — Ele colocou sua pedra no chão. — Salve a rainha Maeve. A jujuba mais vermelha de todas.

— Obrigada, Ren — sussurrei.

Meu corpo parecia não saber lidar com o que estava acontecendo. Era para rir? Chorar? Aproveitar? Com certeza ia aproveitar.

Em seguida, Rowan deu um passo à frente, segurando sua pedra ao lado do corpo. O toco de árvore nos deixava quase da mesma altura, mas ele não encontrou o meu olhar, e seu nervosismo me contagiou. Meu coração começou a bater ainda mais forte.

Ele respirou fundo.

— Certo. Vai ser difícil superar a metáfora da jujuba vermelha, mas lá vou eu. — Ele se balançou nervosamente, um movimento que parecia inspirado em Ian. — Há três dias, eu estava sentado no meu carro caindo aos pedaços quando vi uma garota derrubar o irmão no meio de um estacionamento. Eu a achei surpreendente. E diferente. Então convenci o tal irmão a deixá-la vir com a gente, o que acabou arruinando completamente os planos de viagem dela. — Ele olhou para cima, culpado, arrastando os pés.

— Mas os três dias seguintes foram incríveis, porque descobri que ela era mais do que esquentadinha. Era esperta. E leal. E completamente incapaz de usar roupas adequadas ao clima. Nós conversamos sobre coisas que eu nunca tinha falado para ninguém. E mesmo quando nosso carro alagou e fomos perseguidos por cães de guarda... Eu não parava de pensar: *queria que esta semana nunca terminasse.*

Ele ergueu o queixo, olhando-me diretamente nos olhos.

— E eu queria dizer que você não precisa daquele cara da sua escola. Você não precisa de ninguém, a menos que queira. Você se basta sozinha. Você mais que se basta. Você é Maeve.

Uma sensação quente e tranquila repousou sobre meus ombros, leve como um segundo xale. Era disso que eu havia me esquecido durante o verão: que ser ou não escolhida não definia o meu valor. Eu tinha valor independentemente disso. Eu me bastava sozinha. Eu queria descer e abraçá-lo, mas, em vez disso, olhei para baixo.

— Obrigada, Rowan — sussurrei.

— De nada. Salve a rainha Maeve. — Ele se inclinou para colocar sua pedra na pilha e baixou a voz, de modo que só eu pudesse ouvi-lo. — Eu não queria ter que me despedir de você amanhã.

— Nem eu — sussurrei de volta.

Por cima da cabeça de Rowan, Lina me olhava com uma expressão alegre, incapaz de conter um sorriso. Eu sorri de volta.

Rowan voltou ao seu lugar, e Ian avançou, segurando a vela diante do caderno aberto em uma página preenchida. Ele havia preparado um discurso. Eu me empertiguei.

— Você se lembra daquela pergunta que o sr. Hummel gosta de fazer no começo de cada semestre? "Se uma árvore cair na floresta e ninguém estiver por perto para ouvi-la, ela ainda fará barulho?"

Eu assenti. Era um daqueles questionamentos que faziam o cérebro derreter.

A vela de Ian balançou.

— Bem, a primeira vez que ouvi essa pergunta, pensei em você. Porque, durante a minha vida inteira, a não ser que você estivesse ao meu lado... me ajudando a apagar as velas de aniversário, torcendo por mim nas arquibancadas, me acompanhando em nossas excursões... era como se o que quer que eu estivesse fazendo não importasse. Não contasse. Você é a única pessoa que conhece a minha vida inteira, que esteve comigo em todos os momentos. O que faz de você a testemunha da minha vida. — Ele baixou o caderno. — Então, qual é a resposta? Se uma árvore cai em uma floresta e sua irmãzinha não está lá para ouvi-la, será que ela faz barulho? Eu não sei. Só fico feliz por estarmos na mesma floresta. — Ele pôs a pedra no chão e recuou para ficar ao lado dos outros. — Salve a rainha Maeve, minha melhor e mais antiga amiga.

As lágrimas escorriam até meu queixo, e fiquei olhando para Ian, seus olhos brilhantes formando um espelho que refletia todas as coisas que via em mim. Então ouvi mais uma voz, desta vez na minha mente: *E você, docinho? O que vê em si mesma?*

Olhei para dentro com atenção. Vi muitas coisas: coragem, compaixão, perseverança, insegurança, até medo. Mas, emergindo de tudo isso, vi Maeve. Seu cabelo brilhava e ela segurava um escudo, o trono imponente atrás dela. E de repente era eu quem estava no trono — um manto grosso e macio me envolvendo.

O ano seguinte seria difícil, com certeza. E talvez até o ano depois dele. Mas eu era forte o bastante. E corajosa o bastante. Eu era Maeve e ia conseguir superar isso.

Eu pulei de cima do toco de árvore e deixei meus amigos me cercarem em um casulo quente e apertado.

Quem ainda não estava posicionado no gramado em frente ao palco do Titletrack estava se encaminhando para lá, vindo de todos os cantos possíveis. A banda era a atração principal de todo mundo, não apenas a nossa.

Um ruído abafado e distante soou no equipamento de som, provocando um rugido na multidão e nos fazendo acelerar o passo. Ian foi na frente, sua toga arrastando na lama. Nenhum de nós se deu ao trabalho de tirar os trajes cerimoniais; não dava tempo.

Na verdade, isso fez com que a gente ficasse mais parecido com o resto das pessoas do festival.

— Vou arrumar um lugar para a gente — disse Ian, então desapareceu na multidão.

— Só espero que a gente consiga encontrá-lo depois.

Eu estava segurando a mão de Rowan com força, em parte para evitar que fôssemos separados e em parte porque, depois que o abraço em grupo havia terminado, aquilo acabara acontecendo. Não conseguia parar de pensar em como nossas mãos se encaixavam. Parecia que elas tinham passado aquele tempo todo separadas por um oceano só esperando uma oportunidade de se encontrarem.

A multidão estava ficando agitada, beirando o absurdo. Nós tínhamos acabado de escapar por um fio de ser atropelados por um homem fantasiado de pavão em uma bicicleta quando um ruído estrangulado e surpreso que soou vagamente como "ai, meu Deus" explodiu atrás de mim.

— Lina, o que houve? — perguntou Ren.

— Addie — chamou Lina, pondo a mão nas minhas costas, a voz ainda estrangulada.

Eu me virei para ela, que estava com os olhos arregalados, mas minha atenção foi tomada por algo que se movia como um foguete na nossa direção, atravessando a multidão. Por acaso aquilo era...?

Era sim.

O foguete era minha mãe.

— Ai, meu Deus — disse, ecoando as palavras de Lina.

Corra, aconselhou meu cérebro, mas mesmo em meu estado de pânico eu sabia que era uma ideia terrível. Correr apenas resultaria em uma perseguição.

Minha mãe surgiu ao meu lado em questão de milissegundos.

— Olá, Addison. Lina. — Seu tom era grave e completamente aterrorizante. — É melhor você começar a se explicar. Agora.

— Como você... — gaguejei. — Como nos encontrou?

A resposta à pergunta apareceu à esquerda de minha mãe. Walter. Acompanhado por Archie, que segurava um algodão-doce gigantesco.

— Walter, você contou pra ela?! — gritei.

Ele ergueu as mãos em protesto.

— Não fui eu. Foi o Archie. Ele arrancou o segredo de mim e depois contou para ela.

— Ei! — Archie tentou acertar Walter no rosto com o algodão-doce, mas minha mãe segurou o braço dele no meio do caminho. — Não coloque a culpa em mim.

— Chega de conversa.

Minha mãe se virou para mim com um olhar petrificante. Nem todo mundo sabia disso, mas, nos tempos de faculdade, ela era uma das principais jogadoras de roller derby do estado. Em momentos como aquele, eu entendia muito bem por que seu apelido no rinque de patinação era Medusa.

— Addison, você deveria estar na Itália. *Na Itália.* — Enquanto eu tentava pensar em uma resposta, minha mãe se virou para Lina. — Howard sabe que você está aqui?

— Rowan, vá avisar Ian! — sussurrei, aproveitando a distração momentânea.

Ele concordou e correu em direção à multidão, sem dúvida mais que feliz em escapar da Medusa.

Lina assentiu, um pouco animada demais.

— Como é bom vê-la, sra. Bennett. E sim, ele sabe. Foi Howard quem comprou minha passagem pra cá. — Ela empurrou Ren para a frente, claramente contra a vontade dele. — Este é meu namorado, Ren.

— Olá — conseguiu dizer Ren. — É um prazer conhecê-la.

Ele murchou sob o olhar de minha mãe, então fui ao seu resgate.

— Mãe, eu posso explicar. Este show é muito importante para o Ian...

Ela levantou a mão com raiva, silenciando-me.

— Cadê o seu irmão?

E agora, o que eu deveria fazer? A última coisa que queria era que ela encontrasse o Ian. E se ela o impedisse de ver o show?

— Hã... Eu não sei.

— Meninos! — Minha mãe estalou os dedos, e Archie e Walt se empertigaram. — Vocês dois são os mais altos nesta multidão. Encontrem o Ian.

Walt ficou na ponta dos pés, esticando o pescoço por cima das pessoas, e Archie foi até um dos equipamentos de som e começou a escalar.

— Acho que é proibido subir ali — comentou Lina, no instante em que um dos seguranças começou a correr atrás dele.

— Estou vendo um coque e uma toga branca logo à frente! — gritou Archie quando o segurança começou a puxá-lo de volta para o chão.

— Por que vocês estão usando togas, aliás? — perguntou Walter.

De repente, a multidão gritou de alegria, e a comemoração foi seguida por uma música estridente. Meu coração deu uma cambalhota.

— Mãe, o show está começando. Não tenho tempo para explicar agora, mas esta é a coisa mais importante que já aconteceu na vida do Ian. Você precisa deixar ele assistir até o final.

Minha intensidade pegou todos desprevenidos, a mim inclusive. Catarina ficaria orgulhosa. *Regra número quatro: demonstre paixão. Ninguém pode discutir com paixão.*

Minha mãe recuou um pouco, as sobrancelhas perfeitas se erguendo.

— Parece que vocês dois estão se dando bem de novo.

Eu assenti.

— Melhor do que nunca.

Ela hesitou, depois gesticulou para Archie e Walter.

— Venham comigo.

Não preciso nem dizer que todos nós obedecemos.

Apesar de Rowan ter lhe dado alguns minutos de sobreaviso, o rosto de Ian ficou branco feito papel quando ele a viu.

— Mãe — disse ele em uma voz estrangulada. Parecia que era o único tom em que conseguíamos cumprimentá-la.

— Ian — respondeu ela com frieza. — Há muitas coisas que gostaria de lhe dizer agora, mas sua irmã contou que este show é a coisa mais importante do mundo para você. Então, vou deixá-lo assistir. — Ela apontou para o peito dele. — Mas assim que acabar vocês vão passar por um interrogatório rigoroso e provavelmente ficarão de castigo pelo resto da vida. Entendido?

— Sim, senhora. Obrigado.

Ian me lançou um olhar agradecido. Em nossa família, "senhora" era um código para *sei que você vai acabar com a minha raça e tem todo o direito de fazer isso.*

Minha mãe assentiu, satisfeita.

Rowan deu um passo à frente, torcendo as mãos de um jeito nervoso.

— Sra. Bennett? Eu sou Rowan. Prazer em conhecê-la.

Ela inclinou a cabeça.

— Ah. O tutor irlandês.

— Ele é meu amigo — falou Ian.

— E meu também — acrescentei.

— Então me diga uma coisa, amigo Rowan, por que estamos aqui atrás quando o Titletrack está prestes a se apresentar no palco lá na frente? — Ela ergueu o queixo em direção à massa de corpos agitados. — Como vamos conseguir ver alguma coisa daqui?

— Isso é realmente um problema — admitiu Rowan. — A gente deveria ter chegado mais cedo. Talvez ontem.

Ian mordeu o lábio, o rosto desanimado, e me senti desafiada. *Ah, não.* Eu não tinha passado por tudo aquilo nos últimos dias apenas para ficar de braços cruzados no fundo do show enquanto meu irmão se transformava em uma bola de decepção.

Mas, antes que eu pudesse pensar em uma solução, minha mãe bateu palmas.

— Vamos lá, pessoal. Deem as mãos. Vamos chegar mais perto do palco.

— Mas como? — perguntou Ian. — Essas pessoas devem ter passado a semana toda esperando.

— Ian, não discuta comigo. Este talvez seja seu último dia de vida, então é melhor aproveitá-lo.

Um brilho se acendeu nos olhos dela enquanto observava a multidão, e de repente me lembrei do estoque de discos antigos que ela guardava no sótão desde que eu me entendia por gente. Pelo visto, Ian tinha puxado à nossa mãe.

— Estou falando grego? — perguntou ela quando nenhum de nós se moveu. — Deem as mãos.

Todos os que não pertenciam à família Bennett ficaram com os olhos arregalados de incredulidade enquanto segurávamos obedientemente as mãos uns dos outros.

— Prontos? — Minha mãe se virou decidida para a massa compacta de pessoas à sua frente, a Medusa se revelando em todo o seu esplendor aterrorizante. — COM LICENÇA!

— Ei, cuidado aí! — reclamou um cara de chapéu azul quando ela deu uma cotovelada nele.

— Cuidado aí *você* — retrucou ela. — Estou prestes a botar meus filhos de castigo pelo resto da vida por causa deste show. O mínimo que eles podem fazer é se divertir.

— Caramba — disse o amigo do Chapéu Azul. — Pode passar.

— Alguém já disse que você é igualzinha à sua mãe? — sussurrou Rowan, sua mão segurando a minha com força. — Não sei quem é mais assustadora, Maeve ou a mãe da Maeve.

— Vou tomar isso como um elogio — sussurrei em resposta.

Demorou quase a apresentação inteira da banda de abertura, mas minha mãe e seus cotovelos conseguiram nos levar até lá na frente, chegando mesmo a abrir um pequeno espaço para ficarmos juntos.

Quando ela parou de atacar a multidão, as pessoas se aglomeraram de novo, e fomos imprensados.

— Mãe, isso foi incrível! — exclamou Ian, extasiado. — Obrigado.

— Não vou dizer "de nada", porque isso daria a entender que aprovo seu comportamento — retrucou ela, mas seus olhos brilhavam.

Eu fiz o possível para me acomodar. Meu corpo inteiro estava dolorido e pegajoso depois de colidir com tantos fãs do Titletrack. Todo mundo suava. A temperatura bem no meio da multidão era pelo menos dez graus mais alta do que ao redor.

Lasers tomaram o palco, banhando a plateia em um vermelho brilhante e, então, quatro silhuetas apareceram lá como em um passe de mágica.

— São eles! — gritou Ian, agarrando meu braço com tanta força que parecia um torniquete. — Rowan! Addie! São eles! Olha lá!

— Ian, me solta! — gritei, mas minha voz foi sugada pelo vórtice de berros da multidão.

Os primeiros acordes soaram e reconheci a música imediatamente. "Classic". A do clipe em Burren. Por um instante, Ian pareceu aturdido demais para reagir, mas então, em vez de sorrir, uma lágrima grossa escorreu por sua bochecha, iluminada pela luz vermelha.

— Qual o problema? — gritei.

Ele apertou meu braço de novo, as unhas cravando meias-luas na minha pele.

— A gente está aqui! — respondeu ele.

O resto da banda se juntou à música, enchendo meus ouvidos e me ancorando ao momento e a Ian. De repente, comecei a pensar em outro aspecto do meu futuro. Dali a um ano, Ian iria para a faculdade, e nós viveríamos longe um do outro pela primeira vez. Como seria a vida sem ele ao meu lado?

Tentei imaginar, mas a única coisa que me veio à mente foi a estrada que percorremos até o Electric Picnic, Ian cantando as músicas do Titletrack no carro, a Irlanda verde e misteriosa passando pelas janelas.

Tive certeza do que eu precisava fazer.

Antes que pudesse perder a coragem, estendi o braço e puxei a manga da minha mãe, que estava ao lado de Ian.

— Mãe, depois do show eu preciso contar uma coisa. É importante. De verdade.

Ela tirou os olhos do palco no mesmo instante em que Ian apertou minha mão.

A estrada adiante ficava mais estreita e depois mais larga, então desaparecia no horizonte, longe demais para eu enxergar o que me esperava lá na frente. E eu me entreguei.

Amor & sorte

Você percorreu um longo caminho, meu chuchu. O chuchu mais chuchuzento do mundo. Nem imagina o tamanho do orgulho que enche meu peito por saber que você não só explorou a Ilha Esmeralda, mas também CUROU seu coração partido. Está cem por cento melhor, nas nuvens, uma porta se fechou e dez se abriram, a beleza brotou em meio ao sofrimento.

Não é?

Não é?

Vamos parar de bobagem, chuchu. Porque agora que nosso tempo está acabando, sinto que é hora de confessar a verdade. Não quero que seu coração seja curado. Nunca quis.

O quê?! Você era uma vilã esse tempo todo?, é o que você deve estar se perguntando. Não, chuchu. De jeito nenhum. Ouça o que tenho a dizer.

Sabe o que eu mais amo nos seres humanos? A nossa estupidez e teimosia. Quando se trata de amor, nunca aprendemos. Mesmo sabendo os riscos. Mesmo quando faria muito mais sentido nos mudarmos para cavernas individuais com ar-condicionado, onde pelo menos nosso coração teria uma chance de permanecer intacto. Conhecemos os riscos de deixar nosso coração vulnerável e, mesmo assim, continuamos a fazê-lo.

Continuamos nos apaixonando e tendo bebês e comprando sapatos lindíssimos que acabam com nossos pés. Continuamos adotando filhotinhos de cachorro, fazendo novos amigos e comprando sofás brancos mesmo sabendo que uma fatia de pizza vai cair nele. Nós continuamos fazendo todas essas coisas.

Seria por ignorância? Amnésia? Ou algum outro motivo? Algo mais corajoso?

Você abriu este guia porque seu coração estava partido e você queria curá-lo. Mas esse nunca foi o plano do universo. Muito menos o *meu* plano. Os corações ficam vulneráveis porque foram feitos para isso. O sofrimento faz parte. É um pequeno preço a se pagar pela confusão alegre e selvagem que você receberá em troca.

Eu odeio despedidas, então, em vez disso, permita-me um último pensamento, um pequeno pingente irlandês para levar na sua pulseira. Você sabia que cada folha de trevo representa algo? É verdade, chuchu. Fé, esperança e amor. E caso encontre um trevo de quatro folhas... Bem, a quarta folha significa sorte. Então, meu bem, desejo-lhe todas essas coisas. Fé, esperança, amor e sorte. Mas, acima de tudo, desejo-lhe amor. Que é também um tipo de sorte.

— Trecho de *Irlanda para corações partidos: um guia não convencional da Ilha Esmeralda, 3ª edição*

Epílogo

IAN ESTACIONOU SEM DIFICULDADE E DESLIGOU O MOTOR, mas manteve o rádio ligado. Titletrack estava tocando, claro. Desde que havíamos voltado para casa, escutávamos a banda sem parar, as músicas se misturando no corredor entre nossos quartos, às vezes competindo, às vezes em harmonia. Elas tornaram uma semana difícil bem mais suportável.

Todo mundo tinha ficado bastante chateado. Eu não queria mais guardar segredo, então assim que estávamos todos reunidos de novo, convoquei uma reunião familiar e contei tudo. Meus irmãos tiveram que ser impedidos à força de ir até a casa de Cubby, e meu pai ficou com os olhos marejados, em silêncio, por dez terríveis minutos, mas minha família me apoiou. E teve um lado positivo: minha confissão abriu caminho para a de Ian. O fato de ele ter desistido do futebol americano foi apenas um fogo de artifício perto da minha bomba atômica.

Baixei o quebra-sol para examinar minhas olheiras no espelho. O *jet lag* da viagem, somado ao nervosismo, tinha provocado muitas noites de insônia. Na noite anterior, acabei ligando para Rowan, e ficamos ao telefone até as duas da manhã assistindo a um filme péssimo que ele encontrara no YouTube sobre uma princesa guerreira celta chamada Maeve, que vencia todos que se punham em seu caminho. Acho que ele estava tentando me animar.

Ian baixou o volume.

— O Natal está chegando, né?

Minhas bochechas coraram. Às vezes eu podia jurar que meu irmão era capaz de ler meus pensamentos.

— E daí?

— Um irlandês me disse que faltam apenas sessenta e oito dias até as férias de fim de ano dele. Somos bons amigos e tal, mas essa contagem regressiva não tem nada a ver comigo. Tem a ver com você.

— Pode parar, Ian.

Como eu tinha previsto, uma vez resolvida a situação, minha mãe e Rowan tinham virado amigos rapidamente. E agora ele viria nos visitar no Natal. Cada vez que pensava em revê-lo, eu sentia um tímido frio na barriga.

Ficamos encarando o para-brisa, nenhum dos dois com pressa de sair do carro. Era impressão minha ou a quantidade de alunos havia magicamente triplicado? Por um momento, minha visão ficou turva. Quantos sabiam sobre a foto?

Provavelmente a maioria.

— Maeve, você está pronta? — perguntou Ian, e o som de seus dedos tamborilando interrompeu meus pensamentos.

— Estou — respondi, soando mais segura do que me sentia. *Aja com naturalidade.*

— Não se preocupe, Addie. Pode contar comigo — disse ele, como se não tivesse me ouvido. — Vou acompanhar você a todas as suas aulas. Já verifiquei meus horários. Minha palestra de boas-vindas é no salão B e a sua é no C, então a gente se encontra na recepção. E se alguém falar alguma gracinha para você, responda que...

— Ian, deixa comigo — falei com mais ênfase. — Acabamos de sobreviver a uma viagem pela Irlanda em um carro caindo aos pedaços. Acho que consigo andar pela escola.

— Tudo bem. — Ian voltou a tamborilar os dedos, uma expressão séria no rosto. — Eu sei que você dá conta, mas, se em algum momento estiver achando difícil, pode contar comigo. E não importa o que as outras pessoas digam. Você é Maeve.

— Eu sou Maeve — repeti, permitindo que o nervosismo em sua voz extinguisse o da minha. Era possível que ele estivesse mais preocupado comigo do que eu mesma? Isso me deu forças.

Saltamos e colocamos nossa mochila nas costas. A minha era mais pesada, porque, além dos livros, tinha pedras dentro. Quatro, para ser exata. Tinha sido uma decisão de última hora, mas eu gostava de como aquele peso pressionava meus ombros, firmando meus pés no chão. Além disso, a segurança do aeroporto tinha dado um verdadeiro chilique por eu viajar com as pedras, então era bom serem úteis.

Começamos a atravessar o estacionamento, o olhar ansioso de Ian percorrendo a multidão.

— Ian, relaxa.

Apertei o passo e comecei a andar ao lado dele.

— Estou relaxado — protestou meu irmão, mas tinha começado a mastigar uma mecha de cabelo.

Esse hábito, infelizmente, parecia ter chegado para ficar. Quando alcançamos a entrada, ele parou, ignorando a multidão de alunos, e balançou o corpo, nervoso.

— Pronta, Maeve?

Era uma boa pergunta. Eu estava pronta?

Este verão tinha me mostrado que eu era uma porção de coisas. Confusa, impulsiva, às vezes insegura, e de vez em quando eu fazia coisas das quais me arrependia — e que não conseguia desfazer. Como não dar ouvidos a meu irmão. Ou oferecer meu

AMOR & SORTE

coração a alguém que não é digno de confiança. Mas, apesar de todas essas coisas — não, *junto* de todas essas coisas —, eu era Maeve. O que significava que, pronta ou não, eu ia entrar de qualquer maneira. Essa era a minha vida, afinal.

Você vai conseguir, docinho. Pode acreditar.

— Estou pronta — respondi com firmeza.

Encarei os olhos azuis de Ian, reunindo uma última dose de coragem. Então, empurramos as portas e entramos. Juntos.

Agradecimentos

NICOLE ELLUL E FIONA SIMPSON. TODO MUNDO OUVIU? NICOLE ELLUL E FIONA SIMPSON. Este livro surgiu em uma época quase catastrófica, e em muitos momentos vocês me carregaram nas costas. Obrigada pela gentileza, pelo apoio, pela sabedoria e por toda a maravilhosidade de vocês. Eu as considero as Deusas da Edição. (Seria muito vergonhoso se eu mandasse fazer umas coroas?)

Mara Anastas. Obrigada pela paciência, pelo apoio e pelo entusiasmo. Sonho em ter a sua energia.

Simon Pulse. Vocês são um grupo excepcional de pessoas produzindo livros excepcionais para o mundo, e é um PRIVILÉGIO ser publicada por vocês. *Obrigada.*

Sam. Durante o tornado de 2016/2017, você veio até mim e disse: "Mãe, eu vejo você. E *gosto* de você." Essa frase não apenas inspirou um tema importante neste livro como também me pareceu uma das coisas mais profundas que uma pessoa pode dizer a outra. Ser vista com o cabelo bagunçado em sua cozinha bagunçada, por uma pessoa tão pequena e tão honesta, e ser considerada *gostável?* Não há nada mais importante do que isso. Eu vejo você, Sammy. E, cara, como gosto de você.

Nora Jane. Cada segundo que você passa aqui faz do mundo um lugar melhor. Eu poderia compará-la a um cupcake rosa ou um *éclair* de chocolate perfeito, mas isso seria uma bobagem. Você é uma garotinha, não um doce! (Embora seja fácil entender por que alguém a confundiria com um.) Obrigada por compartilhar seus primeiros anos com *Amor & sorte*. E mal posso explicar como me emociona que noventa por cento dos seus ataques de raiva aconteçam por querer que alguém leia um livro para você. Eu te amo, Bertie Blue.

Liss. Eu já contei que você está no meu *top cinco de mulheres que mais admiro*? Pois está. Às vezes, quando o mundo parece assustador, estufo o peito e sigo em frente, tentando imitar aquela sua combinação única de, ao mesmo tempo, amar intensamente e não estar nem aí, que é o que a vejo fazer há vinte anos. Obrigada por me manter no caminho certo.

Ali Fife. É aqui que deveria agradecer por você ter largado tudo para passar setenta e duas horas em uma viagem de carro pela Irlanda ouvindo meus xingamentos ridículos, mas vou deixar isso para outro dia. Também foi durante o caos de 2016/2017. Minha vida parecia uma batalha sem fim e eu estava exausta de todas as maneiras possíveis. Eu me encontrava literalmente estirada no chão, sem a menor ideia de como ia me levantar. E quem entrou pela minha porta? Você. Eu nem precisei ligar. Você apenas apareceu, olhou a bagunça que minha vida tinha se transformado e *ficou*. Por vários dias. Quem faz uma coisa dessas? Você. Obrigada por ter feito isso por mim.

As mulheres do meu grupo de apoio à depressão pós-parto no Healing Group. Mesmo se nunca mais encontrar uma de vocês, nunca vou me esquecer daquela manhã em que eu estava no fundo do poço e vocês me cercaram e me deram a força de que eu precisava para encarar ser mãe por mais um dia. Obrigada.

Mary Stanley. Por fornecer sabedoria, irreverência e muitas caixas de lenços. Além disso, por ser a primeira pessoa a quem eu disse as palavras "Eu sou uma artista".

Children's Center. Por ter me dado esperança quando a minha havia acabado.

Mães Radicais da Creche. Eu não sabia de que precisava de amigas como vocês até estarmos na mesma mesa de piquenique. Obrigada por tornarem a Maternidade 2.0 menos solitária e por me fazerem rir mais do que qualquer outra pessoa. Acho vocês todas divinas. (Quando vamos fazer nossas tatuagens?)

Andrew Herbst. Por entender de carros e pacientemente sugerir maneiras de eu arruiná-los. (Ei, nós já somos amigos há muito tempo!)

Eli Zeger. A inspiração para Indie Ian e seus artigos. Obrigada pelo telefonema. Você é um escritor *tão* bom — mal posso esperar para ver onde seu talento vai levá-lo. Pessoal, sigam Eli no Twitter, @elizeger.

Roisin & Ross. Acho que o comissário de bordo que trocou nossos assentos estava agindo sob influência divina. Obrigada por me ensinarem sobre os adolescentes irlandeses e por estarem tão dispostos a ajudar! Além disso... Parabéns pelo noivado!

O Exército de Babás. Dana Snell, Hannah Williams, Sarah Adamson e Malia Helbling. Obrigada por carregarem meus bebês quando meus braços não foram fortes o bastante.

Minha família. Rick, Keri, Ally, Abi, Brit, McKenna e Michael. Obrigada por estarem presentes, cada um do seu jeito. Sei que sou abençoada.

DAVID. Meu amor, minha paz, minha força. Por um ano e meio, tivemos uma conversa recorrente que consistia em eu dizer "Não consigo... isso é demais para mim", e você responder com "Você consegue! Você nasceu para isso". Você é muito mais do que eu mereço, mas vou continuar agarrada a você mesmo assim.

E o último agradecimento é só para mim, mas precisa estar aqui. Um obrigada à menina na jangada. Vamos fazer um novo trato: você lidera e eu sigo. Mal posso esperar pela próxima aventura.

O AMOR ESPERA POR VOCÊ NAS PÁGINAS DA COLEÇÃO
AMOR & LIVROS

Box com a coleção completa

Mergulhe no universo de *Amor & livros*: postais, wallpapers, playlists e muito mais!

@intrinseca @editoraintrinseca @intrinseca @editoraintrinseca